일 몰 의 파 동

손정모 제1 단편집

청어

일몰의 파동

손정모 지음

발행처 · 도서출판 청어
발행인 · 이영철
영 업 · 이동호
홍 보 · 오정은
기 획 · 천성래 | 이용희
편 집 · 방세화
제작부장 · 공병한
인 쇄 · 두리터

등 록 · 1999년 5월 3일
(제321-3210000251001999000063호)

1판 1쇄 인쇄 · 2017년 9월 15일
1판 1쇄 발행 · 2017년 9월 25일

주소 · 서울특별시 서초구 효령로55길 45-8
대표전화 · 586-0477
팩시밀리 · 586-0478

홈페이지 · www.chungeobook.com
E-mail · ppi20@hanmail.net
ISBN · 979-11-5860-509-4 (03810)

이 도서의 국립중앙도서관 출판시도서목록(CIP)은 서지정보유통지원시스템 홈페이지
(http://seoji.nl.go.kr)와 국가자료공동목록시스템(http://www.nl.go.kr/kolisnet)에서
이용하실 수 있습니다.(CIP제어번호: CIP2017022445)

일몰의 파동

손정모 제1 단편집

작가의 글

1998년의 등단 이후부터 올해까지의 20년 동안에 발표된 단편은 89편이다. 평균적으로 매년 4.45편의 작품이 발표된 셈이다. 작품집에는 〈2011년 5월~2013년 8월〉까지의 기간에 문예지에 발표된 12편의 작품들이 실려 있다. 장편소설은 이미 11편을 출간한 바가 있다. 저자의 단편집으로는 처음으로 출간되는 터이기에 상당히 깊은 생각에 잠겼다. 여태껏 발표된 작품 편수로 보면 8권 분량에 이른다. 출간된 순서를 따르지 않고 애정이 실린 작품들을 선보이기로 한다. 첫 번째 단편집이기에 이런 기준을 적용하기로 한다.

풍란(風蘭)은 공기뿌리를 허공으로 내뻗어 공기 중의 수증기를 흡수하여 자란다. 액체 상태의 수분보다는 공기 중의 수분을 더 좋아한다는 얘기다. 흙 속에 배어든 물기든 공기 속의 물기든 생물의 성장에 소중하다.

작가가 꿈꾸는 것은 작품으로 독자들의 정서를 순화시키는 것이다. 이것을 위해서는 작가가 뚜렷한 가치관을 정립해야 한다. 모든 작가가 풍란과 같은 취향을 취할 수는 없다. 만약 그렇게 되면 개성이 상실된 작품들이 세상을 뒤덮을 것이다. 부평초처럼 물 위를 떠다니며 수분을 취하는 식물들도 있다. 풍란이나 부평초는 다들 소중한 식물이다. 풍란은 풍란의 개성을 지니고 부평초는 부평초대로의 특성을 발산해야 한다.

작가의 개성은 취향과 더불어 조화를 이루어야 한다. 그렇지만 모든 작가가 꿈꾸는 세계는 동일해야 한다. 독자들에게 풍부한 정서 순화의 기회를 제공한다는 점 말이다. 작가는 글을 쓰면서 작품의 문학적 완성도에 신경을 써야 한다.

인간을 감동시키려면 인간 심리에 대해서도 면밀히 연구해야 한다. 절대로 게으른 사람들에겐 성취의 기쁨이 쉽게 다가오지 않는다. 중편소설 '탐색 여로'를 '뻐꾸기 소리'란 단편소설로 전환시킨 것이 있다. 중편소설에서건 단편소설에서건 소설이 고유한 향기를 발산하도록 구도를 잡았다. 이런 전환도 흔치 않은 수련 과정 중의 일부다. 작가의 수련은 작품에 영혼을 불어 넣는 소중한 작업 과정이다. 필자도 언제나 소중한 마음가짐으로 창작하는 작가가 되고 싶다.

2017년 가을에
청재 손정모

차례

탐지 장치

지금껏 낮게 속살대던 파도 소리가 점차 소리를 질러대기 시작한다. 기류에 휩쓸리
듯 보금자리를 찾아 돌아가는 갈매기의 날갯짓이 눈송이처럼 눈부시다. 포옹한 남녀
의 귓전으로 발동선 소리가 포근한 기류가 되어 밀려든다.

탐지 장치

한기(寒氣)가 유리 파편처럼 살갗으로 파고드는 한낮이다. 해가 바뀐 지 벌써 열 이레째다. 북서풍이 밀려들 때마다 눈가루가 나비 떼처럼 흩날려 소용돌이친다. 근래에 보기 힘든 눈보라가 며칠째 지속되고 있다. 북태평양 고기압과 북서 태평양 기단이 뒤엉켜 쏟아지는 폭설이라고 한다.

대전시 유성구 외삼동 서당골의 '관측 기술 연구원(觀測技術硏究院)'. 국방 과학 연구소에서 남서쪽으로 1.6㎞의 거리만큼 떨어진 사설 연구 기관이다. 관측 기술 연구원은 세계적인 전자 기술을 보유한, 국내의 R그룹 산하 기관이다. 이 기관은 탐지 장치를 개발하는, 세계적인 전자 기술의 연구원이다.

종국(崔種菊)은 3층 연구실 창밖을 하염없이 내다본다. 그러면서 새벽 2시 무렵에 걸려온 전화의 여운을 생각해 본다.

"나는 국방부 장 국장(張局長)이오. 오늘 실험에 한 치의 오차도 없어야 하오. 각하께서도 깊은 관심을 갖고 지켜볼 것이오. 성공을 비오."

언제 들어도 얼음 덩어리 같은 한기가 밀려드는 목소리였다.

종국은 잠시 시계를 들여다본다. 오후 2시가 갓 넘은 시점이다. 종국은 다시 상념에 잠긴다.

'아직도 5시간의 여유는 있어. 이번에 확실히 실력을 보여 주어야지.'

마침내 결단이 선 듯 종국이 내부 전화를 든다. '탄성파 실험실'과 '위성 항법 추적실'로 신호음이 전해진다. 신호가 간 뒤에 성태(尹星態)와 용철(朱容哲)이 종국의 연구실로 들어선다. 종국의 연구실 현판에는 '탐지 장치 설계실'이라 적혀 있다.

셋이 원탁에 둘러앉으면서 컴퓨터를 광선 투사기(beam projector)에 연결시킨다. 곧바로 전동 영사막(映寫幕)에는 실험 동영상(動映像) 녹화 자료들이 펼쳐진다. 자료의 영상 장면이 펼쳐질 때마다 셋의 시선이 예리하게 뒤엉킨다.

종국의 머릿속으로 작년에 진행되었던 장면들이 밀려든다. 천리안을 적도 상공에 배치하기 두 달 전인 4월 중순이었다. 연구원 건물에 두 대의 검정색 승용차가 들이닥쳤다. 4명의 사내들이 원장실로 찾아 들어갔다. 사내들이 돌아간 뒤였다. 원장이 전체 6개 연구실 중의 관련 3개 실장들만을 소집했다. 그 자리에서 50대 중반의 원장이 입을 열었다.

"조금 전에 국가 고위층 인물들이 다녀갔어요. 마침내 국방과학 연구소에서 우리 연구원에 연구 협조를 요청했어요."

그때 참석한 실장들은 다들 30대 초반의 과학자들이었다. 다들 미국의 유명 대학에서 박사학위를 취득한 연구원(研究員)들이었다. 종국과 성태와 용철은 다들 관악 캠퍼스에서 학문을 닦은 동문들이었다. 또한 나이마저 서른한 살의 동갑인 친구들이었다. 셋 다 미혼이며 연구 열정이 높은 과학자들이었다.

이어지는 원장의 말에 3명의 실장들은 귀를 기울였다.

"지난달의 천안함 사건 이후로 국내 선박들의 안전이 걱정거리가 되었어요. 선박에 설치된 탐지 장치의 신뢰도가 문제점으로 떠올랐어요. 그래서……."

그 날 이후부터였다. 3개 연구실 상호 간에 밀접한 기술적 교류가 왕성히 진행되었다. 특히 종국과 성태와 용철은 더욱 긴밀히 기술 교류를 했다.

종국이 전동 영사막(映寫幕)의 특정 화면을 정지 상태로 만든다. 적에 의해 교란당한 전파를 정상대로 되돌리는 작업 도면이다. 전파를 교란당하면 위성으로부터 정확한 위치 정보를 제공받지 못한다. 교란당한 전파를 원래대로 되돌리기 위해서는 전파 증폭 장치가 필요하다.

종국이 화면을 바라보며 일행에게 말한다.

"자료의 이 부분이 교란당한 전파의 파동을 나타낸 그림이지? 지금껏 십여 차례나 모여서 개선 대책을 세웠잖아? 이번에는 현장에서 전파를 정상대로 되돌리는 작업까지 마쳐야 하잖아? 국방과학 연구소에서 우리한테 연구를 부탁했을 때는 심각한 상태라고 여겨져. 오늘의 야외 실험을 성공적으로 마칠 수 있겠니?"

탄성파 실험실장인 성태가 일행을 향해 입을 연다. 종국과 용철이 성태의 말에 귀를 기울인다.

"벌써 작년이 되고 말았네. 작년 8월 23일부터 사흘간 서해의 항법 체계가 교란당했어. 전파 교란으로 인하여 선박들이 위성의 안내마저 받지 못

12

했어. 한국 정부에서는 전파를 교란한 주체가 북한이라고 매스컴에서 밝혔잖아? 한국 정부에서는 당장 선박의 항해에 위험 부담을 안게 되었어. 당장 전파 교란 문제부터 해결해야 돼. 대처하지 못하면 북한이 남한 해역 전체를 마비시킬지도 모를 일이야."

종국과 용철은 계속해서 성태의 말에 귀를 기울인다. 전파 교란 문제는 국가 위기 수준에 이를 정도다. 아무리 이지스함인 세종대왕함과 율곡이이함이 있더라도 비상 상태다. 전파가 교란당하면 레이더와 음파 탐지기의 기능이 마비되고 만다. 말 바꾸면 위성의 안내를 받는 추적 장치들의 기능이 마비된다. 적의 위치를 추적하지 못하면 전투는 이미 패한 것과 마찬가지다. 북한은 이전부터 러시아에서 전파 교란용 신무기를 도입해 왔다. 그러다가 작년 8월에 서해(西海)에서 점검해 보았다. 점검 결과는 대성공이었다. 남한의 전자 유도 장치를 무력화(無力化)시킬 수 있다는 자신감을 얻었다.

때가 되면 언제든 남한을 선제공격하기로 대책을 세웠을 것이다. 선제공격에 앞서서 대대적으로 전파를 교란시키리라 예상된다. 영사막의 화면을 바꾼 뒤에 성태가 말을 잇는다.

"지금부터 방영되는 동영상은 3개월 전에 서해에서 촬영한 거야. 대략 15분간에 걸친 전파 교란과 대처 장면이 펼쳐질 거야. 실험에는 국방과학연구소, 항공 우주 연구원, 과학기술원 및 해양 연구원. 이들의 연구진들이 우리와 동참했어."

대형 영사막 위로 두 대의 헬기가 커다란 모습으로 날아든다. 헬기 내부에는 전파 교란 장치가 실려 있다. 헬기 아래로는 해양 연구원 소속의 500톤급 연구선 3척이 이동한다. 전파 교란이 시작되자 3척의 동력선들 내부에서 실험이 진행된다. 녹화된 장면을 천천히 돌리며 성태가 계속해서 설명한다.

"지금 보이는 해양 207호에서는 약화된 전파를 증폭하는 작업이 진행돼. 교란당한 탄성파의 진폭을 키우는 과정은 크게 세 단계로 이루어져. 원래 파동을 교란하는 적의 파동을 알아내는 단계가 첫 단계야. 적의 파동을 알기 위해서는 적어도 세 곳의 자료가 필요해. 적어도 시간에 따른 세 곳의 교란파(攪亂波)의 자료가 필요해. 이들 자료를 통해 교란파의 원래 파장과 진폭을 알게 돼. 다음 단계는 교란 파동의 세기만큼의 역파동(逆波動)을 발신하는 작업이야. 이 작업에 이어 감지기에 도달되는 파동을 증폭시키는 작업이 진행돼. 이게 최종 단계야."

자료의 화면에서는 3척의 연구선이 신속히 원래의 파동을 읽어 낸다. 헬기를 통한 연거푸 다섯 차례의 전파 교란이 진행된다. 그때마다 신속히 원래의 전파를 되찾는 장면이 펼쳐진다. 영사막을 지켜보는 종국의 머릿속에 두 달 전의 일이 떠오른다.

작년 11월 중순이었다. 초겨울의 강풍이 관측 기술 연구원의 뒷산자락을 어지럽게 뒤흔들어대고 있었다. 바람이 지나는 길목마다 솔숲과 잡목들이 허옇게 배를 드러내며 휘청거렸다. 기온마저 차가워 산자락의 사물들이 죄다 얼어붙는 느낌이 들었다.

가벼운 방한복 차림으로 종국이 연구원에서 600m가량 떨어진 뒷산을 탐색했다. 종국의 머릿속에 잡힌 묘한 영상 때문이었다. 종국의 휴대용 전파 탐지기에 닷새 전부터 괴전파(怪電波)가 포착되기 시작했다. 그것도 일정한 저녁 시간대에 간헐적으로 수신되곤 했다. 종국은 연구원의 장비로 전파의 발신처를 은밀히 추적해 보았다. 서당골에서 600m가량 북동쪽으로 떨어진 산은 해발고도 201m인 박산(朴山)이었다.

금요일 저녁 7시 반경이었다. 종국 혼자서 전파 추적기를 꺼내 들고 조심스레 산을 올랐다. 박산의 8부 능선의 지점에서였다. 마침내 전파 발신처를 파악해 낼 수 있었다. 소나무 아래의 반석에 엎드린 사람이 발견되었다. 숨을 죽여 조심스레 다가가다가 쌍안경으로 상대를 살펴보았다. 등산복 차림의 사내임이 드러났다. 쌍안경을 품에 넣고는 조심스레 사내에게로 다가갔다.

종국이 바싹 다가설 때까지도 사내는 휴대용 기기를 조작하고 있었다. 마침내 종국이 사내의 곁에 바싹 접근하여 인기척을 보냈다. 사내가 화들짝 놀라더니 이내 공격 자세를 취하며 종국을 노려보았다. 사내는 40대 초반의 얼굴이 뽀얗고 허우대가 큰 러시아인이었다. 이전부터 국내로 은밀히 드나들던 사내임을 종국이 알아차렸다.

사내도 찰나 간에 종국임을 알아차렸다. 사내가 종국을 향해 러시아어로 말했다.

"서로 잘 아는 처지니까 일단은 하산해서 얘기하자구. 여기서는 아마도 우릴 감시하는 사람들이 많을 거야."

종국도 곧바로 사내를 향해 응답했다.

"호얀스키, 오랜만이야. 왜 이곳에서 위험한 행동을 했어? 내가 지리를 잘 아니까 나를 따라와. 시간이 지체되면 둘 다 위험해질 수 있어."

잠시 뒤에 둘은 산 아래의 호젓한 음식점에서 마주 앉았다. 둘 다 아주 목소리를 낮춰 이야기를 주고받다가 헤어졌다.

호얀스키(Hoyanskie)가 사라지고 나서 한 시간이 지난 뒤였다. 낯선 러시아의 여인이 종국의 연구실로 찾아들었다. 여인은 수수한 외모를 지닌 20대 중반의 처녀로 보였다. 종국이 의아스런 눈빛으로 여인의 눈을 들여다보았다. 잠시 긴장했던 여인의 눈빛이 점차 부드러워지기 시작했다. 그러더니 여인이 손을 내밀며 입을 열었다. 그녀의 입으로부터 유창한 한국어가 터져 나왔다.

"호얀스키 씨를 알죠? 그가 촬영한 사진을 통해 종국 씨의 얼굴은 이전부터 알았어요. 오늘도 그 사람 심부름으로 왔어요. 제 이름은 라트비아(Latvia)예요."

종국의 가슴에 불안한 물결이 밀려들기 시작했다. 뭔지 모르게 위험한 상황으로 내몰리는 느낌이 들었다. 아무래도 연구원 건물을 벗어나야 문제가 없을 것 같았다. 곧바로 부원장에게 적당한 핑계를 둘러대고는 여인과 함께 연구원에서 벗어났다.

호젓한 카페에서 여인과 마주 앉았을 때였다. 여인이 보자기에 싸인 물건을 종국에게 내밀었다. 종국이 조심스레 보자기를 풀기 시작했다. 이윽고 종국의 앞에 어떤 전자기기(電子器機)가 드러났다.

물건은 러시아 제품의 이동식 고주파 발진기였다. '아침'을 뜻하는 '우우뜨라(yTpo)' 상표의 러시아 전자 제품이었다. 이 전자 상표는 세계적인 정밀도를 자랑하는 제품을 상징했다. 종국은 고주파 발진기의 구조를 흘깃 보고는 신속히 갈무리하며 말했다.

"이 최신 기종(機種)을 북한도 근래에 러시아로부터 수입했단 말이죠? 북한의 도발을 막는 데에 상당한 도움이 될 것 같아요. 그런데 요구 조건이

뭐죠? 결코 만만치 않은 조건이라 여겨지는데요?"

여인이 주위를 살짝 둘러보더니 속삭이듯 말했다.

"선수들끼리라 확실히 잘 통하네요. 아무래도 여기서는 기밀 유지가 안
되겠어요. 우리, 다른 장소로 이동해요."

러시아 여인과 헤어진 뒤였다. 종국은 여인에게서 받은 고주파 발진기
를 그의 연구실로 가져갔다. 여인에게서 건네받은 설계 도면을 꺼내 세밀
히 검토하기 시작했다. 전문가의 입장에서 회로의 도면을 훑어본 뒤였다.
종국은 대단히 감탄한 표정으로 고개를 끄떡였다.

그런 뒤에 러시아제의 고주파 발진기를 작동하기 시작했다. 서서히 주
파수에 따른 전자기파(電磁氣波)를 내보냈다. 연구실에 있던 국산 장비로는
일정한 진동수의 전자기파를 내보냈다. 국산 발진기로 방출되는 전자기
파에 러시아제의 발진기로 전자기파를 날려 보냈다. 휘하 5명의 연구원들
을 동원하여 종국이 전자기파 교란 실험을 했다. 실험이 다 끝난 뒤였다.

종국이 휴대전화를 꺼냈다. 그리고는 라트비아가 알려 준 전화번호로
전화를 걸었다. 종국의 귓전으로 이내 젊은 여인의 목소리가 흘러들었다.

"안녕하세요? 라트비아의 소개로 저한테 전화하는 거죠? 저는 옥경진
이에요. 기밀 관계로 아무래도 직접 만나서 얘기하는 게 낫겠군요. 장소
와 시각을 정해 주시면 곧바로 달려 나갈게요."

종국이 잠시 생각하다가 장소와 시각을 알려 주었다. 여인이 좋다며 쾌
히 승낙했다. 기밀이라는 말에 대부도 해안의 호젓한 암벽 아래에서 만나
기로 했다. 거기에는 해산물 회를 파는 간이 음식점이 서너 곳 있었다. 차

라리 그런 곳이 은밀한 얘기를 나누기에는 적합하다고 여겼다.

통화한 지 한 시간이 지나서였다. 종국은 해안 절벽 아래에서 여인을 만났다. 종국의 눈에 띄는 여인들의 얼굴은 너무나 개성이 없어 보였다. 고정적인 눈썹의 모양에 잡티를 제거한 얼굴 피부가 하나같이 비슷했다. 그래서 때로는 절세(絶世)의 미모를 지닌 여인을 만나고도 싶었다. 당장 죽어도 좋으니 미인을 한 번이라도 만나고 싶었던 종국이었다. 하지만 '미인(美人)'이란 단어는 전설적인 어휘에 불과함을 느꼈다. 결코 살아서는 영원히 못 만날 존재가 미인이라고 생각되었다.

다섯 명이 겨우 들어설 수 있는 공간의 음식점이었다. 이동식 천막으로 천장과 벽을 두른 간이 음식점이었다. 바닥에는 합판으로 제작된 앉은뱅이 식탁이 두 개였다. 바닥은 비닐 장판을 깔아 놓은 데였다.

종국이 여인을 향해 입을 열었다.

"라트비아와는 어떻게 알고 지냈죠? 또한 호얀스키와는 언제부터 알고 지냈어요?"

여인이 주위를 은밀히 둘러본 뒤에 목소리를 낮춰서 대답했다.

"오늘은 탐지기에 대해서만 얘기하도록 해요. 우리한테 닥친 상황이 예사롭지 않거든요. 판단에 조금이라도 착오가 생기면 다 죽을 수도 있어요."

종국은 여인의 말을 중단시키며 개불과 소라 회를 주문했다. 둘이 회를 먹으며 빠른 속도로 이야기를 나누었다. 가려진 먹구름 같았던 기밀의 실체가 서서히 밝혀졌다.

은밀히 토해 내는 여인의 얘기에 종국이 귀를 기울였다. 여인은 대전시

유성구의 사설 전자기기 연구소에 근무하는 28살의 처녀였다. 여인의 이름은 옥경진(玉景珍)이며 미국 피츠버그대학교에서 박사학위를 취득한 연구원이었다. 여인은 전자파 교란에 대해 예전부터 각별한 관심이 생겼다. 북한이 서해의 선박들을 상대로 전파 교란을 실시하기 훨씬 이전부터였다. 소문으로 러시아 전자 제품의 기능이 탁월하다고 들었다. 그래서 비밀리에 러시아를 드나들며 관련 제품을 구입했다.

구입한 제품을 무사히 국내로 반입하기 위해 중국을 이용했다. 상해의 전자 상가의 주인인 친짜오핑(Chinzzaoping)과는 친숙하게 지냈다. 친짜오핑은 50대 중반의 사내로서 노련한 국제 무역상이었다. 경진이 러시아에서 물건을 구입하면 상해의 친짜오핑에게로 보냈다. 그러면 온갖 수단을 동원하여 친짜오핑이 경진에게 물건을 보내 주었다. 친짜오핑에게 경진은 중요한 고객들 중의 하나였다. 경진의 얘기를 듣다가 종국이 그녀에게 물었다.

"얼마 동안이나 저희 연구원의 통신망에 교란 시험을 했어요? 두어 달 전부터 관측 기기들이 오작동(誤作動)되곤 했거든요. 그래서 혹시나 누군가 외부에서 전자파를 건드리나 하고 의심했어요. 그랬는데 오늘 그 현장을 제가 발견하게 되었어요."

종국의 말을 들은 직후였다. 경진이 말끄러미 종국의 눈을 들여다보며 말했다.

"확실히 놀라운 감각이시군요. 전파 교란을 시작한 지가 대략 석 달째예요. 교란에 가담한 사람으로는 저를 비롯해서 호얀스키와 라트비아였어요."

종국의 얘기가 끝나자마자 경진이 종국의 술잔에 술을 부으며 말했다.

"오늘이 참 묘한 시기군요. 종국 씨와 저는 친구가 되든지 원수가 되든지를 결정해야 해요. 그렇지 않고는 일이 조금도 진척될 수 없어요."

종국도 공감한다는 듯 고개를 끄떡이며 경진의 술잔에 술을 따랐다. 종국과 술잔을 부딪치며 둘은 마음을 털어 내기 시작했다. 그녀가 들려준 말들이 종국의 머릿속에 자리 잡기 시작했다.

경진이 해안에서 종국을 처음 만난 순간이었다. 경진의 시야가 활짝 밝아지는 느낌이었다. 러시아와 중국을 수시로 오가던 경진이었다. 그러면서 많은 사내들을 본 적이 있었다. 그렇지만 종국만큼 기품이 있으면서 단아한 자태의 사내는 처음이었다. 종국의 얼굴을 처음 대하는 순간에 가슴이 급격히 뒤설렜다. 여태껏 살아오면서 그런 느낌은 처음이었다. 평범하고 수수한 외모임에도 외부로 발산되는 은은한 기품의 향취. 안개 낀 밤중에 야광주를 대한 듯한 느낌이 들었다.

종국의 눈에 비친 경진의 심성은 의외로 좋아 보였다. 충분히 평범한 외모를 초월할 정도라 여겨졌다. 그래서 서서히 경진에게 관심이 기울어지기 시작했다. 둘은 서로 마음이 통하는 느낌이었지만 보다 신중을 기하기로 했다. 일주일 뒤의 주말에 재차 만나기로 하고 헤어졌다.

50분의 제한된 시간으로 제작된 동영상이었다. 동영상이 종료되자 일행이 원탁에서 서로 마주 바라본다. 종국이 먼저 입을 연다.

"현재까지의 연구 결과와 실험은 성공적이라고 여겨져. 하지만 오후에 치를 해상 실험에서도 성공해야만 성공으로 받아들일 거야."

위성 항법 추적실장인 용철이 원탁 위에 도면을 펼친다. 도면은 그가 탐지 장치 설계실로 들어올 때 가져온 것이다. 도면에는 한반도 상공의 위성의 궤도가 복잡하게 그려져 있다. 궤도들 중의 한 곳을 가리키며 용철이 입을 연다.

"이게 작년 6월 27일에 쏘아 올린 정지궤도 위성의 궤도야. 지상 고도 36,000m의 적도 상공에서 한반도를 관측하고 있잖아? 다른 위성들보다는 천리안 위성이 아주 중요한 역할을 하고 있어. 한반도 근해의 잠수함이나 비행기, 선박에 이르기까지 교신의 중추부로 작용해. 그런데 천리안 위성이 보내는 전파를 교란시키면 숱한 문제가 발생해. 천리안이 아닌 다른 위성들의 전파 교란의 경우에도 마찬가지야. 이제 전파 수신 고도에 따른 교란의 해결책을 얘기할게."

용철의 얘기에 종국과 성태가 귀를 기울인다. 용철이 차분한 목소리로 말을 잇는다. 전파를 교란시키려면 새로운 전자기파를 발신하는 발진기가 있어야 한다. 발진기는 전자기파의 진동수에 따라 발진 에너지가 다르다. 전자기파를 멀리까지 내보내려면 진폭을 키워야 한다. 진폭을 키우는 데에 따라 소모되는 에너지가 다르다. 선박이나 항공기의 탐지 장치에서는 일정한 전자기파를 사방으로 날려 보낸다.

발신된 전자기파가 교란되면 정보를 제대로 분석하지 못한다. 이 문제를 해결하려면 교란당한 전자기파를 원상태로 신속히 회복시켜야 한다. 교란당한 전자기파를 회복시키는 설명이 진행될 때다. 종국의 머릿속으로 과거의 상념이 흘러든다.

경진과의 첫 번째 만남이 이루어진 뒤였다. 종국은 경진을 만나기 전에 점검할 부분이 있었다. 그가 소속된 연구원의 정보 누출 상태를 점검하기로 했다. 경진에 의해 모르게 빠져 나간 정보가 있는지를 세밀히 점검했다. 경진이 휴대한 러시아제의 휴대용 고주파 발진기가 마음에 걸렸기 때문이었다. 규모는 소형이지만 성능이 강력한 것으로 알려진 거였다. 그래서 종국의 연구원 정보에 이상이 있었는지를 알아보려는 거였다. 연구원 건물 안팎으로 드나든 모든 전자기파의 이동 통로를 조사했다.

하지만 어떤 정보도 유실된 게 없다는 게 밝혀졌다. 결론적으로 경진에게 별다른 첩보에 관련된 의혹은 없다고 판단했다.

종국이 경진을 세 번째로 만난 것은 한 달 전이었다. 작년 12월 중순의 날씨가 차가운 날이었다. 주말이라 대부도 해안의 벼랑에서 낚싯대를 드리우고 있을 때였다. 그녀도 함께 낚시를 하고 싶다면서 낚싯대를 들고 해안에 나타났다. 낚시질에 있어서는 종국을 오히려 뛰어넘는 기술을 지닌 경진이었다. 종국이 한창 낚싯줄에 신경을 집중할 때였다. 경진이 살그머니 나타나서 뒤에서 종국을 껴안으며 말했다.

"많이 잡았어? 나도 낚싯대를 가져 왔어. 오늘은 해변에서 매운탕을 끓여 봐야겠어."

종국도 경진을 돌아보며 말했다.

"너한테 안기니까 전기가 마구 통하는 느낌이야. 애초에 친구로 사귀기로 했는데 잘못하다가는 노선이 바뀌겠는데?"

종국의 말이 끝나자 둘이 손을 맞잡고는 까르르 웃음을 터뜨렸다.

용철의 설명이 끝났을 때다. 셋이 자리에서 일어나 5층에 있는 탄성파 실험실로 올라간다. 거기에서 직접 이론에 맞춰 실험하려는 취지다. 전파의 전달 거리가 짧은 공간에서 실험하려는 취지다. 탄성파 실험실은 학

22

교의 강당 규모다. 전자기파의 반사에 적용시키려고 높이를 십여 m로 높였다.

실험실에 도착하자마자 성태가 버튼을 누른다. 벽면에 있는 커튼이 일제히 내려가며 유리창을 차단한다. 성태 아래의 일반 연구원 다섯 명이 실험을 준비한다. 한 연구원이 발진 장치로 교란파를 만들어 내보낸다. 실험실 내부에 있는 세 대의 감지 장치가 작동하기 시작한다. 전자기파의 간섭 현상이 일어날 때마다 모니터에서는 복잡한 파형이 그려진다. 다른 파동이 만나 세기가 강해지거나 약해지는 것이 간섭 현상이다. 기존의 파동에 간섭이 일어났을 때 교란된 파동의 파형(波形)을 분석한다.

시간에 따른 진동수와 진폭의 값이 컴퓨터 프로그램에 의해 분석된다. 그러면 곧바로 교란파의 파형이 분석되고 교란된 파동이 재생된다. 탄성파 실험실 공간에서 서너 차례나 반복 실험이 이루어진다. 실험은 성공적으로 끝난다. 어떤 변칙 파동이 원파동(原波動)을 교란시켜도 곧바로 원래의 파동을 재현한다.

선임연구원 셋이 탄성실을 빠져 나올 무렵이다. 오후 4시를 막 넘어서는 시점이다. 셋은 일제히 주차장으로 나가 평택 항으로 차를 몬다. 평택 항에는 해양 탐사선 세 척이 기다리고 있다. 2대의 헬기도 탄성파 실험에 참여할 예정이다.

오후 5시 40분에 배가 평택 항을 떠나 서해로 나간다. 덕적도에서 서쪽으로 80㎞, 북방 한계선에서 남쪽으로 50㎞ 떨어진 지점이다. 이 지점에서 훈련이 아닌 과학 실험이 행해진다. 해양 연구원의 500톤급 탐사선 세 척이 바다에 배열해 선다. 각 탐사선마다 십여 명씩의 일반 연구원들이 배치되어 있다. 각 배마다 선임 연구원이 한 명씩 배치되어 실험을 지휘한다. 한국의 초계함과 구축함이 북방 한계선 언저리를 순행하고 있다.

두 대의 헬기가 하늘에 떠서 전자기파를 내보낸다. 선박에 딸린 탐지 장치가 내보내는 전자기파를 교란할 용도의 전자기파다. 세 척의 탐사선에서 교란 전자기파가 발신되는 것을 알아차린다. 그러자 탐지 분석실의 연구원들이 즉시 발진 장치를 조작한다. 교란당한 파동을 정상적으로 회복하기 위한 조처를 진행하기 시작한다.

종국도 연구원들의 조작 상태를 지켜본다. 원만하게 잘 진행되어야 할 부분이다. 자칫 잘못하다가는 선박들이 북방 한계선을 넘을지도 모른다. 전자기파가 교란당한 순간부터 위성 항법 장치로부터 안내받지 못하기 때문이다. 종국이 연구원들의 조작 과정을 지켜볼 때다. 그의 의식 속으로 2주일 전의 일이 떠오른다. 경진이 종국에게 상세하게 얘기했던 장면들이 머릿속으로 펼쳐진다.

눈발이 서해상에 흩날렸던 올 정월 초사흘이었다. 바다 가득 해무(海霧)로 뒤덮인 오후 2시 무렵이었다. 변산반도 서쪽의 섬인 위도(蝟島)의 남서 해안에서였다. 위도는 변산반도에서 서쪽으로 14km 떨어져 있는 섬이다. 섬의 남동쪽 해변으로 50대 초반의 두 사내가 나타났다. 동백나무와 사철나무로 뒤엉킨 수풀 속으로 두 사내가 나타났다. 경진이 그녀 회사의 남자 동료 연구원과 함께 사내들을 만났다. 사내들이 러시아 말로 경진과 열심히 대화를 나누었다. 그녀의 동료 연구원도 아주 유창한 러시아어로 러시아인들과 대담했다.

덩치가 큰 러시아인이 말했다.

"이미 6개월 전부터 계약했는데 부품 공급을 못해 주겠다는 겁니까? 부품을 공급받지 못하면 무슨 일이 벌어질지 알기나 해요?"

경진의 동료 연구원이 곧바로 응답했다.

"지금까지 서류와 인터넷으로 충분히 의사를 전달했잖아요? 부품 공급을 못하는 사유를 말입니다. 그런데도 계속 억지를 부리는 이유가 뭐예요?"

덩치는 작지만 키가 큰 러시아인이 짜증스런 목소리를 내뱉었다.

"지키지 못할 계약을 왜 한 건데? 계약을 파기하는 처지에 무슨 잔말이 많아?"

경진이 다시 차분하게 말했다.

"상황이 달라졌다고 몇 번이나 말해야 알아듣겠어요? 중국이 한국에게 희토류 금속(稀土類金屬)의 공급을 중단했기 때문이라구요."

중국과 한국의 기류가 근래에 부쩍 악화되었기 때문이다. 천안함 사건에서부터 비협조적이었던 중국에 대한 한국인들의 부정적인 시각. 정지궤도 위성인 천리안의 발사. 1500㎞급 순항 미사일인 현무의 개발. 이런 여러 요인들이 중국의 군사력을 자극했다는 측면이었다. 느닷없이 중국이 일방적으로 희토류 금속의 대한 수출을 중단해 버렸다. 희토류 금속(rare-earth metal)은 스칸듐, 이트륨, 란탄, 루테튬을 포함한 17종의 원소들이다. 지하 매장량이 대단히 적은 반면에 용도가 다양한 원소들이다. 특히 전자 제품 제조의 중요한 재료가 된다.

다혈질의 러시아인 둘이 끝까지 억지를 부렸다. 그러다가 키가 큰 러시아인이 냅다 고함을 질렀다.

"좋아! 우리는 지금 떠나겠어. 오후 3시까지 부품 공급의 응답이 없으면 비상수단을 취하겠어. 할 말은 이게 전부야."

두 러시아인들은 덩굴 숲을 지나 위도 해안으로 걸어갔다. 경진과 동료 연구원이 망원경으로 사내들의 행적을 주시했다. 해무(海霧)에도 무관하게 장거리를 투시할 수 있는 특수한 망원경이었다. 러시아인들은 위도 부근에서 거룻배에 올라 노를 저어 갔다. 위도 남서쪽 해안에서 서쪽으로 곧장 300m쯤 저어 갔을 때였다. 수면 위로 잠수함이 떠올랐다. 그러더니 러시아인들이 잠수함으로 신속히 올라탔다. 순식간에 거룻배가 사라지면서 타고 갔던 거룻배만 바다에 떠돌기 시작했다.

경진과 동료 연구원은 신속히 해군과 해양 경찰대에 신고했다. 경진과 동료 연구원은 러시아인들이 밀입국해 왔으리라고는 생각지 않았다. 그랬는데 의외로 러시아인들이 해무를 틈타서 잠수함으로 밀입국해 왔었다. 곧바로 바다에는 해군의 구축함과 헬기가 잠수함을 추격하기 시작했다.

두 대의 헬기가 동서로 교차하면서 교란 전파를 내뿜어댄다. 그럴 때마다 선박들이 표적을 잃고 바다를 표류한다. 선박들이 표류하면서도 북방한계선의 구축함들을 기준으로 신속히 거리를 조절한다. 선박들이 북방한계선을 넘게 되면 북침이 되기 때문이다. 북침은 북한의 군사력 도발의 불씨가 되기 마련이다.

세 척의 탐사선 내의 연구원들의 조절 작업은 신속히 이루어진다. 금세 교란 전파의 진동과 진폭의 값을 계산해 낸다. 그리고는 곧바로 위성항법 장치로 선박의 신호를 접속시킨다. 대단히 신속한 처리 작업이 이루어진다. 종국이 바다의 수면을 바라보며 생각에 잠긴다.

'이 정도의 대응 능력이라면 전시(戰時)에서도 충분히 승산(勝算)이 있겠어.'

이때 종국의 머릿속으로 경진이 들려준 잠수함 사건이 떠올랐다.

올 정월 초사흘 오후 3시 무렵이었다. 빠른 속도로 제주도 남쪽의 공해(公海)로 빠지려던 잠수함이었다. 거기에서 항로를 돌려 동해의 공해를 거쳐 러시아로 가려는 거였다. 40분에 걸친 격렬한 해군 구축함들의 추격이 진행되었다. 추격과 동시에 갖은 통신을 시도했다. 그랬음에도 러시아의 잠수함은 교신에 불응하고 달아나기만 했다. 그러다가 제주도 남쪽의 공해로 막 들어서려고 했다.

공해로 접어들기 직전이었다. 구축함에서는 '홍상어'로 알려진 어뢰가 발사되었다. 하늘을 날아올랐다가 잠수함 인근 바다에 떨어져서 수중에서 폭파하는 어뢰다. 어뢰가 발사된 지 십여 초 후에 수면으로 물기둥이 치솟았다.

경진으로부터 당시의 정황을 얘기로 전해 들었을 때다. 경진 못지않게 종국도 형언하기 어려운 안타까움을 느꼈다. 러시아인들을 태운 잠수함이 수중으로 사라진 직후였다. 한국 해군에서는 곧바로 러시아 잠수함을 추격하기 시작했다. 금세 구축함이 동원되고 헬기가 서해 상공에 날아올랐다. 구축함 내부에는 러시아어에 정통한 통역 장교가 올라탔다. 추격하면서 잠수함 내부로 교신을 시도했다. 즉시 도주를 멈추고 조사에 응하라는 전언(傳言)을 계속 내보냈다. 하지만 구축함 내부로 돌아온 회신은 상당히 호전적이었다.

"계속 따라오면 전함(戰艦)을 죄다 침몰시켜 버리겠어. 빨리 되돌아가라니까!"

중령인 함장(艦長)들로부터의 의견을 받아들여 해군 사령부로부터 공격 명령이 하달되었다. 도주하는 잠수함을 향해 홍상어가 하늘을 날아올랐다. 잠수함이 달아나는 근처의 바다로 홍상어가 날아내렸다. 그런 뒤 수 초가 지났을 무렵에 폭발음과 함께 물기둥이 치솟았다.

러시아 측에서 간절히 바랐던 것이 탐지 장치에 사용되는 부품이었다. 이들 부품은 초정밀 전자 기술로 만들어지는 전자 집적회로였다. 이 회로에 사용되는 부품은 희토류 금속원소였다. 이들 재료의 공급은 여태껏 중국에서 제공되었다.

경진은 전자 집적회로의 제작 기술에 있어서 세계적인 권위자였다. 국가 연구 기관에서도 과거에 경진을 몇 차례나 초빙하려고 했다. 하지만 경진과 그녀의 회사 경영자와의 유대 관계로 인해 사양했었다. 러시아에서는 어떻게 해서든 경진에게 부품을 공급받아 기술을 확장하고 싶었다. 이런 찰나에 한국과 중국과의 외교 관계가 껄끄러워져 버렸다. 그래서 중국에서는 한국에 희토류 금속원소의 수출을 중단해 버렸다.

본의 아니게 러시아에게 부품을 공급하지 못하게 되었다. 문제는 러시아 협상진의 생각 때문이었다. 경진의 말을 단순한 거절의 뜻으로 오해하여 반감을 드러내었다. 아마도 한국이 기술 제공을 하지 않으려는 뜻으로 받아들인 모양이었다.

잠수함이 격침된 날. 경진이 종국에게 말했다.

"나 때문에 잠수함에 탔던 러시아인들이 수장(水葬)되어 가슴이 아파. 어쨌든 소중한 인명인데 결국은 그 지경이 되고 말았어. 이럴 줄 알았다면 잠수함을 신고하지 말 걸 그랬나 봐."

종국이 경진을 달래려는 듯 나지막한 목소리로 말했다.

"너무 괴롭게 생각하지 마. 만약 잠수함을 신고하지 않았다면 너는 지금 쯤 수감(收監)되어 있을 거야. 국가 간에 이해(利害)가 엇갈리면 어차피 적이 될 뿐이야."

종국의 말에도 불구하고 경진이 입술을 깨물며 안타까운 한숨을 내쉬었다.

마침내 해양 탐사선 1호에서 경적이 울린다. 모든 실험 일정이 종료되었음을 알리는 소리다. 헬기도 공중에서 두 번을 선회하고는 평택의 기지로 돌아간다. 세 척의 해양 탐사선은 덕적도를 거쳐 회항할 예정이다. 종국이 평택 항에 내리기 직전이다. 탐사선 내부에서 성태와 용철을 비롯한 연구진들과 작별 인사를 나눈다. 종국이 평택 항에 내려선 뒤다. 종국이 시급히 주차장으로 나가 그의 승용차에 올라탄다.

두 대의 헬기와 세 척의 탐사선이 평택에 닿은 뒤였다. 종국은 승용차를 몰고 해변으로 달린다. 경진과 약속한 호젓한 해변에서 검정색 승용차를 멈춘다. 차에서 내린 뒤에 해변을 따라 천천히 걷는다.

고작 몇 걸음을 옮겨 놓았을 무렵이다. 경진의 흰 색 승용차가 해변에 도착한다. 그러더니 이내 경진이 차에서 내려 종국을 향해 손을 흔든다. 종국이 곧바로 경진을 향해 달려간다. 종국과 경진이 서로 만나 포옹한다. 이내 종국이 경진을 안아들고는 한 바퀴를 선회한다. 그리고는 경진을 살며시 내려놓는다. 이윽고 둘이 서로를 마주 바라보며 가까이 다가선다. 그러다가 서로 손을 맞잡고는 기쁜 표정으로 소곤댄다. 경진이 먼저 종국을 향해 말한다.

"연구소 내의 원격 장치로 해상 실험 장면을 잘 봤어. 아주 성공적인 실험 장면이었어. 정말 너희 연구원에서 확실하게 눈부신 실적을 거둔 것 같더구나."

종국이 경진의 두 뺨을 어루더듬으며 말한다.

"오늘의 실험이 성공을 거둔 데에는 너의 격려의 힘이 컸어. 너를 어떻게 해 줄까? 고마운 심정을 너의 가슴속 깊이 전해 주고 싶어."

종국의 얘기를 듣자 경진이 얼굴을 붉히며 종국의 눈을 들여다본다. 둘의 시선과 시선이 만나 뜨거운 기류가 형성된다. 그러다가 강한 인력으로 둘이 서로 바싹 끌어안는다. 달뜬 숨결이 터져 나오면서 둘이 처음으로 입맞춤을 나눈다. 때마침 해변에는 석양이 짙게 드리워져 세상이 자줏빛 물결로 굽이친다. 하늘마저 핏빛으로 타는 저녁놀로 공작의 깃털처럼 바람결에 나부낀다.

지금껏 낮게 속살대던 파도 소리가 점차 소리를 질러대기 시작한다. 기류에 휩쓸리듯 보금자리를 찾아 돌아가는 갈매기의 날갯짓이 눈송이처럼 눈부시다. 포옹한 남녀의 귓전으로 발동선 소리가 포근한 기류가 되어 밀려든다.

〈『순수문학』 2011. 5월호 발표〉

복사꽃 그늘

근엄하면서도 당당한 아버지와 한없이 자애로운 어머니의 얼굴이 순간적으로 밀려
들었다. 그러면서 상희와 나를 활짝 웃으며 반기는 듯한 느낌이 전해졌다. 찰나 간에
일어난 환상적인 장면으로 가슴이 먹먹할 지경이다. 세상은 정적 속에 잠기고 청정한
솔바람 소리만 깃발처럼 파드득거린다.

복사꽃 그늘

바닷바람이 점차 눈을 부릅뜨고 수면을 내리쓸기 시작한다. 바다는 해풍이 일렁일 때마다 숱한 골을 이루며 자지러진다. 수면파의 파동이 일 때마다 하얀 포말이 허공으로 날아오른다.

휘잉 휘이이잉!

살갗에 소름이 일 정도의 새된 음향이 연신 따갑게 밀려든다. 해안에 늘어선 나뭇잎들이 찢겨 떨어질 지경이다. 몸에 달라붙은 옷들마저 마구 나부껴 정신이 어지러울 지경이다. 4월 하순의 오후인데도 초겨울을 방불케 할 정도도 기온이 싸늘하다.

주머니에서 휴대전화가 격렬하게 진동한다. 꺼내 귀에 갖다 대니 상희의 목소리가 귓전으로 밀려든다.

"지금 막 고개를 내려가는 중이야. 잠시 후에 만나자구."

돌섬의 해안인 거미곶으로 오는 길에는 고개가 있다. 왜냐하면 선착장은 거미곶의 반대편 해안에 있기 때문이다. 섬의 중앙에는 해발고도 200

여 m에 달하는 향산(香山)이 치솟아 있다. 선착장에서 향산을 넘어야만 거미곶으로 이르게 된다. 상희가 향산 고개를 넘는 중이라는 얘기다. 거기에서 거미곶까지 오려면 반시간은 족히 걸린다.

나는 열린 잠바의 지퍼를 끌어올리며 낚싯대를 움직여 본다. 벌써부터 낚싯대가 요란스레 진동했지만 상념에 잠겨 있느라고 느끼지 못했다. 낚싯줄을 건져 올리니 볼락 2마리가 매달려 올라온다. 신속히 낚시 바늘을 물고기 입에서 빼낸다. 물고기를 살림망에 넣어 다시 바닷물에 담근다. 살림망에는 9마리의 물고기가 활발하게 헤엄치고 있다.

잠시 잠잠했던 해풍이 또 다시 휘몰려든다. 해안에 줄지어 선 동백나무와 사철나무가 허리를 꺾으며 요동친다. 해안의 곳곳에는 야생 복숭아나무가 지천으로 깔려 꽃들이 만발한 상태다. 나의 시선이 복숭아꽃에 이르렀을 때다. 과거의 잔상이 기억 속으로 밀려든다.

재작년 여름인 7월 하순경이었다. 폐암 말기에 있으면서도 해변의 공기를 쐬고 싶어 하던 어머니였다. 게다가 해묵은 관절염으로 인하여 어머니는 오른쪽 다리를 심하게 절었다. 현대 의학으로도 관절염은 치료가 어려운 상태였다. 오랜 세월에 걸쳐서 관절에 염증이 생겨 관절이 마모되었기 때문이다.

지팡이에 의존해서 해변을 거닐면서도 산책을 즐겼다. 아마 산책하면서 많은 생각의 실타래를 풀어 내리는 듯했다. 해변을 마냥 산책한 저녁이면 도근주(桃根酒)를 찾았다. 도근주는 야생 복숭아나무의 뿌리를 파내어 잘라서 담근 술이다. 복숭아나무 뿌리와 소주와 설탕이 섞여서 만들어진 약주(藥酒)다. 한방에서는 도근주를 무릎 관절의 상처를 치료하는 약제로 사용한다. 관절염을 앓는 환자들에게는 확실하게 통증을 완화시키는 작용이 있는 듯하다.

어머니도 도근주를 마시면 얼굴에 화색이 돌며 평온한 표정을 지었다. 내가 야생 복숭아나무 뿌리를 채취한 장소도 여러 곳이었다. 계속해서 도근주를 만들려면 복숭아나무를 보호해야 했다. 결코 나무를 통째로 파서는 안 되었다. 나무의 뿌리 일부를 조금씩만 파서 도근주를 담는 데 썼다. 그랬어도 야생 복숭아나무는 섬의 해변에 쫙 깔려 있었다.

돌섬을 서너 시간씩이나 산책한 후유증인 듯했다. 어머니의 얼굴에는 미열이 끓고 있었다. 그랬어도 도근주를 찾았다. 도근주에는 항상 그윽한 향기가 났다. 술을 마시기 전에 향기에 취할 정도였다. 어머니도 도근주의 향기를 무척 좋아했다. 자줏빛으로 찰랑이는 술은 관절염을 다스리는 소중한 한약이었다. 술이 식도로 넘어가는 사이에 관절의 통증이 금세 가라앉는다고 했다.

관절에 찾아드는 통증을 약주로 다스리며 어머니가 말했다.

"너희 아버지가 살았다면 이렇게 힘들지는 않을 거야. 이제 내가 떠날 날도 얼마 남지 않았어. 너를 두고 떠나려니 가슴이……."

말을 미처 끝내지도 못한 채 목이 메어 흐느꼈다. 나는 어머니를 가만히 껴안고는 묵묵히 손바닥으로 등을 두드렸다. 의사는 나에게 말했다. 암 세포가 전신에 퍼졌기에 생명이 얼마 남지 않았다고. 세상 떠나기 전에 환자의 마음을 편안하게 해 주라고 말했다. 어머니가 좋아하는 돌섬은 진도 북서쪽 해안의 쉬미항에서 가까웠다. 돌섬의 남동쪽 해변에 야생 복숭아나무의 군락지가 형성되어 있었다. 돌섬은 쉬미항에서는 북서 방향으로 4

km 떨어진 지점에 있었다.

나는 어머니와 함께 주말마다 돌섬을 찾았다. 최대 길이가 650m, 폭이 200m에 달하는 무인도임에도 숲은 울창했다. 녹색으로 생동하는 잎사귀들이 해풍이 불 때마다 깃털처럼 나부꼈다. 걷기가 힘들까 봐 부축하려고 해도 굳이 마다하는 어머니였다. 어머니의 시선은 돌섬 서쪽의 수평선을 그윽이 굽어보고 있었다. 석양으로 불타는 바다의 물무늬에서 아버지에 대한 추억을 건지는 모양이었다. 어머니는 곧잘 석양의 바다를 굽어보며 아버지를 떠올리곤 했다. 어머니의 눈시울에 맺힌 이슬로부터 또 아버지를 떠올린다고 여겨졌다.

아버지가 세상을 떠난 것은 재작년 봄철인 4월이었다. 가거도 서쪽 100 km 해상에서 마을 사람들이 공동 조업하던 중이었다. 기상청에서도 예측하지 못했던 돌풍이 불며 선박들이 전복되기 시작했다. 국가가 지원한 대규모의 수색 작업에도 조난자들의 시신마저 찾지 못했다. 결국 아버지의 시신도 수습하지 못한 채 장례식을 치러야 했다.

어처구니없는 재난이었지만 현실로 받아들여야만 했다. 장례를 치르고 나자 이번에는 어머니가 시름시름 앓기 시작했다. 병원을 찾았더니 폐암이라고 했다. 암세포가 많이 퍼졌기에 항암제를 투입할 시기가 지났다고 했다. 수술이라든지 기타 치료의 길도 막혔다고 했다. 수명이 얼마나 남았겠느냐는 물음에 한두 달가량이라고 의사가 대답했다. 하늘이 무너지는 느낌이었다. 마을에는 친척이라곤 없는 터여서 고아가 되는 것이 시간 문제였다.

재작년 7월 하순경의 여름철. 어머니가 나랑 돌섬의 산책을 마치고 돌아온 그 이튿날이었다. 어머니는 내게 곁에 함께 있어 달라고 말했다. 나는 어머니의 손을 붙잡으며 흔쾌히 그러겠다고 말했다. 저녁 식사를 마치고 방에 이불까지 펴 준 뒤였다. 혹시라도 몰라서 미리 진통제까지 준비해 두었다. 어머니가 옆으로 누우면서 나에게 등을 안마해 달라고 말했다. 나는 흔쾌히 어머니의 등 뒤를 안마했다. 그랬는데 나도 힘들었던 모양이다. 안마하던 중에 더러 졸았던 모양이다. 그러다가 정신을 차려 보니 어머니의 눈시울에 눈물이 괴어 있었다.

어머니의 그런 모습을 대하자 급격히 부끄러움을 느꼈다. 아들임에도 어머니에 대한 관심이 부족하다고 여겼을지도 모르기 때문이다. 그러다가 자리에 누운 지 얼마 안 되어 어머니가 잠들었다. 숨 쉬는 소리에 마찰음이 한없이 뒤섞여 듣기가 고통스러울 지경이었다. 점차 시간이 흐름에 따라 그 소리마저도 평온스럽게 여겨졌다. 평소에 어머니를 돌보기 위해 나는 잠도 어머니 곁에서 잤다.

하지만 학습할 공부 때문에 옆방에 가서 책을 보기로 했다. 그리고는 어머니의 방에 불을 껐다. 수면에 방해되지 않도록 하기 위해서였다. 예정된 학습량은 많았던 반면에 공부에 소요된 시간은 적었다고 여겨졌다. 그래서 그걸 보충하느라고 자정이 넘게 책을 보다가 어머니에게로 갔다. 어머니의 방에 들어서니 왠지 분위기가 달랐다. 방이 썰렁하고 음산한 느낌으로 뒤덮인 분위기였다.

느낌이 이상하여 즉시 어머니에게로 다가갔다. 어머니의 숨소리를 들으려고 귀를 기울였다. 하지만 숨소리가 전혀 들리지 않았다. 창졸간에 놀라 어머니의 코에 손바닥을 갖다 대어 보았다. 전혀 숨결이 와 닿지 않았다.

이미 운명한 터였다. 그럴 리가 없다면서 어머니의 코에 귀를 갖다 대어도 보았다. 하지만 어머니가 세상을 떠났음을 인정하지 않을 도리가 없었다. 나는 이웃집부터 달려가 어머니의 운명 소식을 전했다. 그러자 마을 사람들이 밤중인데도 집으로 몰려들기 시작했다.

이장(里長)도 집에 들러 상황을 확인하더니 사망 신고를 하겠다고 했다. 날이 밝을 무렵에 경찰관과 의사가 함께 집에 들어섰다. 이장이 사망 사실을 신고했기 때문이다. 의사가 어머니의 얼굴과 목 주변을 한동안 꼼꼼히 들여다보았다. 그러더니 사망 진단서에 폐암에 의한 호흡 곤란으로 사망했다고 서명했다. 사망 진단서가 발급된 뒤다. 경찰관이 나와 이장에게 장례를 치러도 된다고 얘기하고 의사와 함께 돌아갔다.

마을에 친척이라곤 없던 부모였다. 어머니가 세상을 떠나자 무엇을 어떻게 해야 할지 막막하기 그지없었다. 이런 나를 위해 이장이 손수 나서서 나를 도왔다. 이장과 마을 사람들의 도움으로 어머니를 방화곡의 아버지 곁에 묻었다. 친척이 없었으니 만고에 연락할 곳은 마을 사람들밖에 없었다. 고맙게도 마을 사람들이 성심껏 일을 도와 장례가 잘 치러졌다. 장례를 치른 다음 날이었다. 이장의 조언으로 나는 마을 사람들을 찾아다니면서 고마웠다고 인사했다.

어머니의 장례를 치른 직후였다. 여전히 수능 공부에 몰입해야 할 고3 시기였다. 대학 진학을 위해 광주에서 고등학교에 재학하던 중이었다. 경제적 여건이 학업을 계속할 상태가 아니었다. 일단 학교에는 휴학 신청을 했다. 내가 출생한 마을의 이장(里長)을 찾아가 상담했다. 50대 중반의 머리가 벗겨진 이장이 딱한 표정을 지으며 말했다.

"우리 마을이 빈촌(貧村)이잖아? 어느 누군들 재정적인 여유가 있겠니? 휴학했다니까 내 밑에서 내년 2월까지만 일하라구. 그렇게만 한다면 나도 너를 돕겠네."

그 날로부터 나는 이장의 집에서 일손을 도우며 살았다. 일한 만큼 일정한 급료를 매달 지급해 주겠다고 했다. 이장은 낚시점을 운영하며 선박도 두 척이나 지닌 어민(漁民)이었다. 이장의 식구로는 이장의 아내와 딸이 있었다. 나와 동갑인 딸은 어릴 적부터 서울에 올라가 공부했다. 그런 관계로 딸이 어떻게 생겼는지 본 적도 없다. 하지만 고3 시기라 한창 공부에 몰입하는 중이라고 했다.

나는 휴학한 시점부터 이듬해 2월까지는 낚싯배에 올라타 시간을 보냈다. 아침이면 이장이 낚시꾼들을 원하는 해안 절벽에 배로 실어 날랐다. 저녁이면 낚시꾼들을 다시 배에 태워 항구로 돌아오곤 했다. 나는 이장의 일을 곁에서 거들었다. 낚시점을 운영하는 것은 이장 아내의 역할이었다. 낚싯배에 관련하여 낚시꾼들을 실어 나르거나 선박의 엔진을 점검하는 일. 이런 영역에 있어서 나는 이장의 조수 역할을 착실히 수행했다.

해 보지 않던 일이라 엄청나게 힘들게 느껴졌다. 하지만 이장과의 계약에 따라 나는 이장의 일을 열심히 도왔다. 한창 공부에 몰두해야 할 시기에 낚시꾼들이나 실어 날라야 하다니! 때때로 내겐 수없는 상념의 실타래가 뒤엉키곤 했다.

진도읍 산월리의 쉬미항. 진도 북서쪽 해안에 국가가 현대식으로 구축한 어항(漁港)이다. 항구에는 나날이 낚시꾼들이 적지 않게 몰려든다. 갯바위의 명소를 찾는 낚시꾼들이다. 이들 낚시꾼들을 아침이면 태워다 주고 저녁에는 귀항시켜야 한다. 50대 중반의 이장의 이름은 장천수(張泉水)라고 했다. 머리가 벗겨지고 얼굴이 넓고 다부지게 생긴 체형을 지녔다. 언제나 온화한 표정에 얼굴에는 미소가 남실댄다. 그를 만난 이후로 화를 내거나 짜증을 내는 모습을 보지 못했다.

바다를 향한 그의 눈빛은 미풍에 나부끼는 깃털처럼 온화하게 느껴졌다. 그의 시선은 평상시에 수평선의 끝자락을 더듬곤 했다. 아무리 주위가 번잡하고 힘들어도 그의 눈빛에는 평온함이 깃들어 있었다. 누구든 그의 눈빛만 보면 저절로 마음이 정화되는 기분이었다.

휴학하던 작년 가을이었다. 아침 식사를 한 지 한 시간이 지났다. 나는 이장과 함께 선박의 엔진을 들여다보고 있었다. 틈틈이 이장이 엔진에 대해 나를 가르치곤 했다. 이장의 해박한 지식에 저절로 귀가 기울여졌다. 엔진이 고장 났을 때의 처치 요령을 이장이 들려주었다. 유사시를 대비하여 나는 열심히 들었다.

낚시꾼들을 갯바위에 태워다 준 뒤였다. 이장의 집에서 이장 내외와 아침 식사를 했다. 그런 뒤에 선박 학습을 위해 이장과 함께 바다로 나섰다. 선박 내의 내비게이션을 보고 배를 모는 것을 연습했다. 내가 배를 몰고 곁에서 이장이 지켜보았다.

통통거리는 엔진 소리가 저녁연기처럼 허허롭게 휩쓸려 나갔다. 엔진 소리만 들으면 가슴속이 편안해졌다. 대기 속으로 흩어지는 엔진 소리를 들을 때였다. 머릿속으로 섬광이 일며 유년시절의 추억이 밀려들었다.

집 앞에는 널따란 논이 펼쳐져 있었다. 초등학교 2학년 무렵의 가을철이었다. 논가에 농막(農幕)이 세워져 있었다. 참새 떼들을 내쫓기 위한 원두막 모양의 가건물이었다. 추수가 끝나면 곧바로 제거되는 구조물이었다. 따가운 햇살을 막으려고 지어진 농막이었다. 논으로 몰려드는 참새 떼들을 농막에 붙어서 고함을 질러 내쫓았다.

"후여어! 후여어어!"

무리를 지어 논으로 내려앉으려다 말고 참새 떼들이 지나가 버렸다. 참새 떼들은 연이어 날아들기 마련이었다. 다른 논에 딸린 농막에서도 참새 떼들을 부지런히 내쫓았다. 반농반어(半農半漁)의 생활을 하던 시골 마을이었다. 한창 목이 잠겨들 무렵이었다. 논길을 따라 내닫는 아버지의 모습이 보였다.

반가움보다는 무서움이 먼저 느껴지는 아버지였다. 논 세 마지기와 밭 두 마지기가 유일한 재산이었다. 배는 없어서 이웃 사람들의 배를 타고 조업하곤 했다. 어려운 형편 때문에 아버지의 얼굴에는 늘 근심이 서려 있었다. 보통 시무룩하게 활기를 잃은 표정이었다. 그럼에도 노여움은 잘 타서 걸핏하면 고함을 지르며 야단을 쳤다.

논길을 타고 방천으로 올라서는 아버지의 모습을 지켜보았다. 그러다가 아버지가 방천에 올라설 때의 표정을 살폈다. 의외로 따뜻하고 포근한 미소를 띠고 나를 바라보았다. 내 앞에 가까이 와서 밝게 웃으며 말했다.

"고함지르기가 힘들지? 새들도 그걸 아는지 모르겠어?"

나로서는 전혀 뜻밖의 말로 들려 어안이 벙벙했다. 목소리가 제대로 안 들렸다느니 새를 못 쫓았다는 내용이 아니었다. 당연히 꾸지람이나 들을 것으로 알았는데 그게 아니었기 때문이다. 내가 당혹스런 눈빛으로 아버지를 올려다볼 때였다. 아버지가 문득 내 양 손을 쥐고 나를 향해 말했다.

"네가 고함을 질러댄 만큼 나중에 네게 도움이 될 거다. 어떤 도움이 될지는 나중에 알게 될 거야. 자, 이제 그만하고 집으로 가자."

아직 해가 반공에 걸렸는데도 아버지는 집으로 발걸음을 돌렸다. 아버지 뒤를 따라 잠자코 나도 걸었다. 그 날 따라 논가에는 메뚜기 떼들이 하얗게 치솟았다. 무섭게만 느껴지던 아버지로부터 모처럼 따뜻한 정감을 느낀 날이었다.

갯지렁이를 낚시 바늘에 꿰어 다시 바닷물에 던져 넣는다. 물색이 연한 녹색으로 굽이치는 게 참 곱게 느껴진다. 고패질을 하면서도 물빛을 감상하느라고 물결에서 시선을 떼지 못한다. 연신 사방으로 파문을 일으키며 남실대는 물결이다. 물결이 미끄러져 나갈 때마다 수면으로 휩쓸리던 햇살이 어지럽게 나부낀다. 어디선가 새의 맑은 울음소리가 들리는 듯하다. 문득 산사(山寺)에서 청아하게 울려 퍼지던 풍경 소리를 듣던 날이 떠오른다.

이장의 집에서 머물면서 한 해를 넘기고 이듬해 2월을 맞았다. 한창 그물을 손질할 때였다. 찢긴 곳을 찾아 새 그물 조각으로 덧대는 작업을 했다. 꼼꼼히 손질을 하려면 시간이 많이 걸리는 일이었다. 하지만 일상의 일이기에 정신을 집중시켜 작업을 했다. 문득 이장이 나를 불렀다. 이장이 나를 부를 때에는 뭔가 중대한 일이 있을 때였다.

나의 가슴이 두근대었다. 그러면서 마음속으로 생각에 잠겼다.

'무슨 일로 나를 부를까? 혹시 내가 실수한 일이라도 생겼을까?'

나는 생각을 감추며 조용히 이장에게로 걸어갔다. 언제나 청바지에 청색 잠바를 즐겨 입는 이장이었다. 이장의 몸매는 탄탄하여 상당히 근육질에 가까운 체형이었다. 하지만 이장의 얼굴에는 언제나 미소가 서려 있었다. 어떤 날도 얼굴에 미소가 스러진 때를 보지 못했다. 이장은 원래 미소를 얼굴에 달고 태어난 사람이 아닌가 여겨졌다.

살면서 내가 느낀 바로는 미소에도 여러 유형이 있음을 알았다. 대체로 백치(白痴)에 가까운 미소를 대다수의 사람들이 머금었다. 그런가 하면 경지에 달한 느낌을 자아내는 미소도 눈에 띄었다. 이장의 미소는 달인 중의 달인의 경지를 느끼게 하는 미소였다. 미소를 대할 때마다 저절로 자세를 가다듬게 되었다.

마침내 이장의 앞에 다가섰을 때였다. 이장이 나를 향해 말했다.

"진호야, 내가 네 복학 처리를 해 놓았다. 신학기 공납금도 학교에 납부하고 왔어."

잠시 말을 중단하고는 내 눈을 말끄러미 들여다보며 말을 이었다. 하루 전에 광주에 다녀올 일이 있었다고 했다. 그래서 내가 다니던 고등학교를 찾아 복학 처리까지 마쳤다고 한다. 선장이 내게 저축 통장을 내밀며 말했다.

"이게 네 이름으로 만들어진 통장이다. 휴학한 뒤로 열심히 노력한 네 임금이 들어있어."

통장을 열어 금액을 확인하던 내 눈이 놀라 휘둥그레졌다. 예상했던 액수보다는 너무나 컸기 때문이었다. 혹시 숫자가 잘못된 것은 아닌가 싶어 이장을 바라보았다. 이장이 내 마음을 알았다는 듯 말을 덧붙였다. 이장의 목소리에서 저녁 안개같이 눅눅한 물기가 느껴졌다.

"왠지 너는 내게 남이 아닌 듯한 느낌이 들어. 광주에서의 1년간 하숙비와 2학기 공납금이 되도록 넣었어. 그뿐만 아니라 국립대학 입학 등록금 정도는 충분히 될 거야. 내일부터 광주에 나가서 하숙집을 찾아 봐. 그리고 이제부터는 공부에만 전력을 다하도록 해. 여태껏 선미를 제외하고는 이 마을에서 대학에 진학한 인재가 없었어. 나는 네게서 충분한 가능성을 느꼈어. 그랬는데도 네게 일을 시켰던 것은 합법적인 노임을 주기 위해서였어."

이장의 말을 듣다가 점차 고개가 수그러들었다. 세상 떠난 부모의 얼굴이 밀려들었기 때문이다. 고아의 몸으로 이장의 집에서 숙식을 해결해 오던 나였다. 묘한 일은 은연중에 이장이 스승으로 여겨져 왔다는 점이다. 이장을 대할 때마다 피부로 느껴지는 것은 스승을 대하는 느낌이었다. 그물을 비롯한 어구를 손질하는 일. 선박의 엔진을 다루거나 배를 모는 일. 이들 일을 가르칠 때엔 영락없는 스승이었다. 서툰 부분은 익숙해질 때까지 반복해서 지도해 주었다. 지도하는 과정에서는 언제나 온화한 모습을 보였다.

배를 몰다가 암초에 배가 걸렸을 때에도 침착하게 해결책을 알려주었다. 잘못을 지적하여 교정 지도를 할 때에도 미소가 떠나지 않았다.

"헛허허! 한다고 해도 실수란 건 생기게 마련이야. 절대로 주눅이 들면 안 돼. 침착하게 스스로 해결하는 자세가 필요해. 주변에서 누가 극성스레 떠들거나 말거나 마음을 가라앉혀야 해. 너는 지금 잘 하고 있어. 훌륭해. 바로 그렇게 하란 말이야."

이장을 대할 때마다 세상 떠난 아버지가 비교되곤 했다. 언제나 눈에는 핏발이 선 매서운 얼굴의 아버지였다. 유년시절에는 그런 아버지가 너무나 무섭고도 매정하게 느껴졌다. 그러다가 이장과 생활하면서부터였다.

아버지는 근엄하면서도 당당한 위풍을 지닌 사람으로 여겨졌다. 당당한 자신감과 강인한 정신력은 아버지의 강력한 장점이었다. 내가 이장을 대하면서부터였다. 이장이 아니었으면 평생 찾지 못했을 아버지의 장점을 연이어 발견했다. 나는 점차 이장과 아버지의 장점을 골고루 닮으려고 노력하게 되었다.

정말 알아낼 수 없었던 궁금증이 남아 있다. 내가 이장한테 야단맞지 않을 정도로 완벽하게 처신했던가하는 점이었다. 내가 생각해도 그건 전혀 아니었다. 이장의 지도에도 불구하고 내 몸이 따라 주지 않았다. 당혹한 표정을 지으며 극복하려고 애쓰는 나에게 밀려든 건 격려였다.

"괜찮아. 그만한 정도도 훌륭했어. 앞으로 잘 하면 돼."

어느 순간부터였다. 나의 의식 속으로 돌연한 생각이 밀려들었다. 부모를 잃은 나에게 대자연이 내려 보낸 스승이 이장이라고 여겨졌다. 학교 공부에 앞서서 인생 공부를 시키려고 대자연이 보낸 스승. 이런 생각이 든 날부터였다. 나는 새벽에 일어나서 30분씩 아령 운동을 하고는 샤워를 했다. 그런 뒤에는 대자연을 향해 경건하게 기도했다.

'대자연이시여, 제게 훌륭한 스승님을 보내 주셔서 고맙습니다. 오늘도 스승님의 지도를 잘 받아 열심히 수련하겠습니다. 세상 떠난 부모님께도 제 근황을 잘 전해 주세요.'

부모를 떠올릴 적마다 잔등을 타 넘는 설움으로 목이 메었다. 그러던 어느 날이었다. 여느 때와 다름없이 기도를 한 직후였다. 가슴속으로 휘몰리는 해일처럼 부모를 잃은 설움이 끓어올랐다. 소리를 내지 않으려고 애쓰면서 마당비를 움켜쥐고는 자신도 모르게 울먹였다. 가슴으로 시린 바람이 치밀어 오르면서 가슴에 구멍이 뚫린 느낌이었다. 자신도 모르는 사이에 어깨의 기복이 심해진 모양이었다. 입술을 깨물며 마음을 달랜 뒤에 마당을 쓸었다.

낚싯줄에 힘이 실리는 감각이 와 닿는다. 이내 파드득거리는 파동이 확실하게 실려 온다. 또 물고기가 물린 모양이다. 볼락인지 노래미인지 낚싯줄을 당기면서 가늠해 본다. 천천히 낚싯대에 부착된 얼레(reel)를 감기 시작한다. 얼레를 감기 시작한 뒤부터 한결 힘이 강하게 느껴진다. 딸려 오지 않으려고 발버둥치는 모양이다. 마침내 수면이 갈라지면서 감성돔이 고개를 내민다. 귀한 어종이라 왈칵 반가운 마음이 든다. 물고기를 건져 살림망에 담그고는 바닷물 속으로 밀어 넣는다. 살림망은 잡은 물고기를 가두어 일시적으로 살게 만든 작은 그물이다.

다시 미끼를 채워 낚싯대를 바다에 드리운다. 생각난 듯 흘끔 언덕길을 바라본다. 아직 상희는 모습을 드러내지 않는다. 나타날 시각이 아직 덜 되었음이 분명하다. 조금 전에 살림망에서 헤엄치던 물고기들의 눈을 봤을 때였다. 세속을 초월한 이장의 눈빛과 닮아 있음을 느꼈다.

광주시 용봉동의 국립 C대학교에서 입학식을 거행하는 날이었다. 내가 운동장의 행사장에 들어서기 직전이었다. 두 사람이 나를 막아서며 꽃다발을 건네었다. 고개를 들어 바라보니 이장과 이장의 딸이었다. 그들과 시선이 마주치는 순간에 이장의 딸이 입을 열었다.

"진호 씨, 진심으로 형설의 공을 축하해요."

말과 더불어 손을 내밀었다. 고마운 마음으로 그녀와 악수했다. 이장도 축하한다며 손을 내밀었다. 이장과 악수를 하는 순간이었다. 감정을 자제

하려고 했는데도 눈물이 왈칵 쏟아지려고 했다. 세속을 초월한 스승임에 틀림없다고 여기며 가까스로 눈물을 숨겼다.

광주에서 하숙집을 구하여 부단히 공부에만 몰두하여 노력한 결실이었다. 나 스스로도 대견하여 시내를 활보하며 환호성을 질러대고 싶을 지경이었다. 경쟁률이 치열한 우주공학과에 합격했기 때문이었다. 대학의 관문을 뚫었으니 이제 내가 꿈꾸는 세계로 매진하면 되었다.

이장의 딸인 선미는 나와 동갑이지만 서울의 R대학교 2학년생이었다. 서울의 R대학교는 세계적인 사학의 명문이었다. 나를 축하하려고 일부러 서울에서 내려온 거였다. 그 날 나는 정말 감격스러웠다. 기분 같아서는 이장을 업고 운동장을 달리고 싶을 지경이었다.

두 마리의 노래미를 낚아 살림망에 넣어 물에 담근 뒤였다. 다시 미끼를 꿰어 낚싯대를 드리우고는 고패질을 한다. 고패질은 낚싯줄을 바닥에서 한 뼘 높이로 오르내리는 동작을 뜻한다. 물고기를 낚시의 미끼로 유인하려는 의도에서 행해진다. 이동하는 미끼를 잘 공격하는 물고기의 습성을 이용하려는 측면이다. 잠시 잠잠했던 바닷바람이 세차게 불기 시작한다. 그러자 어디에선가 꽃잎들이 날려 와 수면에서 남실댄다. 햇살에 비친 꽃잎들은 홍옥처럼 요염하게 빛난다. 물결에 떠도는 꽃잎들을 바라보자니 잠깐씩 무지개의 색채가 일렁인다.

다채로운 색상의 표본인 무지개다. 대학에 입학하면서부터는 입시 학원에 강사가 되어 학비를 조달하기로 했다. 광주에서도 입시 학원은 널려 있었다. 하루에 네 시간씩만 강의해도 학비와 숙식이 해결될 정도였다. 자력으로 앞날을 개척한다는 것이 그처럼 보람찰 수가 없었다. 진실로 삶을 성취하는 느낌도 들어 전신에 신명이 차올랐다.

그러던 초여름이었다. 신입생 학과 대표가 타대학생들과의 남녀 교제 모임을 주선했다. 7명의 집단 중에 나도 포함되었다. 금남로 주변의 카페에서 만나 즉석에서 짝을 맞추었다. 그때 만난 동급생의 여학생이 상희이다. 상희는 광주의 사립인 J대학교 미술교육과의 신입생이었다. 둘은 카페에서 빠져 나와 대중교통을 이용하여 무등산을 찾았다.

무등산 중심사(證心寺) 버스 정류장에서 내렸다. 그런 뒤에 둘은 함께 산행 지도를 훑어 봤다. 중심교(證心橋)에서 출발하여 토끼등과 봉황대를 거쳐 중머리재까지 오르기로 했다. 그런뒤에 당산나무 삼거리를 거쳐 중심교로 되돌아와서 하산하기로 했다. 등산로가 결정되자 둘은 가벼운 마음으로 등산을 시작했다. 산을 오르면서 살아 온 서로의 이야기를 자연스레 들려주기로 했다. 나의 눈에 비친 상희의 얼굴은 수수한 용모로서 편안하게 느껴졌다. 그녀의 미소가 매혹적이라는 느낌이 들어 시선이 이끌렸다.

해발 467m의 토끼등에 설치된 벤치에 앉아 산 아래를 내려다보았다. 가슴이 탁 틔는 느낌이 들어 정신까지 맑아지는 듯했다. 산을 오르기 전부터 둘 사이에는 교감이 있었던 모양이다. 그랬기에 첫 만남에서부터 등산을 하기에 이른 거였다. 편안한 마음으로 나의 가정사를 들려주었다. 부모도 세상을 떠나서 혼자서 학비를 마련하면서 공부한다고. 주말에도 학원에 나가서 강의를 하는데 그 날만은 양해를 구했다고. 부모가 없는 나와 교류를 계속할 생각이 있느냐고 물었다.

상희는 명료하게 대답했다. 부모를 잃은 것이 어디 내 탓이냐고? 교류하는 데에 전혀 문제될 요소가 없다고 말했다. 그러면서 상희 자신의 얘기를 들려주기 시작했다. 나는 그녀의 얘기에 귀를 기울였다. 토끼등은 무등산의 낮은 봉우리에 해당하는 곳이었다. 부근에 몇 개의 벤치가 깔려 있었지만 이용자가 별로 없었다. 그래서 상희와 나는 마음 편히 앉아서 대화할 수 있었다.

상희는 목포가 고향이라고 했다. 아버지는 시청에 다니는 하급 공무원이라고 했다. 얼마 안 되는 봉급으로 4식구가 살아간다고 했다. 상희에겐 고등학교 2학년생인 남동생이 있다고 들려주었다. 생활이 벅차서 상희도 학원 강사로 뛰며 공부한다고 말했다. 둘의 처지가 비슷하다는 점에서 더욱 호감이 생겼다.

그 날 이후로 둘은 자주 만나면서 마음의 문을 열었다. 서서히 둘은 연정을 느끼기에 이르렀다.

지난주 월요일이었다. 교내 공학관 건물 앞에서 만났을 때였다. 이번 주말에는 어머니가 즐겨 찾았던 돌섬을 찾을 계획이라고 들려주었다. 그랬더니 그녀도 돌섬을 찾아오겠다고 했다. 진도의 쉬미항에서 돌섬을 드나드는 관광선이 시간마다 있었다. 돌섬은 진도의 유명한 관광지 중의 하나였다.

낚시를 하다가 살림망을 건져 올려서 들여다본다. 열대여섯 마리의 물고기가 헤엄을 쳐대고 있다. 숫자를 헤아린 뒤엔 다시 물속으로 담근다. 배낭에는 냄비와 휴대용 가스레인지가 들어 있다. 충분히 매운탕을 끓이고도 남을 지경이다. 매운탕을 끓일 정도만 물고기를 취하고 나머지는 살려줄 작정이다. 그러면서도 잡는 자체가 취미이기에 입질이 오면 곧바로 낚아 올린다.

그러다가 고개를 들어 고갯길을 올려다본다. 관광선이 도착한 지 제법 시간이 지난 모양이다. 향산 고갯길을 내려오는 십여 명의 관광객들이 눈에 띈다. 아마 그들 중에 상희도 포함되어 있으리라 생각된다. 상희를 떠올리자 가슴이 두근댄다. 삶의 처지가 비슷한 동급생이지 않은가? 그러면서 근래에는 서서히 연정을 느낄 듯 말 듯한 상태다. 그랬기에 그녀를 생각하기만 해도 가슴이 설렌다. 하지만 거리가 너무 멀어서 말소리는 아직 들리지 않는다. 대신에 수평선을 가르며 멀리서 발동선의 엔진 소리가 들려온다.

발동선에서 나는 엔진 소리만 들리면 유년 시절부터 마음이 편안해졌다.

"통통통 통통통통!"

마치 심장의 박동 소리를 듣는 느낌 같다고나 할까? 단조로우면서도 아늑한 소리가 마음을 다독여 주는 기능을 가진 듯했다. 발동선 소리에 버금가는 소리로는 뜸부기와 쏙독새의 울음소리가 있다. 뜸부기 소리를 떠올리자 내 의식은 유년의 시절로 내닫는다.

밤이 늦도록 읍내에 간 부모가 돌아오지 않은 때가 많았다. 초등학교 1학년 무렵이었다. 배가 아무리 고파도 부엌을 뒤지는 일은 없었다. 설사 뒤져 봐야 나올 것도 없다는 것도 알 정도였다. 밥 짓는 저녁연기가 마을의 여기저기서 피어오르면 친구들은 집으로 들어갔다. 나도 집으로 돌아와 보지만 부모는 집에 없었다. 곡식과 어물(魚物)을 들고 읍내 시장에 가서 저물도록 파는 거였다. 워낙 시장에 늦게 가니 귀가 시간이 늦을 수밖에 없었다.

논밭에서 산출되는 농산물과 개펄에서 캔 조개류를 마련하느라고 시간이 걸렸다. 이웃집 사람들에 비하면 비교할 거리조차 못 되었지만. 부모는 빈한한 살림을 이겨 내려고 참으로 애를 썼다. 커서야 왜 그랬는지를 알았지만 유년시절에는 부모의 얼굴이 그립기만 했다. 저녁 시간이 되어 허기가 진 머리에는 현기증이 일곤 했다. 영양 공급이 제 때에 안 되어 생긴 생리적 현상이었다.

방바닥에 앉은 채 꾸벅꾸벅 졸다가는 쓰러져 잠들기 마련이었다. 그러다가 잠결에 두런거리는 소리를 듣고 깨어나곤 했다. 밤이 늦어서야 돌아온 부모의 두런거리는 소리를 듣고 나서였다. 자리에서 일어났어도 현기증의 여운에 휩쓸려 머리는 여전히 어지럽기만 했다. 그런 유년시절의 추억을 불러일으키는 것은 단조롭게 들리던 선율이었다. 선박의 엔진 소리나 뜸부기나 쏙독새의 울음소리 같은 음향이었다.

내가 살던 마을 뒷산에 아버지의 가묘(假墓)를 만들어 세웠다. 아버지의 무덤 곁에 어머니의 유해도 묻었다. 그 야산 골짜기를 시골 마을에서는 방화곡(芳花谷)이라고 불렀다. 소쿠리같이 생긴 아늑한 골짜기는 남향이었으며 철쭉이 군락을 이룬 곳이었다. 봄이 되어 철쭉이 피기 시작하면 동화 속의 궁전을 이루었다. 철쭉 필 무렵이면 나는 그 골짜기를 자주 찾곤 했다. 소나무 우거진 산야에서 들리는 솔바람 소리는 청아하기 그지없었다. 그 소리에 묻혀 영원히 헤어나지 못해도 좋을 지경이었다.

풀을 뜯어 먹이려고 염소를 몰고 갔던 곳도 방화곡이었다. 봄철에 골짜기를 뒤덮은 철쭉의 군영은 환상적인 아름다움으로 다가왔다. 방화곡 앞의 평야에 부모의 논밭이 드러누워 있었다. 방화곡은 내 유년기의 꿈의 동산이었던 곳이다.

내가 초등학교 3학년생이었던 시절이었다. 가을이 되어 아버지가 논에 허수아비를 만들어 세우려고 했다. 나는 당시에 학교에서는 그림을 제일 잘 그린다고 알려져 있었다. 그런 소문이 집에까지 알려져 있었다. 그래서였는지는 몰라도 아버지는 나에게 당신의 얼굴을 그려 보라고 했다. 한 시간이 넘도록 자세를 잡고는 기다려 주었다. 그런 뒤에 그림을 보고는 매우 흡족하게 여기는 표정이었다. 자식의 재능을 완전히 인정해 준 거였다. 아버지가 박 바가지를 내게 내밀며 허수아비의 얼굴을 그리라고 했다.

마치 일반인이 전문가에게 무슨 일을 부탁하는 듯한 자세였다. 나는 당당하게 먹으로 박 바가지에다가 허수아비의 얼굴을 그렸다. 눈썹이 무섭게 위로 치솟고 눈알이 튀어 나올 듯이 그렸다. 아버지가 바가지의 그림을 보고는 매우 흡족한 표정을 지으며 감탄했다. 그러더니 곧바로 논으로 들고 갔다.

다시 바람결이 거세어지는 모양이다. 휘잉 휘이잉 소리를 내며 바람이 섬으로부터 바다로 불어 내린다. 그 바람에 해변의 물결 위로 복숭아 꽃잎이 나비처럼 떨어진다. 화사한 꽃잎을 보자 어머니의 숨결이 떠오른다.

낚시 도구를 철거하려고 낚싯대를 접을 때였다. 상희의 맑고 고운 목소리가 내 귓전을 파고들었다.

"물고기 많이 잡았어? 우와, 여기에 든 걸 네가 다 잡았어? 일단은 밥을 먼저 지어야겠어. 그런 뒤에 매운탕을 끓여야 물고기의 신선한 맛을 보게 돼."

말을 마치자마자 물통에서 물을 꺼내 그릇을 헹구기 시작한다. 그러더니 물고기 수가 너무 많다며 나를 바라본다. 나는 굵은 고기 여섯 마리만 건져 낸다. 그런 뒤에 나머지 물고기들은 바다로 살려 보낸다.

씻은 쌀을 안쳐서 밥을 짓는다. 연이어 매운탕까지 끓인 뒤다. 폴리염화비닐 계통의 휴대용 자리를 땅바닥에 깐다. 자리의 중앙에 밥과 냄비를 놓고는 상희와 마주 앉는다. 이윽고 둘이 식사를 하며 이야기를 주고받는다.

둘이 식사를 끝내고는 설거지를 하여 식사 도구를 갈무리한다. 그런 뒤에 나란히 손을 잡고 복숭아나무 숲을 걷기 시작한다. 연한 붉은 색의 복사꽃잎들을 가리키며 얘기하다가 상희에게 도근주를 설명한다. 복숭아나무의 뿌리가 관절염에 탁월한 효능을 지녔다고 들려준다. 어머니가 임종하던 날까지 도근주를 마셨다고 말하다가 울컥 목이 멘다.

세상 떠난 어머니의 얼굴이 그리워졌기 때문이다. 내가 복숭아 꽃잎들을 들여다보며 눈시울을 붉히자 상희가 내게 속삭인다.

"이 꽃잎들을 따서 어머니의 묘소에 갖다 바치면 어때? 물그릇에 복사꽃잎을 띄우면 도근주를 대신할 만하지 않을까? 적어도 그만한 상징성은 있을 것 같아. 돌섬에서 방화곡까지는 멀지 않다고 했지? 나도 방화곡을 찾아 미래의 며느리로서 시부모님께 인사를 드리고 싶어."

나는 그녀의 진심어린 마음에 가슴이 온통 뒤설렌다. 도근주 대신에 복사꽃잎을 따서라도 어머니의 무덤에 인사하겠다는 여인이다. 나는 자신도 모르게 마음속으로 중얼댄다.

'상희야. 진정한 네 마음이 너무 고마워. 네가 마음을 준 이상으로 나도 너를 소중하게 대할게.'

그러다가 문득 상희가 한 말이 생각났다.

'미래의 며느리로서 방화곡을 찾아 인사하겠다고?'

생각할수록 내 가슴이 마구 두근댄다. 연정이 생기려는 단계였지 아직까지는 둘이 연인으로 맺어진 상태는 아니었다. 그랬음에도 불구하고 상희가 한 말은 연인이 되자고 선언한 말이다. 그 말을 듣고 어찌 내 가슴이 뛰지 않겠는가? 나도 상희를 향해 가슴속의 말을 털어놓는다.

"너도 나를 너의 부모님께 소개시켜 줄 수 있겠니? 만약에 부모님이 나를 사위로 받아들이지 않겠다면 어떻게 하겠니?"

상희가 내 손목을 잡더니 나에게 말했다.

"이건 기밀에 관한 사항이라서 너한테만 들리도록 말해야겠어. 내게 귀를 좀 빌려줄래?"

나는 엉겁결에 상희에게 오른쪽 귀를 내밀었다. 그러자 나긋나긋한 목소리의 상희의 말소리가 귓속으로 흘러든다.

"진호 도령. 사실은 제가 부모님께 말씀드리고 이미 허락을 받았어요. 이만하면 저를 연인으로 받아들일 만하죠?"

이번에는 내가 그녀의 손을 붙잡으며 진심으로 말한다.

"상희 낭자. 내가 고아임에도 부모의 허락을 받아 주셔서 고마워요. 오늘의 이 고마움을 영원히 잊지 않을게요. 사실은 내가 먼저 그대에게 사랑한다고 말하고 싶었어요. 그랬는데도 그대한테 선수를 빼앗겼지만 마음은 너무나 행복해요."

일부러 존댓말을 쓰며 장난기 어린 대화를 나눈 뒤다. 둘이 말을 마치자 자연스레 포옹을 한다. 그런 뒤에 둘이서 복숭아 꽃송이를 몇 송이 따서 모은다.

청정한 솔바람이 하염없이 불어 내리는 방화곡(芳花谷)이다. 나와 상희가 부모의 무덤 앞에 나란히 섰다. 그런 뒤에 함께 두 번 절을 한다. 물이 담긴 사발에는 복사꽃잎이 구름송이처럼 떠서 바람결에 일렁이고 있다. 마치 어머니가 꽃잎처럼 물 위에 떠다니며 미소를 짓는 듯하다. 어머니의 향긋한 체취가 왈칵 내 가슴으로 밀려드는 느낌마저 든다. 재배를 하고 일어서려니 울음이 터질 것만 같다.

사내로서 눈물을 쉽게 보여서는 안 된다는 아버지의 말소리가 떠올랐다. 울음소리를 내지 않으려고 입술을 깨문다. 그랬는데도 울음이 어깨로 전이되었는지 어깨가 떨리기 시작했다. 창졸간에 울음소리가 들려 고개를 돌려보니 상희가 흐느끼고 있다.

참다가 말고 터져 나오는 상희의 울음소리로 심장이 얼어붙는 듯하다.

"바보같이 부모님 묘소에 와서까지 울음소리를 감추려고 해? 그게 나를 배려하는 거라고 생각해? 내 마음을 그렇게도 몰라 줘?"

전신에 경련이 이는 듯 파동이 일며 심장이 터지는 듯하다. 수천 길의 물속으로 곤두박질하는 느낌이 들며 몸이 한없이 나른해진다. 창졸간에 아버지와 어머니의 얼굴이 동시에 환영처럼 밀려듦을 느낀다. 근엄하면서도 당당한 아버지와 한없이 자애로운 어머니의 얼굴이 순간적으로 밀려들었다. 그러면서 상희와 나를 활짝 웃으며 반기는 듯한 느낌이 전해졌다. 찰나 간에 일어난 환상적인 장면으로 가슴이 먹먹할 지경이다. 세상은 정적 속에 잠기고 청정한 솔바람 소리만 깃발처럼 파드득거린다.

『문학세계』 2011. 8월호 발표〉

뻐꾸기 소리

나도 모르는 사이에 콧등이 시큰대며 눈시울에 이슬이 맺혀 흐른다. 창졸간에 일어난 환상적인 정경으로 가슴이 온통 먹먹하다. 세상은 고요에 잠겨 청량한 솔바람 소리만 산자락 가득 파드득거린다.

뻐꾸기 소리

창문 너머로 아카시아 꽃의 향기가 꿈결처럼 감미롭게 흘러든다. 나는 자리에서 일어나 연구실 창문 밖을 내다본다. 꽃은 실연기처럼 너울대며 십 리까지도 그윽한 향기를 날려 보낸다. 만물(萬物)을 홀리려는 듯 꽃은 눈부신 자태로 연신 요염하게 나부댄다. 아카시아 수풀 어디선가 뻐꾸기의 울음소리가 귓전을 파고든다.

작년인 2010년 3월 26일에 남한 초계함인 천안함이 어뢰에 격침되었다. 북한 어뢰(CHT-02D)에 맞아 두 동강이가 난 채로 가라앉아 버렸다. 천안함에는 수중 음파 탐지기가 분명히 장착되어 있었다. 공격한 북한 잠수함은 길이가 25m에 중량이 130톤에 이른다고 했다. 또한 어뢰의 크기는 7.35m에 이른다고 했다. 바늘 크기도 아닌 25m 크기의 잠수함을 탐색해 내지 못했다. 그랬으니 어뢰는 더더구나 찾아내지 못했으리라 여겨진다.

해양 연구원의 '해양 탐사부'에서 근무하는 선임 연구원인 나다. 그 사건

이후로 나에게도 국가로부터 명령이 떨어졌다. 20개월 이내에 첨단 수중 음파 탐지기를 만들라는 명령이었다. 내 아래에 소속된 연구원이 다섯 명이다. 여섯 명이 머리를 짜내어 신형 탐지기를 개발해야 한다. 물론 명령은 국방과학 연구소나 과학기술원에도 하달되었음을 안다.

한 해를 넘기면서부터 상당히 많은 연구 성과를 거두었다. 신형 탐지기에서 비중을 둔 영역은 교란파(攪亂波)의 발생이다. 여러 가지 정황으로 어뢰를 쏜 잠수정에서는 교란파를 발신했다고 추정된다. 교란파란 탐지기의 기능을 마비시키는 전자기파(電磁氣波)를 의미한다. 북한 신형 잠수함에는 교란파를 발신할 장비가 장착되었다고 간주된다. 교란파를 발신하면 기존의 탐지 장치로는 탐색하기가 어려워진다. 초계함이 고스란히 당했던 핵심 원인이 교란파 탓이라 여겨졌다.

내 나이 서른하나다. 아직까지 총각의 상태로 미국에서 건너오자마자 중책을 맡고 있다. 2년 전까지만 해도 태평양 동쪽의 버클리대학교에서 연구하고 있었다. 거기에서 해양학(海洋學)에 관한 박사학위를 취득하고 국내로 건너왔다. 연구원에서는 해양 탐사에 관련된 전자장비의 개발 업무까지 맡게 되었다.

'나를 괴롭힌 영역이 교란파와 뒤엉킨 정상파의 분리였지? 여기에 대해서는 기초 실험도 여러 번 실시했어. 그랬는데도 매끄러운 결과를 얻지 못해 답보 상태이잖아? 잠시 영감을 떠올리려면 뒷산을 산책해야겠군.'

공휴일인 토요일인데도 연구를 위해 연구원에 출근했다. 연구실의 출입문을 잘 잠그고는 건물 뒷산으로 올라선다. 건물을 벗어나자마자 곧바로 산으로 이어지는 오솔길이 펼쳐진다.

 가슴이 답답할 때면 고향 마을을 떠올린다. 유년시절의 꿈을 불태웠던 마을은 삶의 강력한 에너지의 근원이다. 전남 진도읍 산월리의 산월 마을이 내 고향이다. 마을 북동쪽 700m의 직선거리에는 연대산 주봉이 치솟아 있다. 차도로 마을 북서쪽 1.5km의 거리에는 쉬미항이란 항구가 있다.

 마을 앞에는 논으로 이루어진 평야 지대가 드러누워 있다. 길이가 1.8km이며 평균 폭이 600m에 이르는 면적을 차지한다. 유년시절의 마을에는 37가구가 살았다. 마을 서쪽으로 300m 거리에는 소쿠리처럼 산으로 파고든 골짜기가 있다. 그 골짜기는 방화곡(芳花谷)이라 불린다. 마을 뒤로는 연대산(해발 257m)이 광활한 영역에서 웅장하게 치솟아 있다.

 산길을 오를수록 산은 점차 가팔라지고 있다. 온 사방에는 소나무와 아카시아나무가 길길이 치솟아 있다. 숲은 절반은 소나무이고 절반은 아카시아나무로 여겨질 정도다. 시야에는 눈송이처럼 하얀 아카시아 꽃들이 온통 산야를 뒤덮고 있다. 5월 말이라 꽃이 질 무렵인데도 향기가 넓게 퍼지면서 전신을 휘감는다. 게다가 뻐꾸기의 울음소리마저 더욱 구성지게 흐르든다.

 고향을 떠올리면 내겐 누구보다도 아버지의 얼굴이 먼저 밀려든다. 아버지, 아버지! 긴 세월 동안 이 단어만큼 두려우면서도 버거웠던 단어는 없었다.

 어릴 적에 나는 초등학교에 입학할 날짜를 손꼽아 기다렸다. 37가구 중에서 내 또래의 아이들은 다섯 명이 있었다. 넷은 초등학교 1학년에 다니고 있었으며 나만 빠져 있었다. 입학할 무렵에 내가 장기간 혹독한 몸살을 앓았다는 이유 때문이었다. 어쨌건 다른 애들은 학교에 다니는데 나만 뒤쳐져 집을 지켰다. 그래서 또래 친구들이 늘 부러웠던 나였다.

봄이 되었어도 날씨가 쌀쌀한 입학식 날이었다. 나는 가슴 부푼 심정으로 어머니의 손을 잡고 학교에 들어섰다. 운동장을 처음 본 순간이었다. 그 넓은 면적에 눈알이 팽 돌 지경이었다. 그렇게 넓은 마당은 생후 처음 봤기 때문이다.

입학식을 시작한 뒤에 어머니는 동네 사람들과 함께 귀가해 버렸다. 당시에 한 학년은 두 학급으로 이루어져 있었다. 1학년 1반의 담임은 여선생님이었고 출석을 부르기 시작했다. 이제나저제나 내 이름이 불리겠거니 여기고 차례를 조심스럽게 기다렸다. 선생님이 출석을 다 불렀는데도 내 이름은 끝내 불리지 않았다. 출석을 부른 뒤에는 다른 설명을 하기 시작했다. 나는 온 몸이 부들부들 떨렸다. 왜 이런 일이 벌어졌는지 울화가 치밀었다. 그래서 말없이 대열에서 벗어나 집으로 돌아와 버렸다.

그 날 오후였다. 아버지가 대나무 뿌리를 주워 들고는 나를 두들겨 패기 시작했다. 집 울타리가 대나무였기에 대 뿌리는 흔했다. 어머니가 말렸지만 어머니마저도 나 때문에 매를 맞았다. 맞을 때엔 이유도 모른 채 마구 맞았다. 어렸지만 너무나 분해서 치를 떨며 울었다. 우니까 울음소리를 낸다고 해서 아버지한테 재차 맞았다. 그래서 입학하던 날은 이유도 모른 채 엄청나게 맞았다.

"뻐꾹! 뻐뻐꾹!"

하염없이 우는 뻐꾸기의 머릿속으로 할머니의 영혼이 정말 파고들었을까? 소리를 듣는 것만으로도 전신의 기운을 잃게 만드는 애절한 울음소리. 뻐꾸기의 목에서 피가 끓어 넘치는 듯하여 뇌수가 흔들릴 지경이다. 아카시아나무 사이로 치솟은 자작나무의 둥치를 붙들고는 가만히 귀를 기울인다. 최소한 울음소리가 들리는 방향이라도 알아두고 싶어서다.

매를 맞은 다음 날부터 나는 정상적으로 학교에 갔다. 담임 선생님이 내게 말했다.

"진호야. 선생님이 어제 널 본 기억이 있어. 네가 원래 2반에 편성되어 있었거든. 네 어머니가 1반으로 바꿔 달라고 입학식 전날 내게 부탁했었어. 그걸 깜빡 잊고 네 이름을 그만 빠뜨렸더구나. 나중에야 알아차리고 반 친구들과 함께 네 이름을 큰소리로 불렀어. 하지만 너는 사라지고 없더구나. 선생님이 실수했으니까 애들과 잘 어울리도록 해. 알겠지?"

얼굴이 곱상한 처녀 선생님이라는 느낌이 들었다. 하지만 첫 날 겪은, 학교와 집에서의 충격을 누가 이해하겠는가? 원래 학교에 다니고 싶어서 손가락을 꼽으면서까지 기다린 나였다. 그랬는데 첫 날의 충격으로 모든 학업에서 흥미를 잃고 말았다. 선생님을 대하거나 친구들을 대하여도 전혀 감흥이 일지 않았다.

느닷없이 휴대전화가 호주머니에서 떨어댄다. 귀에 갖다 대니 상희의 목소리가 밀려든다.

"여기는 연구원 주차장이야. 연구원에 나왔다는 얘길 듣고 왔는데도 안 보여서 전화해. 오늘과 내일은 주말 연휴일이잖아? 오늘과 내일은 나랑 같이 있어 줄래?"

울적한 기분에 젖어 있었는데 연인의 목소리를 듣게 되어서 반갑다. 모든 걸 떨치고 상희에게로 가야겠다는 생각이 든다.

"알았어. 여기는 연구원 뒷산이야. 거기 주차장에서 기다려. 내가 금방 내려갈게."

나는 곧바로 발길을 돌려 오솔길을 내려가기 시작한다. 상희는 미국 스탠포드대학교 우주공학과(宇宙工學科)에서 박사학위를 취득한 여인이다. 나보다 세 살 연하이며 항공 우주 연구원의 선임 연구원이다. 미국에 머물면서 비슷한 지역이라서 자주 만나다 보니 연인이 되었다. 얼굴은 수수하고 성품은 소탈하여 서민적인 아름다움에 매료되었다. 만나면 만날수록 따스한 느낌을 주는 상희가 내겐 소중하기 그지없다.

내가 연구원 주차장에 내려섰을 때다. 주차장에서 기다리던 상희가 활짝 웃으며 손을 번쩍 든다. 반가운 마음에 서로 달려가서 손을 맞잡고는 서로의 눈을 들여다본다. 상희를 향해 입을 연다.

"대부도로 나가는 게 좋겠지? 거기에 가서 맑은 바람을 쐬는 게 좋겠어."

상희가 고개를 끄떡이며 흔쾌히 동의한다. 내 차의 조수석에 상희가 오른 뒤에 차를 대부도로 몬다.

초등학교의 입학식을 맞이하기 하루 전날이었다. 내 이름이 2반에 편성되어 있더라는 얘기는 친구들이 마을에 전했다. 마을의 또래 친구들은 2학년들이었기에 쉽게 소문을 들었던 모양이다. 마을 친구들의 얘기를 전해들은 아버지가 어머니에게 말했다는 거였다. 입학할 때부터 2반으로 시작해서는 안 된다고. 학교에 가서 학급을 바꾸도록 말하라고 어머니한테 시켰다고 한다. 그래서 입학식 전날에 어머니가 담임 선생님을 찾아가서 말했다. 반을 바꿔 달라고. 이런 얘기를 나중에 듣고서야 매를 맞은 이유를 알게 되었다.

학급의 변동으로 인해 출석부에서 내 이름이 선생님의 실수로 빠뜨려졌다. 끝내 호명되지 않았기에 극도의 실망감과 분노를 느꼈던 나였다. 나는 소외감으로 인한 마음의 상처를 견디기가 어려웠다. 그래서 곧바로 학급을 박차고 나와 버렸다. 그렇게 하교했다가 아버지한테 엄청나게 맞았다. 왜 학급을 떠났느냐고 한 마디만 물어봤어도 덜 억울했을 것이다. 무작정 대 뿌리를 들고 고함을 치며 후려 패던 아버지였다.

그 날 이후로 학교의 모든 수업에서 흥미를 잃어 버렸다. 가만히 내버려 두었으면 충분히 적극적으로 잘 했으리라 생각된다. 그런데도 엉뚱한 생각으로 출발 시점의 활기(活氣)를 꺾어 버린 아버지였다.

호명 대상에서 내가 제외되었음을 느꼈을 때부터 반항은 시작되었다. 그 반항이 아버지만에 대한 반항이었다면 억울하지 않았을 것이다. 순기능의 활기찬 내 운명에 대한 반항으로 변질됨을 느끼기 시작했다. 점차 학년이 높아질수록 나 스스로 위기감을 느끼기 시작했다.

해양 연구원으로부터 시화 방조제까지는 차도(車道)로 15km 떨어져 있다. 방조제를 건너 대부도 공원 언저리의 해변을 거닐기로 한다. 대부도 공원의 주차장에 차를 세운 뒤다. 나란히 해변을 걸으면서 상희가 내게 말한다.

"탐지 장치의 설계는 잘 되어 가니? 나는 2단 로켓에 부착될 정밀 전자

기기(電子機器) 설계로 머리가 지끈거려. 과학기술원 출신의 과학자들이 결성한 M산업과도 몇 차례 만났어. 거기는 위성 제작에 있어서는 세계적인 실력을 갖춘 회사거든. 서로 도우며 연구를 진행하고는 있지만 보다 참신한 착상이 필요해. 이래저래 너도 만나고 싶기도 해서 너를 찾았어."

말을 마치면서 그녀가 내 손을 잡는다. 나도 그녀와 손을 잡고는 나란히 해변을 걷는다. 길이가 1.5㎞에 이르는 백사장과 730m에 이르는 해안의 솔숲이 장관이다. 파도가 밀려와 출렁일 때마다 하얀 포말이 해변으로 흩날린다. 크기가 손가락 마디보다도 작은 게들이 산발적으로 백사장 위를 나다닌다. 물결에 떠밀려 미역과 파래 토막이 여기저기로 흘러 다닌다.

내가 3학년이 되었을 때였다. 일요일 오후에 딸기를 따 먹으려고 산등성이를 올랐다. 그리고 실제로 제법 많은 딸기 맛을 보았다. 그랬는데 하늘에 서서히 먹구름이 끼기 시작했다. 그래도 아는 지형이라 별로 신경 쓰지 않고 산등성이를 더듬었다. 그러다가 어느 때부터인가 빗방울이 듣기 시작했다. 집으로 돌아가야 되겠다는 생각이 들었다. 비 내리는 골짜기를 오르내리느라고 옷에 흙이 묻었다. 그러다가 빗줄기가 급격히 굵어지자 흙이 묻은 채 집으로 들어섰다. 마당에 서 있던 아버지가 나한테 말했다.

"대나뭇가지를 꺾어 와."

마침 어머니는 눈에 띄지 않았다. 나는 아무런 생각도 없이 울타리를 이루는 대나뭇가지를 하나 잡아챘다. 힘껏 잡아채야만 대나뭇가지가 몸체로부터 찢겨 떨어지기 때문이었다. 꺾인 대나뭇가지를 아버지에게 내밀었다. 그랬더니 다짜고짜 대나뭇가지로 나를 때리기 시작했다. 나도 모르게 노여움과 짜증이 치밀어 올라 아버지를 향해 소리쳤다.

"아버지, 때리지 마세요! 훗날 내가 아버지를 먹여 살릴 텐데 왜 때려요?"

이유 없이 매를 맞는 것에 대한 당찬 반발이었다. 아버지가 돌연 머쓱한 표정을 짓더니 그냥 사립문 밖으로 나갔다. 찰나 간의 일이라곤 하지만 마음이 영 불안했다. 세숫대야에 물을 길러 얼굴과 발을 씻는데도 가슴이 부들부들 떨렸다.

상희가 내 손을 놓고는 대부도의 모래바닥을 가리키며 말한다.

"여기 개펄에도 바지락이 있을까? 호미가 있으면 한번 캐 봤으면 좋겠어."

나는 '해양 수산'이라는 음식점에서 호미 두 자루를 빌린다. 그녀에게 조개 캐는 요령을 들려주고는 나란히 개펄을 파기 시작한다.

내가 고등학교 1학년 생일 때였다. 마침 아버지는 볼일이 있어서 광주로 나가고 없었다. 내가 듣지 못했던 얘기를 어머니가 한숨을 쉬며 들려주었다.

아버지와 어머니는 동갑이며 나보다는 마흔 살이 많았다. 아버지가 5살 때에 할머니가 집을 나가 버렸다. 할아버지가 할머니를 찾았을 때엔 할머니는 새로운 가정을 이루고 있었다. 닭 쫓던 개가 된 심정으로 할아버지는 아버지를 혼자서 키웠다. 그런 할아버지마저 아버지가 7살 때에 사망했다. 건설 공사장에서 일하던 중에 신축 건축물이 붕괴되어 압사(壓死)했다. 할아버지는 4대째의 독자였다. 그랬기에 아버지한테는 가까운 친척이라곤 없었다. 그때부터 아버지는 여기저기를 떠돌아 다녔다.

그랬어도 앞날이 암울하여 11살의 나이로 일본으로 건너가는 밀항선을 탔다. 일본에 도착하자마자 사방으로 떠돌면서 삶을 영위했다. 그러다가 청년 시절부터는 공사장 노무자로 일하기 시작했다. 나이가 서른 살이 되자 짐을 꾸려 귀국했다. 귀국할 무렵에는 돈도 어느 정도 번 상태였다. 아버지가 도착한 곳은 부산이었다. 번 돈으로는 항구 부근에 집을 한 채 샀다. 그때부터 부산항에서 노무자로 일했다. 당시에 어머니는 부산항 공사장에 딸린 음식점의 주인으로 일했다.

어머니의 경우는 2살 무렵에 어머니의 외할머니가 잠시 돌보고 있었다. 어머니의 아버지가 집을 수리하느라고 딸인 어머니를 처가(妻家)에 맡겼기 때문이었다. 여름철 폭우가 장기화되던 날에 마을 뒷산에 산사태가 났다. 그때 토사물이 마을을 뒤덮어 밤중에 부모를 잃고 말았다. 결국 아버지와 어머니는 의무 교육마저 받을 처지가 못 되었다. 그랬음에도 아버지와 어머니는 용케 한글과 산수 정도까지는 터득했다.

아버지와 어머니는 부산항에서 만난 지 얼마 안 되어 결혼했다. 그때의 나이가 서른 살이었다. 마흔 살이 되어서는 정착할 마을을 찾아 진도로 찾아 들어섰다. 정착하던 그 해에 내가 태어났다. 내가 태어나던 해에 아버지의 절친한 친구라는 사람이 진도를 찾아왔다. 하룻밤 내내 대화를 하더니 사랑채에서 묵고 다음 날에 떠났다. 친구라는 사내가 사업 자금을 빌려달라고 했다고 한다. 아버지가 사내에게 부산에서 모았던 대부분의 돈을 빌려주었다.

그 이후로 사내한테는 연락이 두절되었다. 나중에서야 사내가 곧바로 외국으로 이민을 떠나 버렸음을 알아차렸다. 아버지를 비롯한 주변 사람들의 돈을 긁어다가 외국으로 달아난 거였다. 그 사실을 안 뒤부터였다. 아버지는 극도로 실망하여 한동안 폐인처럼 침묵하고 지냈다.

어머니는 잠시 찻잔에 물을 따라 마시고 말을 이었다. 아버지와 어머니가 번 돈은 제법 거액이라고 했다. 아버지와 어머니가 마을에 오면서 집을 샀다. 마을의 논 세 마지기와 방화곡의 밭 다섯 마지기도 샀다. 그리고는 낚시점과 배를 두 척 정도 살 예정이었다. 부산에서 노무자 생활을 그만둘 시기였다. 해상 화물을 부리던 중에 화물에 척추가 부딪혔다. 그 결과로 척추 넷째 마디가 심하게 탈골이 되었다. 병원에서 치료를 받았지만 완치는 어렵다고 했다. 다시는 산업 현장에서 일하기는 어려울 거라는 얘기였다.

그 길로 노무자 생활을 접게 되었다. 아버지를 이해하려고 노력하게 된 것은 어머니의 얘기를 들은 이후였다. 보다 일찍 듣게 되었으면 더 빨리 이해하려고 노력했으리라 여겨진다.

"이 봐. 내가 캔 조개만 해도 몇 마리야? 꽤 재미있네."
상희가 캐낸 조개를 치켜들고 꽤나 호들갑을 떨어댄다.
"이야. 정말 제법 많이 잡았네. 조개 캐기가 쉽지 않은데 대단해. 정말."
썰물로 빠져 나갔던 바닷물이 밀려드는 시각이다. 나는 그녀와 나란히 '해양 수산'으로 걸어간다.

아버지한테 때리지 말라며 짜증을 부렸던 날로부터 며칠 지난 시점이었다. 이웃집 영수의 어머니를 마을의 공터에서 만났다. '모산댁'이라는 영수의 어머니는 아버지와 비슷한 나이의 아주머니였다. 아주머니는 뒷산 언덕에 매 놓았던 염소를 몰고 내려오던 길이었다. 아주머니가 나를 향해 활짝 웃으며 말했다.

"진호야. 네가 아버지를 먹여 살리겠다고 말했다면서. 기특한 녀석 같으니라구. 그랬으니 다시는 안 때리겠다고 나한테까지 얘기했지."

나는 아버지의 말을 믿기로 했다. 무서운 성격인 만큼 약속만큼은 반드시 지키리라는 믿음이 생겼다.

유년의 시간은 잘도 흘렀다. 초등학교 3학년 때 학교 선생님을 따라 광주에 갔다. 도내 어린이 그림 대회를 실시한다고 해서였다. 나는 학교 대표로 대회에 출전했다. 대회 현장에서 시골 풍경을 그리라는 진행자의 지시를 받았다. 나는 농부가 소를 몰며 쟁기로 논을 가는 풍경을 그렸다. 그림을 그려 제출하고는 학교의 인솔 선생님과 함께 귀교했다. 2주일쯤 지나서 도내 최우수상인 교육감상을 받았다. 그 날 이후로 그림에 대한 내 위상은 대단히 높아졌다.

그림 분야에 있어서는 무섭기 그지없는 아버지까지 내 실력을 인정했다. 내 집 논에 세워진 허수아비의 얼굴들은 죄다 내가 그렸다. 어느 날은 아버지가 당신의 얼굴을 그려 보라고 했다. 그림을 그리는 데 있어서 망설일 내가 아니었다. 나는 당당한 자세로 연필을 들었다. 전라남도가 인정한 그림의 꼬마 달인이었기 때문이다. 한 시간이 넘게 걸렸는데도 아버지는 반듯한 자세를 취해 주었다. 그림이 완성된 뒤였다. 아버지의 얼굴에 만족한 표정이 가득했다.

아버지가 짐을 실어 나르는 데는 손수레(rear car)를 이용했다. 손수레에는 서너 지게 분량의 나뭇단도 실리곤 했다. 다른 사람들처럼 지게에 무거운 짐을 지지는 않았다. 지게를 지더라도 작은 부피의 짐만을 지곤 했다. 평야에는 농로가 잘 뚫려 있었다. 그래서 거름이나 비료 및 농산물까지도 손수레로 실어 날랐다.

아버지는 형편이 어려워서 배를 갖지 못했다. 그래서 바다로 나갈 때엔 이웃집 영수의 아버지 배를 탔다. 함께 작업에 참여하여 얼마간의 어획물을 배당받곤 했다. 배당받은 어획물을 읍내 시장에 팔아서 생계비에 보탰다.

내가 부모의 얼굴을 제대로 대하는 일은 쉽지 않았다. 어려운 형편 탓에 부모는 새벽부터 거의 논밭에서 살았다. 내가 학교에 갈 때에는 혼자서 일어나 밥을 챙겨 먹었다. 수업을 마치고 귀가했을 때에도 아버지와 어머니는 보통 보이지 않았다. 아버지는 바다로 갔거나 어머니와 함께 읍내 시장으로 갔기 때문이었다. 농작물과 해산물을 거두느라고 아버지와 어머니는 늦게 시장으로 갔다. 얼마 안 되는 수확물일지라도 다 팔고서야 귀가했다. 그러자니 귀가 시간이 늦을 수밖엔 없었다.

저녁이 되어 온기라곤 없는 방바닥에 앉을 무렵이었다. 구멍 뚫린 창호지로 햇살이 날아들었다. 햇살 자국의 흔적으로 벽에는 점 모양의 원들이 일렁거렸다. 뒷문으로 스며드는 것은 대숲이 바람에 휩쓸리는 소리였다. 바람 소리를 들을 때마다 전신에서 힘이 빠지는 듯했다. 벽에서 한동안 맴돌던 빛의 점들도 사라지면 적막에 휘감겼다. 멍하니 뜬 눈에 졸음이 밀려들 무렵이면 현기증에 시달렸다. 허기진 뱃속이라 현기증이 쉽게 일었다. 몸이 앞뒤로 흔들리다가는 기력이 떨어져 방바닥에 쓰러져 잠들곤 했다.

음식점에서 점심 식사를 하고 승용차 앞에 섰을 때다. 상희가 나를 향해 말한다.

"오후에는 연구 업무 때문에 과학기술원에 가 봐야 해. 내 차까지 좀 태워 줘."

나는 고개를 끄떡인 뒤에 조수석에 그녀를 태운다. 그런 뒤에 차를 몰아 해양 연구원으로 달린다.

내가 고등학교 3학년생이던 7월 초순이었다. 아버지는 마을 사람들과 선단(船團)을 이루어 가거도 해상으로 고기잡이에 나섰다. 가거도에서 서쪽 100km 일대가 여름철 조기 떼가 몰리는 어장(漁場)이었다. 기상청 일기예보에 따르면 서해에 약간의 풍랑이 일 거라고 했다. 약간의 풍랑 정도는 어민들한테 문제로 여겨지지 않았다. 그래서 14척의 배가 가거도로 고기잡이에 나섰다. 아버지는 영수의 아버지 배에 올라타고 바다를 향해 떠났다.

오후 3시 무렵에 긴급한 뉴스가 전해졌다. 서해 해상에 돌발적으로 태풍이 발생하여 밀려든다는 소식이었다. 기상청에서도 미처 예측하지 못했던 기상 이변이라고 했다. 순간 풍속이 초속 40m를 넘어선다고 했다. 14척의 배도 긴급히 뱃머리를 가거도로 돌려 대피하려고 했다. 하지만 출발한 지 얼마 안 되어 태풍에 휩쓸렸다고 한다.

그 날의 사고로 마을에서는 23명의 어민들이 실종되었다. 끝내 시신도 찾지 못한 채였다. 가족을 잃은 마을 사람들은 비통한 심정으로 합동 장례식을 치렀다. 아버지를 잃은 뒤부터였다. 집안의 경제 사정은 현저하게 쪼들렸다.

어머니는 너무나 충격을 받은 모양이었다. 급격히 살이 빠지며 기력이 현저하게 떨어졌다. 아버지가 사망한 지 두 달 후였다. 하도 힘을 못 쓰기에 어머니와 함께 병원을 찾았다. 몇 가지의 검사를 거친 뒤였다. 의사가 나를 불러 어머니의 병명이 폐암이라고 했다. 암 세포가 많이 전이된 상태여서 치료가 불가능하다고 했다. 단지 마지막까지 환자의 마음을 편하게 해 주도록 하라고 말했다. 길어야 한 달가량 생존하리라는 의사의 말을 듣는 순간에 처참했다.

해양 연구원 주차장에서 상희가 그녀의 차를 몰고 떠난 뒤다. 나는 내 숙소인 연구원 아파트로 발길을 옮긴다. 아파트로 들어서서 내 방의 책상 위에 앉는다. 고개를 들어 서가(書架)를 올려다본다. 거기에는 지난 4월 20일에 찍힌 사진 액자가 진열되어 있다. 고향의 방화곡 부모의 묘소 일대가 촬영된 사진이다.

지난 3월 하순의 일이었다. 구입한 연구 서적들을 옮겨 놓기 위해 서가를 정리할 때였다. 서가의 귀퉁이에, 올해 초에 생가(生家)를 정리하다가 발견한 유품이 보였다. 나는 유품의 내용물을 확인하기 위해 보자기를 풀었다. 책 4권과 공책 2권이 눈에 띄었다. 책으로는 족보 1권과 불경(佛經) 2권과 관광 책자 1권이 있었다. 공책 1권은 어머니의 것이었고 빚을 갚은 내역이 적혀 있었다. 다른 공책은 아버지의 것이었다. 승선 일자와 영농비 지출 내역을 기록한 내용들이었다. 아버지의 공책을 넘기다가 보니 담배의 은박지로 덮어씌운 부분이 드러났다.

은박지는 시선을 끄는 용도로만 부착시킨 모양이었다. 은박지 아래의 약도(略圖)에는 생가 주변의 방화곡(芳花谷) 일대가 그려져 있었다. 약도의 북서쪽 귀퉁이 부분에 붉은 점이 삼각형으로 표시되어 있었다. 약도 아래로는 '내력의 실마리'라고 적혀 있었다.

내력의 실마리? 은근히 호기심을 자아내는 글이라 생각되었다. 약도 속에 표시된 장소가 아버지와 무슨 연관이 있는지 궁금해졌다. 이튿날이 일요일이기에 토요일 오후에 곧바로 진도를 향해 출발하기로 했다. 실내 정리를 간단히 하고는 목욕실로 들어섰다. 일단 간단히 몸을 씻고는 승용차를 몰고 갈 작정이었다.

남도에서는 4월 초순부터 중순에 이르기까지 배꽃이 눈부시게 만발했다. 초등학교 4학년 이후부터의 내 기억에는 아버지의 정기적인 외출이 기억났다. 배꽃이 흐드러지게 필 무렵부터 2~3주간을 어디엔가 다녀오곤 했다.

3월 하순의 연휴라 진도로 내려가기로 한 날이었다. 나는 샤워를 마치고 나서 몸을 닦으며 거실로 들어섰다. 시계를 들여다보았다. 차를 곧장 달리면 저녁나절에는 진도에 닿으리라 예상되었다. 마음을 정하자 외출 준비를 하여 아파트 주차장으로 향했다. 이윽고 차를 몰기 시작했다. 서해안 고속도로에 올라타고부터는 마음을 편안하게 취했다. 목포를 거쳐 진도로 들어갈 작정이었다.

아버지가 사망한 지 세 달 뒤에 어머니마저 폐암으로 숨졌다. 그때가 10월 초순이었다. 아버지가 외지에서 들어왔고 독신이어서 친척이라곤 없었다. 이장을 비롯한 마을 사람들의 도움으로 어머니의 장례를 무사히 치렀다.

막상 어머니까지 땅에 묻고 나니 세상이 막막하기 그지없었다. 당장 수능을 치르려고 준비해야 할 상황에서 앞길이 막힌 터였다. 밤 새워 번민해도 해결할 길이 없었다. 학교를 찾아 휴학 처리를 했다. 그런 뒤에 이장을 찾아 눈물로 하소연했다. 이장이 꽤 오래 부인과 상의하더니 내게 말했다. 이듬 해 2월까지 이장의 집에서 머물면서 일손을 도우라고 했다. 그러면 대학에 진학할 길을 열어 주겠다고 덧붙였다.

내가 고등학교 2학년 때에 어머니로부터 들은 얘기였다. 아버지가 일본에서 귀국하여 부산항에 막 들어왔을 무렵이었다. 할머니의 생사가 궁금하여 할머니의 행적을 찾아 나섰다고 한다. 그러다가 경남 김해의 낙동강 나루의 마을에서 소식을 듣게 되었다. 아버지가 귀국하기 두 달 전에 사망했다고 한다. 낙동강 강변의 고사목에 올라 삭정이를 잘라 나뭇짐을 꾸릴 때였다. 물가로 휘늘어진 나무에 올랐다가 나뭇가지가 찢기면서 익사했다고 한다. 그때가 4월 중순이어서 사방에는 배꽃이 지천으로 만발한 시기였다.

3월의 산하(山河)를 가로지르며 나는 곧바로 저녁나절에 진도에 도착했다. 이장과 마을 사람들을 찾아 인사를 한 뒤에 읍내로 나갔다. 생가(生家)는 그간 사용하지 않아서 폐가(廢家)가 되었기에 이용할 수가 없었다. 읍내 여관에서 숙박하며 이튿날 아침에 방화곡을 찾기로 했다.

3월 하순의 기온은 여전히 서늘했다. 이튿날 나는 승용차를 몰아 산월 마을에 들어섰다. 동네의 주차장에 차를 세운 뒤에 방화곡을 향해 걸었다. 나는 방화곡이 있는 연대산의 기슭으로 발걸음을 옮겼다. 마을에서는 300여 m 떨어진 곳에 있었다. 방화곡 일대는 눈을 감고도 오를 지경으로 정이 든 곳이었다.

휴학한 이후에 이장의 조수를 하며 그 해를 보냈다. 이듬해 3월부터 다니던 학교에 복학했다. 광주에서 1년간 생활할 하숙비와 대학 등록금까지 이장이 지원해 주었다. 이를 토대로 부단히 노력한 결과였다. 나는 경쟁률이 치열한 광주의 국립 C대학교의 해양학과에 진학하게 되었다. 대학에 입학한 뒤부터는 학원에서 시간 강사로 뛰기 시작했다. 그 날 이후부터는 자립하여 공부했다.

묘소에 두 번 경건히 절을 한 뒤였다. 나는 방화곡에서 약도를 펴서 지형을 면밀히 살폈다. 적색 삼각점이 그려진 곳은 방화곡 북서쪽 골짜기 일대였다. 묘지에서 대략 50m의 거리쯤에 작은 동굴(洞窟)이 하나 보였다. 어른이 허리를 굽혀야 들어갈 높이이고 길이는 6m 정도에 불과했다. 동굴 입구는 싸리나무로 뒤덮여 있어서 동굴의 존재마저도 잊힐 정도였다. 휴대용 손전등을 비추며 동굴 안으로 들어섰다. 입구를 넘어서자 의외로 천장의 높이가 키 높이를 넘겼다.

굴의 벽면을 살펴보니 흙을 인공적으로 판 흔적이 역력했다. 아마도 전시에 방공호를 파다가 만 듯했다. 안쪽 끝의 동굴 벽면에서였다. 두 뼘 길이의 정방형 판자에 페인트칠을 해 놓았다. 바탕은 백색으로, 삼각형은 적색으로 나타낸 거였다. 판자의 뒤쪽 벽면에 축구공이 드나들 만한 구멍이 보였다. 구멍 속에는 보자기에 싸인 뭔가가 눈에 띄었다.

아버지를 대한 듯 보자기에 절을 한 뒤에 보자기를 풀었다. 의외로 한 권의 공책이 눈앞에 드러났다. 표지에는 '방화비록(芳花秘錄)'이라고 적혀 있었다. 일생에 기억할 만한 일들만 적힌 일기장이었다. 기록된 글씨는 모두 붓으로 쓴 거였다. 공책의 분량은 32장이었으나 촘촘히 글이 적혀 있었다. 그리고 중요한 시기에만 일기를 썼다는 게 드러났다. 그리고 각 기간마다 서체가 조금씩 달랐다. 어느 기간의 서체에서도 정성을 기울여 쓴 흔적이 역력하게 느껴졌다.

어머니가 떠난 지 일 년 만이었다.
영산강 강변의 장자골에 어머니가 산다는 소문이 들렸다.
형편이 어려워 몇 해가 지나서야 어머니를 찾아 나섰다.
장자골에 갔을 때엔 어머니는 마을을 떠나고 없었다.
어머니가 떠난 자리에는 강 건너 뻐꾸기 소리만 하염없이 들렸다.

아버지가 세상을 떠났어도 찾아 볼 어머니가 있어서 덜 서러웠다.
어머니마저 이사 간 뒤로는 도무지 일이 손에 잡히지 않았다.
어머니조차 못 찾는 이 땅은 내게 아무런 의미가 없다.
내일이면 일본으로 가는 밀항선을 타게 된다.
내가 나중에 우리나라로 돌아오기나 할까?

일본에 가는 것도 마냥 두렵다.
말을 못 알아들으면 벙어리가 될 텐데 그게 두렵다.
그래도 슬퍼서 고개를 못 드는 것보다는 낫겠지.

어머니, 그렇게도 저와 아버지가 싫었어요?

그렇게나요?

글을 읽던 중에도 가슴으로 서러움이 짙게 차올랐다. 어머니의 정을 상실한 어린 소년의 피 끓는 정감이 남실대는 글이었다. 나이에 비해서는 상당히 조숙했다는 게 드러났다. 사용하는 용어와 관념의 세계가 그 나이의 소년을 초월했다고 여겨진다. 어린 나이임에도 처절한 상실감을 체험하여 처연한 심정이 드러나고 있었다. 이런 어린 소년이 내 아버지였다니? 아버지가 환생한다면 자식으로서 아버지를 진정으로 따뜻이 포옹해 주고 싶었다.

어머니, 어쩌다가 낙동강 소용돌이에 휘말려 상봉조차 못하게 되었습니까?

저는 어머니를 잊기가 버거워 일본까지 가서 마음을 다스렸습니다.

어머니와 저의 인연은 도대체 어디까지였던가요?

어쩜 이렇게까지 가혹할 수 있습니까?

이렇게까지나 말입니다.

필체가 상당히 세련된 것으로 봐서 시간이 꽤 경과된 모양이었다. 공책을 뒤로 넘기자니 낯익은 그림이 나타났다. 내가 초등학교 3학년 때 그렸던 아버지의 초상화가 꽂혀 있었다. 오래 전에 사라졌던 그림이라고만 여겼다. 그랬던 것을 의외로 대하니 가슴이 마구 떨렸다. 요즘의 관점으로는 무척 조잡한 그림이었다. 그런 그림을 지금까지 가지고 있었다니! 아버지에 대한 여태까지의 반발심이 숭배의 감정으로 전환되는 심정이었다. 그런데다가 놀랍게도 그림의 뒤에는 아버지가 쓴 글귀가 보였다.

진호가 그림에서는 저마저도 충분히 실력을 인정하는 자식입니다.
진호 앞에 서서는 할머니의 관점으로 줄곧 진호를 바라보았습니다.
진호가 그림을 그리는 내내 저는 줄곧 진호의 할머니였습니다.
제 얼굴에 깃든 할머니의 모습을 진호가 일부라도 그리기를 소망했습니다.
마침내 진호가 그림을 다 그렸다고 말했습니다.

저는 가슴이 떨려서 잠시 눈을 감았다가 그림을 들여다보았습니다.
바로 그 순간에 저는 가슴이 벅차 눈물이 차올랐습니다.
놀랍게도 그림에는 제가 마음속으로만 찾아 헤맸던 어머니가 살아 있었습니다.
너무나 기뻐 진호를 업고 동네를 한 바퀴 돌고 싶었습니다.
어머니를 그림에서나마 상봉(相逢)시켜 준 진호에게 무한한 고마움을 느꼈기 때문입니다.

'아니, 어쩜 이럴 수가? 내가 아버지를 몰라도 너무나 몰랐구나. 아버지, 당신의 속내를 너무 몰랐던 자식을 이제라도 용서해 주세요. 정말 드릴 말씀이…….'
생각에 잠기다 말고 설움이 북받치면서 눈시울로 눈물이 왈칵 쏟아졌다. 나 자신도 모르게 어깨가 흔들리며 울음이 터졌다.

76

"죄송합니다. 아버지이! 흐흐흑! 으흐흐흑!"

내 머리의 두뇌 조직에 마구 경련이 이는 느낌이었다.

내가 동굴을 찾았던 날로부터 일주일이 지난 뒤였다. 나는 아버지가 할머니를 찾아 나섰던 경로를 세밀하게 탐색했다. 유난히 그런 일에 감각이 탁월하다는 사람을 사서 동행했다. 그러다가 마침내 할머니가 고사목에서 실족했다는 낙동강의 위치까지 확인했다. 강나루에서 멀지 않은 거리였고 물줄기가 합류되어 소용돌이가 드센 지점이었다. 실족한 지점 부근의 강변에는 고목이 된 배나무가 치솟아 있었다. 그 배나무 아래에는 주막집이 얼마 전까지 있었다고 전해진다. 배꽃이 필 무렵이면 넋 나간 듯 집을 나서던 아버지였다.

아버지가 길게는 한 달씩이나 머물던 곳이 그 주막이라고 했다. 나루터 주변에 현재까지 살던 노인이 내게 들려준 내용이었다. 노인은 아버지와 주막에서 자주 만나 우정을 나누었다고 들려주었다. 노인은 내 얼굴을 보더니 아버지와 많이 닮았다고 거듭 말했다.

노인으로부터 충분히 설명을 듣고는 나루터를 떠나왔다. 그러다가 지난달인 4월 중순경이 되었을 때였다. 나루터 마을의 이장에게 나무 값을 치른 뒤였다. 고목이 된 배나무를 굴삭기로 팠다. 할머니가 실족되었던 강변에서 가장 가까운 거리의 고목이었다. 그것을 화물차로 진도의 대연산 방화곡으로 날랐다. 부모의 묘소 남향받이에 배나무를 심었다.

꽃망울들이 주렁주렁 매달린 배나무를 올려다보며 마음속으로 중얼대었다.

'아버지! 이제는 배꽃 필 시기가 되어도 여기서 어머니랑 같이 보내세요. 낙동강 주막 앞의 배나무가 바로 앞에 있잖아요? 어머니! 그동안 얼마나 마음고생이 많으셨어요? 이제라도 아버지와 함께 배꽃 그늘 아래서 오붓이 함께 지내세요. 이제 소자는 떠날게요. 되도록 자주 올게요. 그때까지 안녕히 계세요.'

정작 발길을 돌리려고 하자 또 다시 가슴이 먹먹해졌다. 머물러야 할 곳이 방화곡이라는 생각이 자꾸 들며 눈시울이 젖어들었다.

지난 4월의 회상에서 깨어난 뒤다. 나는 서가에 놓여 있던 고목의 사진을 찬찬히 지켜본다. 5월 하순이라 방화곡에는 철쭉꽃이 만발할 시기라 여겨진다. 배나무의 생존 여부도 확인하고 꽃의 궁전을 둘러보리라 작정한다.

한동안 생각에 잠겨 있을 때에 휴대전화가 떨떤다. 귀에 대니 상희의 목소리가 들린다.

"과학기술원에서의 내 용무는 끝났어. 아까 약속했던 대로 내일 아침에 만나기로 해. 그래서 너랑 함께 네 고향 마을에 가 보고 싶어."

이튿날 오전 8시에 상희와 함께 안산을 출발하기로 약속한다.

이튿날 오전 8시에 약속대로 상희와 함께 안산을 출발했다. 마침내 정오 무렵에 마을 주차장에서 내려 방화곡으로 들어선다. 계곡 전체에 불길처럼 일렁이는 철쭉들의 군영을 바라볼 때다. 상희의 얼굴에 감격하는 기색이 역력히 내비친다. 달뜬 목소리로 상희가 외치듯 말한다.

"우와, 여기가 진짜 꽃 대궐이네! 저 꽃들이 모두 철쭉이야? 이만저만

78

한 장관이 아니야."

이윽고 부모의 묘소 앞에 도착했다. 나는 상희와 함께 무덤을 향해 두 차례의 절을 한다. 컵에 막걸리를 따라 아버지와 어머니의 봉분에 차례로 뿌린다. 그리고는 내가 무덤을 향해 낭랑한 목소리로 말한다.

"아버지! 어머니! 그간 잘 지내셨습니까? 오늘은 미래의 며느리와 함께 왔습니다. 곱게 봐 주시고 앞날에 복을 많이 주세요. 조만간 결혼식을 올릴 예정입니다."

상희도 이내 또랑또랑한 목소리로 말한다.

"아버님과 어머님! 며느리로서 인사 올리러 왔어요. 예쁘게 잘 봐 주세요. 앞으로 애비랑 호흡 맞추어 잘 살게요."

말을 마치자 상희가 나의 손을 쥔다. 둘이 손을 맞잡은 채 이식한 배나무를 살펴본다. 배나무의 잎에 녹색의 윤기가 흐른다. 배나무 가지마다 풋풋한, 작은 열매들이 주렁주렁 매달려 있다. 그러다가 상희가 사진기를 꺼내 방화곡 일대를 촬영하느라 여념이 없다. 나는 봉분을 향해 마음속으로 속삭인다.

'아버지! 그 동안 배꽃 아래에서 어머니랑 잘 지내셨어요? 저승에서나마 할머니를 만나 행복하게 잘 지내세요. 어머니! 오늘 며느리 본 느낌이 어떠세요? 저랑 호흡이 잘 맞는 사람이에요. 앞으로는 자주 내려올게요. 이렇게 함께 있으니 정말 행복해요.'

송이송이 무리를 지어 골짜기를 뒤덮은 철쭉을 둘러볼 때다. 상희가 꽃송이마다 입맞춤을 하듯 정성스레 살펴본다. 다섯 갈래로 갈라진 통꽃에 선홍의 색조를 띤 철쭉이다. 솔바람에 떠밀려 꽃송이들이 바람에 간들댄다. 간들대는 바람결 사이로 뻐꾸기의 울음소리가 밀려든다. 안산의 아카시아나무 숲 속에서부터 줄곧 들리던 울음소리다. 그 울음소리가 진도의 방화곡까지 이어지지 않았는가?

'어제 안산 뒷자락에서부터 들렸던 뻐꾸기의 울음소리가 나를 여기까지 내몰았을까? 할머니와 아버지의 영혼의 교신이 줄곧 뻐꾸기의 울음소리로 내게 전해졌을까? 그 울음소리가 아버지의 영혼에서부터 내 발길까지의 여로(旅路)를 탐색했던 근원이었을까?'

생각에 잠기는 중에서도 뻐꾸기의 울음소리는 쉼 없이 흘러든다. 골짜기를 뒤덮은 나뭇잎들이 밀려드는 바람결에 연신 물결처럼 남실댄다. 나뭇잎에 이는 파동(波動)마저도 영혼들의 쉴 새 없는 속삭임으로 느껴진다.

골짜기에서 분출되는 은은한 파동은 정신이 혼미해질 정도로 전신으로 밀려든다. 그러면서 묘하게도 자꾸만 내부로부터 울음이 터질 듯한 기분이다. 바람결에 간들대며 일어서는 만발한 철쭉의 군영을 바라볼 때다. 홀연 골안개가 서서히 피어오르더니 아버지와 어머니의 모습이 환영(幻影)으로 밀려든다. 근엄하면서도 당당한 아버지와 자애로운 어머니의 얼굴이 시야에 밀려든다. 상희와 나를 활짝 웃으며 반기는 듯한 느낌이 전해진다. 그러다가 환영이 시야에서 서서히 스러진다. 아쉬운 마음이 뭉클 치솟는다.

어느새 상희가 내 손을 맞잡으며 나의 눈을 들여다본다. 내 영혼을 다스리던 부모의 숨결이 상희의 손길로 전해지는 느낌이다. 나도 모르는 사이에 콧등이 시큰대며 눈시울에 이슬이 맺혀 흐른다. 창졸간에 일어난 환상적인 정경으로 가슴이 온통 먹먹하다. 세상은 고요에 잠겨 청량한 솔바람 소리만 산자락 가득 파드득거린다.

〈『한국작가』 2011. 겨울호(12월) 발표〉

산안개

소년들의 흐느끼는 울음이 백색의 빛줄기로 갈라지면서 풍경 소리로 쨍그렁댄다.

사방은 광막한 산안개에 뒤덮여 풍경 소리만 아스라이 물결친다.

산안개

어디에도 경적 소리는 들리지 않는다. 차량 소음조차도 말끔히 사라진 토요일의 인사동이다. 5월 초순이라 도심에도 신록의 물결이 연신 출렁댄다. 감미로운 바람결이 물속의 수조(水藻)처럼 연신 골목길에 나부댄다. 성준(星俊)이 찻집의 식탁에 앉아 통유리 벽을 통해 바깥을 내다본다.

쨍그랑거리며 찻집 출입문에 매달린 풍경 소리가 실연기처럼 연신 흩날린다. 호수의 수면에 금세 살얼음이라도 얼듯 청아한 음색이다. 검정색 원피스 차림의, 얼굴이 고운 중년 여인이 들어선다. 성준이 의자에서 몸을 일으켜 여인에게로 손을 내밀며 말한다.

"정말 이처럼 다시 만나게 되어 무척 기쁩니다."

여인이 성준과 악수를 나누며 응답한다.

"저두요. 이렇게 만나서 너무 기뻐요."

한 달 전인 4월 초순이었다. 강남 한국화 작가회의 일원으로 성준이 당

일 여행을 나섰다. 전북 변산의 격포 항구와 위도(蝟島)를 둘러보는 여정이
었다. 다들 흥에 겨워 술에 듬뿍 취한 상태였다. 돌아오다가 휴식하러 충
남 서산 휴게소에 대절 버스가 들렀을 때였다. 성준이 용변을 보고 식사한
뒤에 버스를 찾았다. 하지만 버스는 떠나 버리고 보이지 않았다. 성준은
일시에 사면(四面)으로 절벽처럼 치솟는 단절감을 느꼈다.

성준은 종착지가 서울로 되어 있는 대절 차량을 찾기로 했다. 주말이어
선지 서울을 종착지로 삼은 대절 차량이 다섯 대나 보였다. 첫 번째로 알
아본 차량에는 여분의 좌석이 없었다. 그래서 두 번째의 차량으로 다가
가 정황을 살폈다. 차량을 대절한 대표자가 여인이라는 사실을 한 승객으
로부터 알아내었다. 대절 차량의 기사가 차에 막 올라타려고 할 때였다.

대표자 여인도 마침 버스에 오르려고 했다. 성준이 여인에게로 다가가
먼저 명함을 내밀었다. 그러고는 자신의 처지를 진솔하게 얘기하면서 도
움을 청했다. 여인이 성준의 명함을 들여다보며 성준의 얘기에 귀를 기울
였다. 성준의 얘기를 차분히 듣고 난 뒤였다. 여인이 말끄러미 성준의 눈
을 들여다보더니 입을 열었다.

"회사원이면서 화가이시군요. 도곡동에 사신다고 하셨죠? 태워 드릴게
요. 나중에 매봉역에 내려 드리면 되겠죠? 저희들은 대치동 마을 사람들
이에요."

성준은 과거의 상념으로부터 깨어나 눈앞의 여인을 바라보며 입을 연다.
"어떻게 제게 전화할 생각을 하셨는지 궁금합니다."
여인이 대답 대신에 미소를 머금으며 찻잔을 들어 앞으로 내민다. 성준
이 술잔을 부딪듯 여인의 찻잔에 자신의 찻잔을 갖다 댄다. 그러다가 둘

이 서로를 바라보며 미소를 깨문다. 찻집 통유리 벽 바깥에는 정방형의 돌확이 놓여 있다. 거기에는 다섯 그루의 복숭아나무가 꽃을 매달고 바람결에 나부끼고 있다. 돌확 부근에는 두 소년들이 눈에 띈다. 그들은 초등학교 2학년 정도의 아이들로 보인다. 의외로 플라스틱 제품의 장난감 칼을 둘 다 지니고 있다. 하도 정교하게 만들어져서 얼핏 보기엔 진검으로 착각할 지경이다.

플라스틱 칼을 바라본 순간에 성준의 가슴에 파동이 일기 시작한다. 중국의 무당산(武當山)에서 만났던 처녀 도인(處女道人)인 친샤이펑(Chinshypung)이 생각났기 때문이다. 3달 전인 겨울철이었다. 자소궁(紫霄宮)의 관광객을 위한 무술 공연장에서였다. 20대 중반의 도인이 진검(眞劍)을 빼 들고 검술을 시연하고 있었다. 팔을 내밀었다가 거두어들이면서 몸을 뒤채는 동작이 유려하기 그지없었다. 여인의 동작이 펼쳐질 때마다 성준의 가슴에 파동이 이는 느낌이었다. 구름 속을 떠다니며 헤엄치는 한 마리의 학처럼 우아한 동작이었다.

이윽고 도인이 동작을 멈추었을 때다. 성준이 도인에게로 다가서며 영어로 말했다.

"정말 눈부시게 유려한 동작이었습니다. 검술을 수련하신 지가 얼마나 되세요?"

도인이 대번에 유창한 영어로 응답했다.

"11년째에 접어들었어요. 검술은 제 영혼의 숨결과도 같아요. 댁도 검술에 조예가 있어 보이는데 시범을 부탁해도 될까요?"

말을 마치자마자 성준에게로 장검을 내밀었다. 여자 치고는 꽤 성미가 급한 사람이라고 여겨졌다. 그래서 얼결에 성준이 장검을 받아들었다. 취미 생활의 일부로 수련하는 본국검(本國劍)을 시연하기로 했다. 성준이 자세를 취하자마자 도인이 곧바로 말했다.

"오호, 한국의 본국검의 품새로군요. 잘 부탁드릴게요."

첫 자세만 보고도 본국검의 품새임을 알아차리는 도인이 아닌가? 성준이 검술을 끝냈을 때였다. 성준 스스로도 평소 때보다 모든 품새가 매끄럽게 진행되었다고 여겼다. 친샤이펑이 감격한 눈빛으로 박수를 치더니 성준에게 말했다.

"검의 달인(達人)을 만나게 되어 영광이에요. 진심으로 선생님과 교류하고 싶어요. 잠시 후에 제 사부님을 만나 보고 가지 않을래요?"

성준은 단체 여행이었기에 단체에서 이탈하고 싶지 않았다. 처녀 도인에게 정중하게 거절의 뜻을 전하고는 하산했다. 작별 인사를 하는 성준을 바라보는 여인의 눈가에 물기가 비쳤다. 여인의 눈가에 서렸던 애잔한 느낌이 광풍(狂風)이 되어 성준에게 회오리쳤다.

39세의 서연(瑞姸)의 얘기를 들으면서 성준이 창밖을 내다본다. 여인보다 8살 연상의 사내의 눈에 소년들의 모습이 밀려든다. 두 소년이 장난감 칼을 놓아두고는 동화책을 뒤적인다. 그러다가 서로 좋알대며 열심히 떠들어대곤 한다. 성준이 시선을 창 밖에서 탁자로 돌릴 때다. 종업원이 파전과 동동주를 식탁 위에 갖다 놓는다. 둘은 술잔을 맞대어서 서로의 만남을 축하하며 술잔을 기울이기 시작한다.

대학에서 중국어를 전공하여 일주일에 3번씩 어학원 강사로 뛴다는 서연이다. 대치동 마을의 부녀회장을 맡고 있다는 그녀다. 4월 초순의 토요일에 그녀는 부녀회원 가족들과 고창을 다녀왔다고 들려준다. 선운사에서 십여 ㎞ 떨어진 산자락의 암자(庵子)를 찾았다고 한다. 암자에는 말기 암환자인 승려들이 집단으로 요양하고 있다고 한다. 암 환자의 수는 9명에 이른다고 했다.

서연이 성준을 만났던 날이었다. 부녀회 회원 가족들은 정오 무렵에 사찰에 도착했다. 그 날 부녀회장의 남편은 회사 일로 참여하지 못했다. 그 때부터 시작하여 다섯 시간 동안 봉사 활동을 펼쳤다. 여자들은 공양간을 들락거리며 음식을 만들거나 환자들의 빨래를 했다. 남자들은 승방(僧房) 청소를 하거나 환자들을 목욕시켰다. 쾌청한 날씨를 이용하여 환자들의 이불도 씻어서 말렸다. 봉사 활동을 마치고는 상경 길에 올랐다가 서산 휴게소에 들렀다. 거기에서 넋을 잃고 배회하던 성준을 서연이 만나게 되었다.

대절 버스가 매봉역에 성준을 내려줄 무렵이었다. 성준이 서연에게 휴대전화 번호를 알려달라고 말했다. 전시회를 열 때마다 제작하는 도록(圖錄)을 보내 주겠다고 했다. 서연은 별다른 생각 없이 전화번호를 알려 주었다. 매봉역에 성준을 내려 준 뒤에 대절 버스는 대치역으로 내달렸다.

이틀 뒤인 월요일 오전이었다. 성준이 도록을 익일 특급 우편물로 발송했다. 화요일 오후에 서연이 우편물을 열어 도록을 펼쳐 들었다. 표지를 젖히자 화가의 자필 서명과 낙관이 가지런히 찍혀 있었다. 도록의 중앙에는 A4용지에 적힌 편지가 들어 있었다. 그냥 버스를 태워 주어서 고맙다는 인사 차원의 편지였다. 한데 알지 못할 것은 편지를 읽고 난 뒤의 느낌이었다. 형체를 알 수 없는 흡인력이 편지의 문장에서 느껴졌다.

편지를 받은 지 3주가 지난 5월 초순의 토요일인 오늘이었다. 볼일이 있어서 인사동을 다녀오겠다고 회사에서 남편이 연락했다. 그래서 서연은 남편한테 전화로 말했다. 그녀도 인사동에 볼일이 있으니까 나중에 인사동에서 만나서 귀가하자고 약속했다. 남편과 통화를 끝낸 뒤였다. 서연이 성준에게 전화를 걸었다. 쾌활한 성격이라 문득 장난기도 발동하여 교태를 부리며 말했다.

"장 선생님. 안녕하세요? 저는 신서연이에요. 오늘 저녁 10시에 인사동에서 만날까요? 보내 주신 도록과 편지는 잘 받았어요. 그럼 나중에 봐요."

오늘 그녀로부터 전화를 받게 된 순간이었다. 성준은 마침 동료 화가들 셋과 어울려 술잔을 기울이고 있었다. 기꺼이 대답을 하고는 찻집 이름을 알려 주었다. 인사동에는 도처에 전통 찻집이 깔려 있었다. 전통 차만 파는 것이 아니라 술과 음식까지 다 팔았다. 그래서 부담 없는 만남의 장소로 인사동을 잘 이용하곤 했다.

성준은 통유리 벽의 바깥 골목을 내다본다. 돌확에는 여전히 복사꽃이 흘러드는 바람결에 나부낀다. 두 소년이 이제는 플라스틱 칼을 빼어 들고는 칼싸움을 벌이고 있다. 영화를 많이 본 탓인지 몸이 날렵하기 그지없다. 서연과 둘이서 동동주를 마신 지 반시간이 지날 무렵이었다. 느닷없이 서연이 고개를 뒤로 발칵 젖히며 성준에게 말했다.

"고려 시대에 해동 제일의 시인이라는 김황원(金黃元)을 아시죠? 그 분이 부벽루(浮碧樓)에서 쓴 두 줄의 시구(詩句)도 아실 거구요. 거기에다가 우리가 2줄의 시구(詩句)를 덧붙여 완성시키면 어떨까요?"

　여인이 식탁 맞은편에서 성준의 왼쪽 옆자리로 옮겨 앉는다. 그러더니 손가방을 열어 종이와 볼펜을 꺼내 든다. 그러더니 종이에 한자로 휘갈겨 글을 쓴다. 필체가 예사롭지 않은 달필이다.

　　天下風光紛紛流

　서연이 종이를 성준에게로 내밀며 마지막 구를 완성시켜 보라고 말한다. 성준이 잠시 생각에 잠기더니 이내 볼펜을 받아든다. 그러고는 넷째 줄에 한자로 적는다. 한자로 적어 조합하니 다음과 같이 된다.

　　長城一面溶溶水(장성일면용용수)
　　大野東頭點點山(대야동두점점산)
　　天下風光紛紛流(천하풍광분분류)
　　心中殘悶漠漠送(심중잔민막막송)

　　평양성 한쪽으로는 굽이굽이 남실대는 물줄기요
　　평야 동쪽으로는 점을 뿌린 듯 산이 깔려 있구나.
　　천하의 빼어난 절경이 함께 어우러져서 흘러가니
　　가슴속의 번민마저도 아득하게 흘려보내겠구나.

　성준이 글을 완성한 직후다. 서연이 완성된 시편을 들여다보더니 환희에 찬 표정을 짓는다. 그러더니 감탄하는 어조로 말한다.

"그 분이 미완성으로 남겼던 시편이 오늘에야 완성작이 되었어요. 정말 제 마음에 쏙 드는 작품이에요. 평양 대동강의 풍광이 확 살아나는 느낌이에요. 갑자기 당신한테 뿅 가는 느낌이 들어요."

말을 마치자 활짝 미소를 짓더니 성준의 왼팔에 팔짱을 낀다. 성욕을 자극하는 강력한 향수 냄새가 성준의 후각으로 치닫는다. 그녀가 속삭이듯 성준에게 말한다.

"우리 길게 사귈까요? 짧게 사귈까요?"

성준이 순간적으로 멍청한 표정을 지으며 서연을 바라본다. 무슨 뜻인지 알아듣기 어렵다는 표정이다. 서연이 오른손을 성준의 넓적다리 깊숙이 갖다 올리며 말한다.

"선수들끼리 왜 이래요? 짧게 사귀는 것은 모텔로 직행하는 것이라는 것쯤은 아실 텐데요?"

갸름한 얼굴에 늘씬한 몸매까지 갖춘 미인형의 서연이다. 길게 사귀겠다고 얘기하면 총알처럼 내뺄 듯한 자세다. 성준이 마음을 누그러뜨리며 그녀를 향해 낭랑한 목소리로 말한다.

"제게도 당신은 환상적일 만큼 매혹적인 여인으로 보여요. 하지만 제가 좋아하는 것은 당신의 맑은 영혼과 아취(雅趣)예요. 당신과 나의 부부가 서로 좋은 이웃으로 지내면 어떨까요? 제 마음을 밝혔으니 판단은 당신한테 맡길게요."

서연이 묘한 미소를 짓다가 집게손가락으로 성준의 코끝을 톡톡 친다. 그러면서 속삭이듯 말한다.

"선수인 듯하면서도 모범생 같아 보였는데 관상이 맞네요. 나도 당신이 마음에 썩 들어요. 약간은 아쉽지만 길게 사귀는 걸로 받아들일게요. 아주 길게 말이에요. 그러면 이번 주 일요일에 양가(兩家) 부부가 남양주 계곡에서 만날까요? 거기에는 맑은 물과 공기가 참 좋아요."

여인은 동동주를 한 병만 더 마시자고 성준에게 말한다. 성준이 고개를 끄떡이며 종업원을 부른다. 어느 정도 취기를 느끼는 성준이다. 성준이 술에 취하면 두 가지의 취향을 드러낸다. 그림을 그리거나 검술을 시연한다.

성준이 서연에게 잠시 바람을 쐬겠다고 말하고는 찻집을 빠져 나간다. 성준이 밖에 나가니 돌확 부근에 있던 소년들은 보이지 않는다. 다만 그들이 앉았던 자리에 장난감 칼이 놓여 있을 따름이다. 성준이 장난감 칼 하나를 주워 든다. 술을 깰 겸 장난감 칼로 본국검의 검식을 시연할 작정이다. 본국검(本國劍)은 조선의 병서(兵書)인 무예도보통지(武藝圖譜通志)에 실린 한국 고유의 검술이다.

성준은 천천히 칼집에서 검(劍)을 빼 든다. 열두 번째 검식인 발초심사(撥艸尋蛇)의 동작만 되풀이할 작정이다. 이 동작을 취하며 돌확의 복사꽃송이를 향해 칼을 겨눈 순간이다. 복사꽃잎이 서너 장 나비처럼 뱅글거리며 떨어져 내린다. 칼에서 복사꽃까지는 3m가량이나 떨어진 거리다.

성준이 의아스런 표정을 지으면서 주변을 둘러본다. 복사꽃 가까이에는 소년들은커녕 다른 행인들조차도 보이지 않는다. 3m 이상 떨어진 거리의 꽃잎이 성준의 칼깃에 떨어진 셈이다. 의아한 느낌에 휩싸여 성준이 재차 검식을 시연하며 칼을 겨눈다. 그러자 이번에도 3m 거리의 복사꽃잎이 서너 장 떨어져 내린다. 성준이 재차 고개를 갸우뚱거리며 주위를 둘러본다. 주위에는 분명 사람의 그림자조차 눈에 띄지 않는다. 성준은 칼집에 칼을 꽂아 원래의 위치인 돌확 곁에 놓아둔다.

어느 정도 술이 깬 느낌이 들자 성준이 찻집으로 들어선다. 성준의 얼굴에서 주기(酒氣)가 사라졌음을 확인한 뒤다. 서연이 성준에게 말한다. 주말의 일요일에 양가(兩家)의 부부가 서로 만나도록 하겠느냐고 재차 확인한다. 성준이 그러겠다고 확실히 대답한다. 그러자 서연이 성준의 팔을 끌고는 조계사 입구로 걷기 시작한다. 거기의 승용차 안에서 그녀의 남편이 기다리기로 약속한 상태였다. 이윽고 조계사 입구에 이르자 시동이 켜지는 소리가 들린다. 그러면서 검정색 승용차에서 성준 또래의 체구가 우람한 사내가 내려선다.

서연의 소개로 사내와 성준이 악수를 나누며 통성명을 한다. 이내 서연을 태운 사내의 승용차가 시야에서 사라져 버린다. 서연이 사라지자 성준은 허탈해진다.

성준이 안국역으로 발길을 옮기려는 찰나다. 느닷없이 눈앞에 20대 중반의 두 여인들이 시야를 막는다. 성준이 몸을 비키려고 할 때다. 여인들이 성준에게로 다가와서 목례를 하며 말한다.

"선생님, 잠깐만 시간 좀 내어 주시겠어요? 저희들은 '신라검(新羅劍)'의 회원들이에요. 잠깐만 선생님께 말씀드릴 게 있어요."

얼굴이 갸름한 주현(珠炫)과 이마가 넓은 정미(貞美)가 이름을 밝히며 말한다. 성준의 검기(劍氣) 발출로 복사꽃잎이 떨어지는 현장을 동영상으로 촬영했다고 들려준다. 그러면서 신라검 총관까지 동행해 달라고 정중히 요청한다. 주현의 승용차에 정미와 성준이 동승한다.

일행이 회색의 5층 빌딩 앞에 선다. 도곡동 '성창 빌딩'이란 곳이다. 3층 복도에 들어서니 '신라검 총관(新羅劍總館)'이라는 현판이 걸려 있다. 복도의 출입문이 열리고 성준이 안내된 곳은 회장실(會長室)이다. 시각으로는 자정이 가까운 시점이다. 성준에게 40대 초반으로 보이는 여인이 의자에서 일어나며 일행을 맞는다. 회장이 입을 열기에 앞서서 주현이 말한다.

"회장님, 마침내 우리가 그토록 찾던 진인(眞人)을 만났어요. 저와 정미가 현장에서 촬영한 동영상 사진을 근거로 제시합니다."

회장이 동영상 장면을 바라볼 때다. 순간적으로 눈썹에 차가운 기운이 서리더니 놀라는 기색이 역력하다. 그러다가 간단한 고갯짓으로 회장이 주현과 정미를 실외로 내보낸다. 회장이 성준의 눈을 정면으로 바라본다. 성준도 그제야 정신을 차려 회장의 눈을 똑바로 바라본다.

둘의 시선이 교차한 순간이다. 둘의 사이가 3m가량 떨어진 상태다. 회장이 양손을 교차시키더니 슬쩍 성준에게로 미는 동작을 취한다. 바로 그 찰나. 성준의 우측 어깨에서부터 가슴을 거쳐 아랫배로 차가운 기운이 밀려든다. 돌발적인 현상에 성준이 놀라 회장을 흘깃 바라본다. 그러다가 성준이 손바닥으로 막는 듯한 동작을 무의식적으로 펼친다. 그러자 회장의 얼굴에 극도로 긴장하는 표정이 서린다. 회장의 긴장한 표정을 대하자 성준이 황급히 자세를 가다듬는다. 곧바로 낭랑하기 그지없는 회장의 목소리가 성준의 귀에 밀려든다.

"선생님, 사범들의 견해가 맞는 것 같아요. 본관에서 선생님을 특별 사범으로 모시고 싶어요. 오늘은 밤이 깊었으니 추후로 제가 다시 연락드릴게요."

회장이 깍듯이 경건한 자세로 성준을 대한다. 택시비까지 챙겨서 사범들을 시켜 성준을 택시에 태워 전송한다.

순식간에 며칠이 흘렀다. 서연 부부의 제안으로 성준 부부는 남양주의 야산 골짜기로 향한다. 거기 개천이 흐르는 물가에서 양가의 부부가 만나기로 약속했다. 오전 9시 무렵에 양가 부부가 물가에서 마주 앉는다. 바닥에 폴리비닐 자리를 펴고는 넷이 둘러앉는다. 서연의 남편인 재홍(齋弘)은 대기업 간부 사원이라고 자신을 소개한다. 성준은 자신이 화가이면서 회사원이라고 밝힌다. 서연은 중국어 강사라고 소개하며, 성준의 아내는 대학 병원의 간호사임을 밝힌다. 넷이 어울려 편안한 마음으로 자연스럽게 얘기를 나눈다.

인사를 마친 뒤다. 넷이 폭이 넓은 개울에 들어선다. 미리 준비했던 족대를 이용하여 물고기와 새우를 잡기 시작한다. 대략 반시간쯤 작업했을 때다. 플라스틱 물통 가득 새우와 물고기들이 잡혔다. 여인들이 휴대해 간 이동식 가스레인지에 불을 붙인다. 밥과 매운탕이 거의 비슷한 시각에 끓는다. 넷이 둘러앉아 반찬을 꺼내 식사를 하면서 대화를 나눈다. 정겨움에 취해 자연스레 서로 이야기보따리를 담뿍담뿍 풀어놓는다.

한참 대화를 나눈 뒤다. 수석(壽石)이 눈에 띄려나 싶어 개천가를 성준이 둘러볼 때다. 절벽 하단 언저리 부근에서다. 갈대가 유난히 무성한 곳을 나무 막대기로 젖히는 순간이다. 평평하게 수직으로 드리워진 바위에 뭔가 특이한 무늬가 보인다. 천연적인 무늬이려니 여겨 들여다보니 돌에 새긴 글과 그림이다. 성준이 자세히 들여다보다가 디지털 사진기로 촬영한다.

體氣拔出修鍊圖(체기발출 수련도)

7글자 아래에 6가지의 동작에 대한 그림이 상세히 새겨져 있다. 다리를 일자(一字)로 펴서 앉는 자세가 첫 번째 동작이다. 두 번째는 일어서서 허리를 굽혀 머리를 발목에 대는 동작이다. 세 번째는 벽에 다리를 붙여 물구나무서기를 한 동작이다. 네 번째는 앉아서 편 다리에 머리를 발목에 대는 동작이다. 다섯 번째의 동작은 보다 상세히 새겨져 있다. 달려든 자세에서 몸을 솟구쳐 양발로 벽을 차는 동작이다. 마지막은 두 손을 짚고 몸을 옆으로 돌리는 동작이다. 동작의 마지막 부분에는 두 줄의 글귀가 새겨져 있다.

日間三十回而三年修鍊達氣拔出之境 內禁衛將 李哲雄
(일간삼십회이삼년수련달기발출지경 내금위장 이철웅)

매일 30회씩 3년간을 지속하면 기를 발출하게 된다. 내금위 장군 이철웅

성준은 소중한 보물을 얻은 느낌으로 감격에 휩싸인다. 만난 지 네 시간이 지났을 때다. 그제야 아쉬운 듯 두 부부가 작별한다. 봄철에는 민물고기를 잡기로 하고 가을에는 바다낚시를 함께 떠나기로 정한다. 새로운 이웃을 만난 기쁨으로 양쪽 부부는 행복한 표정으로 작별한다.

서연을 만난 지 일주일이 지난 5월 중순 무렵이다. 성준이 팔을 크게 휘돌리던 중이다. 느닷없이 몸이 시큰거리면서 우측 어깨로부터 힘이 쑥 빠지는 듯하다. 베란다 부근이어서 그의 오른팔이 난초 잎사귀를 향할 때

다. 바람이 불지도 않았는데도 느닷없이 잎사귀들이 서너 차례씩이나 크게 흔들거린다. 그러다가 도장을 운영하는 친구인 검도 관장에게 의견을 구한다. 관장인 영호(榮浩)는 쓴웃음을 지으며 일축해 버린다. 하지만 성준의 견해로는 아무래도 기의 발출과 관련이 있다고 여겨진다.

그제야 성준이 도곡동의 신라검 본관을 찾는다. 검도가 7단인, 오명희(吳明熙) 회장이 성준을 반가이 맞는다. 41세의 얼굴이 고운 여인인 회장의 얼굴은 차가운 얼음장 같다. 회장이 진검을 성준에게 건네주며 본국검을 시연해 보라고 청한다.

검기의 발출 현상을 관장이 은밀히 관찰하려는 기색이 비친다. 성준이 12번째 검식인 발초심사의 동작을 취하려 할 때다. 도장 입구로 두 여인들이 들어선다. 여인들의 출현에 무관하게 성준이 칼을 왼쪽 어깨로 들어 올린다. 그러다가 오른쪽 아래 방향으로 서서히 칼을 내리뻗는다. 칼날의 끝은 연탁(演卓) 위의 10자루 촛불을 겨누고 있다. 바로 이 무렵이다. 성준의 우측 어깨가 시큰대며 힘이 일시에 왈칵 빠지는 듯하다. 칼끝이 촛불을 가리킬 때마다 촛불이 맥없이 꺼져 버린다. 칼끝과 연탁의 거리는 족히 5m에 이른다.

순서대로 10자루의 촛불이 모두 꺼지는 찰나다. 사방에서 박수갈채가 일제히 터져 나온다. 성준이 고개를 들어 앞을 바라보니 안면이 익은 얼굴이 밀려든다.

친샤이펑(Chinshypung)과 50대 중반의 낯선 여인이 눈에 띈다. 성준이 놀란 눈으로 친샤이펑에게로 다가서며 입을 연다.

"친샤이펑, 여긴 어쩐 일입니까? 정말 반가워요."

친샤이펑이 가만히 미소를 지으며 말한다.

"제 사부님을 모시고 왔어요. 자소궁을 찾으셨던 날에 제가 사부님을 뵙고 가라고 부탁 드렸잖아요? 그냥 가셨기에 결국 제가 사부님을 모시고 여기까지 온 거예요."

친샤이펑 곁의 50대 여인이 성준을 향해 다가서며 손을 내민다. 성준도 경건한 자세로 여인과 악수를 나눈다. 여인이 유창한 영어로 성준에게 말한다.

"제자가 하도 극찬하기에 어떤 분인지 만나고 싶었습니다. 공교롭게도 검기의 발출 현장까지 제대로 보게 되어 무척 기뻐요. 결코 제자의 판단이 잘못되지 않았다는 걸 확인하게 되어 기쁩니다."

친샤이펑의 사부(師父)인 53세의 헝요우밍(Hungyowming)과 성준이 만나 새삼스레 악수를 나눈다. 성준의 눈에 비친 헝요우밍은 수려한 미모의 여인이다. 젊은 시절에는 미모가 더욱 출중했으리라 여겨지는 얼굴이다.

본관의 회장인 명희는 41세의 독신녀. 명희도 미모가 대단히 빼어나 성호의 눈이 부실 정도다. 그 외모에 여태껏 독신녀로 지냈다니 이해가 안 될 정도다. 헝요우밍과 명희가 잠시 대화를 나눈다. 그러더니 세 여인들이 하나같이 성준에게로 다가들어 뭔가 말하려고 한다.

바로 이 순간이다. 성준의 호주머니에서 휴대전화가 심하게 떨어댄다. 귀에 갖다 대니 검도관 관장인 영호의 목소리가 들린다.

"지난번에 네가 한 말을 생각해 봤어. 아무래도 네 몸에서 검기가 발출되었던 것 같아. 당장 나한테 좀 들러 줄래?"

성준이 세 여인들에게 한 시간만 기다려 달라고 양해를 구한다. 그리고는 곧바로 삼성동의 극동 검도관으로 달려간다. 도장에 도착하니 영호가 관장실에서 나오면서 성준을 반가이 맞는다. 둘이 원탁을 사이에 두고 커피를 마실 때다. 영호가 성준을 향해 말한다.

성준이 돌아간 뒤에 영호가 인사동 돌확을 직접 찾았다고 한다. 그러고는 복사꽃송이들을 살폈다. 매달린 복사꽃잎에는 예리한 면도날로 자른 듯한 자국이 있었다. 검기가 아니고서는 나타날 수 없는 형상이었다는 것을 밝혀내었다.

검기 발출 현상을 확인한 뒤였다. 성준은 서울대학교의 규장각 도서관을 찾아 고문서를 열람하기 시작했다. 혹시라도 검기를 발출하는 문헌이라도 있는지를 알아볼 작정이었다. 연사흘을 집요하게 훑었지만 그런 문헌은 발견되지 않았다. 그러다가 청(淸)나라의 검법을 다룬 고서인 '운검요해(運劍要解)'에서 다음 구절을 발견했다.

　　조선 내금위의 검법 수련에서는 검기의 발출이 강조되었다. 특히 이철웅(李哲雄)은 조선 제일의 검객으로서 검법에 있어서는 신화적인 인물이다. 어느 해에 중국의 자객이 내금위에 잠입한 적이 있다. 검기 도법이 실린 돌을 안고 도주하려다가 내금위 병사들로부터 공격당했다. 그러다가 중상을 입고 피를 흘리며 달아나다가 산골짜기에서 실종되고 말았다. 그 골짜기가 경기의 어느 야산 골짜기였다.

영호로부터 설명을 들은 뒤다. 성준이 거듭 시계를 보더니 영호에게 양해를 구한다. 그런 뒤에 곧바로 몸을 돌려 도곡동으로 향한다.

성준이 도곡동 신라검 총관에 들어선다. 주현이 기다렸다는 듯 성준을 안내한다. 총관 건물 옆의 기와집 모양의 한식집으로 성준을 데려간다. 회장의 제의로 일행이 식사를 하며 술잔을 나누기 시작한다. 헝요우밍이 먼저 입을 연다. 올해 정월에 성준이 무당산을 다녀간 뒤다. 제자인 친샤이펑이 가슴이 답답하다고 했다. 스승이 제자의 윗도리를 벗겨 보니 두 곳의 멍이 발견되었다. 단순한 멍이 아닌 검기(劍氣)에 의해 혈류가 막혔던 흔적이었다. 스승이 깜짝 놀라 경위를 제자에게 물었다. 놀랍게도 한국인이 본국검을 시연했을 뿐이라고 했다.

스승은 생각에 잠겼다.

'현대 검술에서 실전(失傳)된 검기를 발출하는 사람이 있다니? 반드시 만나 봐야겠다.'

마음이 정해지자 제자가 받았던 명함을 바탕으로 한국을 찾았다고 한다. 한국에 와서는 성준을 만나기에 앞서서 신라검 총관을 찾기로 했다. 신라검 총관은 중국과 교류하는 유일한 한국의 검술 단체라고 들려준다. 그러다가 우발적으로 신라검 총관에서 검술을 시연하는 성준과 만나게 되었다. 헝요우밍이 한국을 찾은 이유는 성준을 중국의 검도관으로 초청할 의도였다. 경위를 설명하면서 무당산으로 갈 의향이 없느냐고 묻는다. 성준이 고개를 흔들면서 거절의 뜻을 명확히 전한다.

이번에는 회장이 좌중을 향해 말한다.

"장 선생님이 시연한 본국검의 원래 이름은 신라검(新羅劍)이었어요. 맥을 계승한다는 차원이라면 장 선생님은 총관에서 일해야 마땅해요. 일단 본인인 장 선생님의 의견에 따르기로 합시다."

여인들이 일제히 성준의 눈을 들여다본다. 성준이 잠시 생각에 잠겼다가 응답한다. 아무래도 검술에 몰두하기는 어렵겠다고. 그러자 여인들이 한숨을 내쉬면서 허탈한 표정을 짓는다. 여인들에게서 가까스로 성준이 벗어난다. 여인들에게서 벗어나자마자 깊은 안도감에 젖어드는 성준이다.

여인들로부터 벗어난 뒤다. 그 날의 밤이 깊도록 성준은 침실에서 생각에 잠긴다. 성준은 검기의 발출은 결국 상대를 살상하는 것이라 여긴다. 실전된 검기를 복원하는 것도 좋지만 사람을 살상하는 것이라니? 하필이면 사람을 해치는 능력의 복원이라 여겨져 가슴이 답답해진다.

온갖 상념에 뒤엉켜 좀체 잠을 못 이루었다. 회장의 서릿발처럼 차가운 표정에서 흘러나오는 은밀한 흡인력. 친샤이핑의 온화하고 따사로운 분위기의 호소력 있는 눈빛. 세상을 초월한 듯 달관한 표정의 형요우밍의 자애로운 표정. 어느 하나도 소홀히 할 수 없는 시선이라 여겨지는 성준이다.

성준이 회장과 중국 여인들을 떠올릴 때면 가슴이 저려 온다. 심장이 마비될 무렵이면 슬그머니 유령(幽靈)의 모습이 떠오른다. 나이가 무척 많은 노인을 닮은 유령이다. 유령이 매서운 눈빛을 발하며 성준의 내면을 향해 호통을 쳐댄다.

"네 이놈! 고작 검기를 빙자하여 사람들을 살상할 궁리나 하다니! 지금 시대가 어느 때인데 망념에서 헤어나지 못하고 있어? 덜 떨어진 녀석아! 제발 정신 좀 차리라구."

성준이 상념의 타래에 얽혀 끙끙거리다가 마침내 의식을 잃고 쓰러진다.

날이 밝았다. 눈부신 빛살이 천지를 내리누르며 쏟아지고 있다. 밤새 번민을 겪다가 마침내 결론을 내린 게 있다. 지압술에 검기를 실어 암 환자의 치료에 나서기로 한다. 굉장히 확률이 희박하지만 그렇게 해 보기로 결론을 내린다. 아무리 어렵더라도 자신에게 주어진 기능을 최대한 살리고 싶은 성준이다. 어떤 시련과 난관이 닥쳐도 반드시 이룩해 보리라 작정한다.

생각이 여기에 미치자 곧바로 성준이 서연에게 전화를 건다. 통화한 다음 주말에 양가(兩家) 부부가 고창의 산사를 찾기로 한다.

마침내 산사를 찾은 날이다. 주지의 동의를 구하여 말기 암환자인 노승들을 병원으로 데리고 간다. 9명의 종양 조직 사진을 모두 촬영시킨다. 그러고는 환자들과 함께 다시 산사로 돌아간다. 성준은 한방 병원을 통하여 지압술을 익힌 전문가이기도 하다. 취미로 시작한 것이지만 경력으로는 십여 년째에 접어든다.

성준은 환자들의 정수리 부근인 백회혈(百會穴)에 지압술로 기력(氣力)을 주입한다. 매달 하순마다 절을 찾아 기력을 주입하면서 조직 사진을 점검한다. 생명이 경각을 다투는 환자를 제외하곤 서서히 변화가 나타난다. 종양 조직의 크기가 점차 축소되고 있음이 드러난다. 하지만 말기에서 허우적대는 노승인 상곡(上谷)의 경우에는 전혀 차도가 없다.

어느새 산야마다 단풍의 색조가 화려하게 뒤엉키는 11월 하순이다. 정기 방문 일정에 맞춰 성준과 서연의 부부가 고창을 찾는다. 주지가 미소를 머금고 성준 일행을 반긴다.

승방에 들어서서 방에 환기를 시키고는 암 환자들에게 지압술을 펼친다. 주지가 성준에게 암 환자가 두 명이 늘었다고 들려준다. 검기가 난치 환자의 병든 세포를 고치게 되기를 바라는 성준이다. 벌써 3달 동안의 관측 결과였다. 기력을 주입한 환자의 경우에 종양 세포가 눈에 띄게 축소되었다.

폐암 말기의, 여든 살의 노승인 상곡(上谷)의 병세를 살필 때다. 너무나 병이 깊어 근래에는 자주 의식을 잃는다고 주지가 들려준다. 성준이 상곡을 대할 때엔 박동이 막 멈춘 상태였다. 성준이 긴급히 상곡에게 인공호흡을 시도한다. 상곡의 가슴을 눌러대며 노승의 입으로 강제로 숨을 불어넣기를 되풀이한다. 미약하나마 점차 박동이 되살아날 기미를 보이기 시작할 때다.

나이가 10살인 동자승(童子僧) 둘이 승방(僧房)에 내닫는다. 얼굴이 길쭉한 소년은 심천(深川)이며 둥근 얼굴의 소년은 보원(寶源)이다. 심천과 보원은 근래에 상곡(上谷)으로부터 사미계를 받아 노승(老僧)을 보살펴 왔다.

산 아래 학교에 다녀온 모양이다. 둘이 쾌활한 표정으로 대화를 나누며 승방에 들어서며 상곡을 부른다.

"큰스님, 학교에 다녀왔어요. 몸은 좀…….."

말을 하다 말고 둘의 표정이 급격히 변한다. 의식을 잃고 방바닥에 쓰러져 누운 상곡의 모습을 발견했기 때문이다. 그들은 일제히 몸을 날려 상곡을 향해 달려든다. 성준이 신속히 제지하며 말한다.

"잠깐만 기다려라. 잠깐이면 돼."

성준이 점차 기력을 우측 손끝으로 끌어 올린다. 그러다가 식지와 중지를 나란히 세워 상곡의 백회혈에 갖다 댄다. 점차 손가락으로부터 기가 빠져 나와 상곡의 몸뚱이를 파고든다.

백회혈을 거친 기류가 곧장 동맥을 거쳐 허파로 휩쓸려 든다. 두뇌에 강한 충격을 가할 만큼의 격렬한 기파(氣波)가 우르르 몰려든다. 상곡의 허파 꽈리에 섬광이 일듯 전기적 충격이 가해진다. 충격은 미미한 상태에서 점차 격렬하게 허파로 굽이치고 있다. 대략 2~3분이 경과했을 무렵이다. 상곡의 눈가에 경련이 일기 시작한다. 성준을 지켜보던 주변 사람들의 표정이 일제히 달라진다.

역시 그럴 줄 알았다고 믿는 표정을 짓는 사람들도 있다. 반면에 설마 변화가 있으랴하고 비웃는 자세로 지켜보던 사람들도 있었다. 그들의 표정에도 일제히 놀란 기색이 역력히 드러난다.

마침내 상곡이 눈을 뜨면서 몸을 버둥거린다. 그러자 동자승들이 곧바로 상곡을 부축하여 일으켜 앉힌다. 상곡이 거친 숨결을 추스르며 동자승들을 향해 말한다.

"얘들아. 너희들하고 작별 인사를 못 나누고 떠날 뻔했구나. 내게 이런 기회를 준 장(張) 처사님께 감사드려야 한다. 불도에 몸을 담았으니 부지런히 수행하여 큰 그릇이 되어야 한다. 모쪼록 너희들에게 장도의 발전을 빈다. 이제 너희들을 만났으니……."

미처 말을 끝내지도 못한 채다. 상곡의 고개가 푹 꺾이더니 호흡마저 끊기고 만다. 제자들의 부축을 받으며 입멸(入滅)한 거였다. 장내가 갑자기 숙연해지더니 금세 사방에서 울음소리가 끓어오르기 시작한다. 입멸을 애통해 하는 동자승들의 피 끓는 울음소리가 실내에 터진다.

"으으흑! 큰스님! 숨 좀 쉬어 보세요."

102

"흐흐흐흑! 큰스님요. 눈 좀 떠 보세요."

법당 추녀에 매달린 풍경이 파랗게 젖어 쨍그렁거리며 울음을 쏟아낸다. 풍경 소리에서 피어나는 음향이 승방을 거쳐 산골짜기를 먹먹한 정취로 휘감는다.

심천이 가냘픈 어깨를 파들대며 상곡의 목을 껴안고 흐느껴 운다. 어디에 감춰졌던 눈물인지 하염없이 방울방울 떨어져 상곡의 얼굴을 적신다. 보원이 상곡의 뺨에 그의 뺨을 문지르며 뽀얀 눈물을 뿌려댄다. 둘러선 주변 사람들의 눈에도 방울방울 이슬이 맺혀 흘러내린다. 종교를 초월하여 세상을 떠난 이에 대한 작별의 눈물이 번진다.

동자승들인 소년들에게서 분출되는 눈물. 방울방울 뚝뚝 떨어지는 눈물을 성준이 대할 때다. 성준의 가슴에 시린 칼날이 박히는 느낌이 든다. 마치 자신의 잘못으로 소년들이 애꿎은 눈물을 뿌리는 느낌마저 든다. 이때다. 가슴 밑바닥을 차고 올라오는 서늘한 기류가 느껴진다. 그러면서 문득 산청(山淸)의 산사에서 세상 떠난 어머니의 얼굴이 밀려든다.

성준 부부에게 드리워진 원천적인 횡액을 방지하느라고 치러진 용왕제 행사에서였다. 새벽에 성준이 어머니를 찾아 법당에 들어섰을 때였다. 벽에 얼굴을 기댄 채 숨져 있었다. 용왕제를 치르기 전에 무녀가 어머니와 성준에게 예견한 대로였다. 용왕제를 치르고 나면 어머니가 생명을 잃을지도 모른다고 무녀가 예견했다. 팔순 중반의 무녀는 무속계의 여황(女皇)이라 불릴 만큼의 신통력의 소지자였다. 벽에 얼굴을 기댄 어머니의 눈가에는 눈물이 말라붙어 먹먹한 느낌이었다. 당시의 검시의는 중첩된 수면 부족으로 인한 심장마비가 사인(死因)이라고 밝혔다.

소년의 눈물과 어머니의 눈물을 관통하는 슬픔의 너울이 일기 시작한다. 서슬 퍼런 슬픔의 격랑이 성준의 가슴으로 광풍(狂風)처럼 밀려든다. 일시에 가슴에 구멍이 펑 뚫리는 느낌이 드는 찰나다. 성준의 눈과 소년들의 시선들이 맞닿는다. 소년들의 눈빛에서 분사된 슬픔의 너울이 서러운 정감의 포말로 치솟는다. 창졸간에 섬광처럼 감전된 기류에 휩쓸린 듯 성준이 동자승들을 껴안는다. 소년들의 흐느끼는 울음이 백색의 빛줄기로 갈라지면서 풍경 소리로 쨍그렁댄다. 사방은 광막한 산안개에 뒤덮여 풍경 소리만 아스라이 물결친다.

〈『순수문학』 2012. 1월호 발표〉

해양의 상승 기류

　　성호는 감동에 취해 여인의 등을 손바닥으로 두들기며 눈물을 글썽인다. 창밖에는 가막만의 파도 소리가 자장가처럼 밀려들 뿐. 사방은 정밀(靜謐)에 묻혀 심장 박동 소리만 꿈결처럼 퍼져 흐른다.

해양의 상승 기류

빗줄기가 쏟아지는 수면마다 냉기(冷氣)가 파편처럼 흩날린다. 실지렁이처럼 꿈틀대는 빗줄기는 반시간가량 쏟아지리라 예측된다. 바다의 전설인양 며칠간 줄곧 그래 왔기 때문이다. 해상에는 방향마저 분간 못할 정도로 안개가 무리지어 춤춘다. 양망기(揚網機, winch)가 내뿜는 소리가 갑판에 먹먹하게 감겨든다. 갑판에는 열두 명의 선원들이 자신들의 자리를 초병(哨兵)처럼 지키고 있다. 성호(星湖)도 선원들의 위치에 서서 바다를 예리한 눈빛으로 쏘아본다.

동경 179도, 남위 57.5도 언저리에서 선박들이 물결처럼 흔들린다. 한국 'Y상선'의 500톤짜리 메로 잡이 선박 네 척이다. 세 척은 연승선(延繩船)이고 한 척은 가공선(加工船)이다. 파란 속살을 미풍에 드러내며 물결이 연신 치솟는다. 비가 그치면 안개도 바람처럼 사라질 분위기다. 서서히 갯냄새를 내뿜으며 메로(Patagonian toothfish)들이 수면에 형체를 드러내기 시작한다. 메로의 크기는 평균 2m 길이에 이른다. 메로들이 갑판에 올라올 때

106

마다 쿵쿵거리는 소리가 섬광처럼 터진다. 갑판에서 배를 뒤채며 파드득
거릴 때마다 물방울을 빛살처럼 튀긴다.

90㎝ 간격마다 낚시를 매단, 800m 길이의 주낙들이 감겨 올라온다. 물
고기가 갑판에 올라오자마자 한데 뒤엉켜 수북이 쌓인다. 메로들이 파드
득거리며 몸을 뒤채는 통에 물방울이 사방으로 불꽃처럼 튄다. 조타실에
서 항해사인 용준(勇俊)이 성호에게로 걸어오면서 말한다.

"어때? 현장 체험은 할 만해?"

용준과 성호는 동갑인 서른한 살의 미혼 청년들이다. 성호가 허리를 펴
미소를 지으며 고개를 끄떡인다. 그러면서 연신 물고기를 주낙에서 떼어
갑판 위로 던진다. 용준도 미소를 허공으로 날리며 주낙에서 물고기를
떼어 낸다. 드러누워 허우적대는 메로들로 순식간에 갑판이 그들먹해진
다. 가공선의 그물로 옮기려고 선원들이 메로를 향해 밀물처럼 달려든다.

두 시간에 걸친 어로(漁撈) 작업이 끝났을 때다. 수평선을 바라보는 성
호의 가슴이 시린 달빛처럼 착잡하게 젖어든다. 유년시절부터 비롯된 막
막한 공허감이 성호의 가슴속을 수시로 빗질한다. 고향인 속초에는 예순
살의 부모가 어업으로 생계를 유지한다. 어선도 지니고 있어서 생계가 어
렵지 않은 처지다. 그럼에도 불구하고 성호에게는 근원을 알 수 없는 고
독감이 물결친다. 아무래도 근원조차 알 수 없는 공허감에 성호가 수시
로 허청거린다.

성호의 시선이 수평선 자락을 더듬고 있을 때다. 용준이 항해사실로 성
호를 불러들인다. 원탁의 찻잔에서 치솟은 김이 둘의 얼굴에 감미롭게 휘
감긴다. 용준이 입을 연다.

"나를 따라 남빙양(南氷洋)에서 머문 지가 벌써 한 달째지? 네가 그토록 원하던 현장 경험은 쌓였는지 궁금해. 너의 견해를 듣고 싶어."

성호가 곧바로 응답한다.

"고마워. 나를 이렇게 현장까지 불러주어서. 덕분에 수심(水深)에 따른 미끼를 살포하는 실험에서도 성공했어. 귀국하는 대로 체계적으로 정리하여 어로 현장에 도움을 주도록 하겠어."

용준과 성호는 속초가 고향인 친구들이다. 둘은 어릴 때부터 친하게 지냈다. 성호는 관악 캠퍼스를 거쳐 미국 스탠포드대학교에서 해양학의 박사학위를 취득했다. 용준은 부경대학교를 거쳐 해양대학교에서 석사학위를 취득한 항해사다. 수심에 맞춰 미끼를 살포하는 현장 실험이 필요한 성호였다. 성호의 처지를 알아차리자 곧바로 성호를 불러들인 용준이었다. 둘은 따스한 미소를 나누며 대화를 나눈다.

성호는 조타실의 후지모리 선장(船長)을 잠시 떠올려본다. Y상선에서 고용한 일본인(日本人) 선장이다. 처음부터 우호적으로 대하던 50대 중반의 사내다. 틈틈이 그가 말하곤 했다.

"조카인 와타나베와 엄청나게 닮았어. 혹시 둘이 만난 적은 없는지 궁금해."

며칠 전에는 선장과 성호가 둘이 만나서 술잔을 기울였다. 술잔에 새벽의 별빛이 녹아들어 파르스름하게 일렁일 때였다. 선장이 성호를 바라보며 알지 못할 말을 늘어놓았다.

"29년 전의 얘기야. 형님 가족이 어느 날 어린애 하나를 데려와서 자식이라고 우겼어. 무슨 사정으로 먼 데 맡겨 놓았다가 찾아 왔다는 거야. 나로선 납득하기 힘들었지만 믿어 주는 척했네. 형님이 불임 체질이라는 얘기를 언뜻 들은 적이 있기 때문이었지. 내가 조카를 처음 봤을 때였어. 서너 살 된 소년은 말이라곤 거의 하지 않았어. 조카와 자네가 너무나 닮았기에 참 묘하다는 생각이 자꾸만 들어."

선장의 조카가 공부하러 미국으로 건너갔다는 말을 나중에서야 들었다고 한다. 선장 형 가족과 선장의 가족은 멀리 떨어져 산다고 했다. 그랬기에 조카가 미국의 무슨 대학교에서 공부했는지는 모른다고 했다.

와타나베라는 이름에 맞물려 성호에게 과거의 추억이 밀려든다. 2년 전무더운 여름철이었다. 셋 모두 박사 후 연수 과정까지도 마친 시점이었다. 각자 귀국하기 전의 마지막 여행길에서였다. 성호와 와타나베와 중국 여인인 친샤오밍(Chinshaoming)은 산타 모니카(Santa Monica)를 찾았다. 산타 모니카는 로스앤젤레스 서쪽의 유명한 해양 도시다. 폭이 300m이며 길이가 십여 km까지 내뻗은 백사장이 유명하다. 태평양의 새파란 물결에 드러누운 백사장은 세계인들을 유혹하는 휴식의 보금자리다. 전공 학과가 같다는 이유로 셋은 곧잘 어울려 지냈다.

당시에 성호가 28살이었고, 일본인 사내인 와타나베는 30살이었다. 친샤오밍은 25살이었다. 국적을 초월하여 셋은 마음이 잘 통하는 처지였다. 셋은 해변에서 텐트를 치고는 생선회와 술을 마시며 이야기를 나눴다. 술에 약한 와타나베가 먼저 텐트에서 낮잠이 들었다. 친샤오밍과 성호가 나란히 해변을 걸으며 대화를 나누기 시작했다. 친샤오밍이 먼저 입을 열었다.

"솔직히 대답해 줘요. 제가 연인으로는 어떻다고 생각하세요?"

성호도 망설임 없이 응답했다.

"최상이라고 생각해요. 하지만, 저한테는 연인을 사귀지 못할 사연이
있어요."

모래톱에 나란히 앉아 친샤오밍이 사연을 말해 달라고 보챘다.

성호가 대학 3학년에 다닐 때였다. 대학에 갓 입학한 여학생과 사귀게
되었다. 이름이 소희(素熙)인 여학생은 전남 곡성이 고향이었다. 그녀의 전
공 학과는 국악이었다. 여름철을 맞이하여 득음(得音)을 하겠다며 전남 보
길도로 떠났다. 거기에는 무형 문화재라 불리는 여성 국악인(國樂人)인 소
리꾼이 있었다. 방학을 이용하여 두 달가량을 국악인의 집을 드나들며 지
도를 받았다. 하지만 득음은 사막에서 얼음을 캐는 것보다 어렵다는 것을
깨달았다. 어쩌면 평생 노력해도 어려우리라는 절망감마저 느꼈다.

방학이 끝나갈 무렵이었다. 며칠간 꿈자리가 무척 사나웠기에 성호가
보길도로 찾아 나섰다. 해 저물 무렵에 섬에 닿아 초로의 국악인을 만났
다. 국악인 여인과 함께 동백이 무성한 벼랑길 일대를 탐색했다. 바다로
열린 벼랑길은 소리꾼들이 목청을 틔우는 곳이라고 했다.

그 날 벼랑 아래의 동백 숲에는 소희가 숨겨 있었다. 떨어져 내린 충격
으로 전신에 피멍이 들어 상처가 극심했다. 체온은 미지근했지만 코에 손
을 갖다 대니 이미 절명한 상태였다. 소복 차림의 그녀의 호주머니에서 나
온 유서를 발견한 순간이었다. 성호마저 실신할 지경이었다. 거기에는 단
지 석 줄의 글이 적혔을 따름이었다.

평생 소망했던 길인데도 가능성마저 보이지 않다니 실망스럽기 그지

110

없다.

쓰라린 한을 평생 가슴에 안고 살려니 세상이 너무나 끔찍스럽다.

깨달았으면 이제라도 나를 대자연으로 환원시켜 평생의 번민에서 헤어나고 싶다.

국악인과 함께 성호가 유서를 펼쳐 읽었다. 성호는 가슴속으로 중얼대었다.

'어쩌면 이럴 수가? 연인인 나한테 남기는 말 한 마디조차 없었을까? 그녀에 대한 나의 연정은 일고의 가치조차 없었을까? 어쩌면 이럴 수가?'

중풍 환자가 몸을 떨듯 성호마저 몸을 떨더니 실신해 버렸다. 죄 없는 국악인만이 두 청춘남녀를 내려다보며 마구 허둥거렸다.

성호가 친샤오밍을 바라보며 말했다.

"그 날 이후로 제 가슴속에서 연정(戀情)이란 단어는 사라지고 말았어요. 이제 내가 여인을 사랑하기란 어려우리라 생각됩니다. 당신이 아닌 그 누구라 할지라도 말입니다."

말을 마치는 성호의 눈시울에 눈물이 맺혀 그렁거렸다. 친샤오밍의 눈시울마저 빨갛게 젖어 반짝거렸다. 그러다가 도전하듯 여인이 발딱 고개를 젖혀 성호를 향해 말했다.

"소희 씨한테 득음이 최상의 관념이듯 내게는 당신이 최상의 이상향이에요. 그래도 내 사랑을 모른 척할 건가요? 내가 이 해변에서 소희 씨처럼 스러지면 어떻게 하시겠어요?"

여인이 쏟아내는 말을 들은 직후였다. 성호의 표정이 느닷없이 급격한 속도로 침통하게 변했다. 그러더니 성호가 백사장에서 무릎을 꿇으며 여인에게 말했다.

"제발 저를 좀 이해해 주세요. 세상 일이 억지를 쓴다고 해서 이루어지는 건 아니잖아요?"

여인이 자신의 분을 못 견뎌하며 시큰대더니 이윽고 선언하듯 말했다.

"세상에서 남자는 정말 무섭군요. 여자가 죽음을 언급하는데도 어쩜 이럴 수가 있어요? 이제 다시는 나를 아는 척하지 마세요. 오늘 내 평생의 자존심이 다 무너져 버렸어요. 더 이상 여기에 머물고 싶지 않아요. 떠날게요. 시야에서 사라져 줄게요."

말을 마치자마자 울먹이면서도 단호한 자세로 친샤오밍이 총총히 발길을 돌렸다. 말린다고 하여 마음을 돌리기는 어려우리라 생각되었다. 그리하여 성호는 하염없이 태평양의 파도를 굽어볼 따름이었다.

용준이 성호를 바라보며 말한다.

"나로도의 종수 있잖아? 우리와 동갑내기이고 출신 초등학교만 다르잖아? 그 친구가 우주센터에서 무슨 일을 맡고 있지?"

성호가 곧바로 설명해 준다. 우주선 발사의 실무 책임을 진, 선임 연구원이라 들려준다. 러시아의 리빈스크(Rybinsk) 발사장에서 우주선 발사 실험을 해 왔다고 일러 준다. 나로호의 발사가 실패로 끝나더라도 자력 발사의 기초가 되리라 설명한다. 성호의 대답을 듣자 용준이 자신의 견해를 말한다.

"중국이 근래에 부쩍 해운 산업에 뛰어들어 날뛰고 있어. 한국을 추월할 조짐마저 보이고 있어. 그래서 얘긴데 말이야 잘 들어 봐."

나로도의 우주 산업과 여수의 조선공업이 보조를 맞춰야 하리라는 얘기다. 나로도에서 우주선 발사에 성공하기만 하면 한국의 전망이 달라지리라고 말한다. 타국의 위성을 개발하고 우주선까지 발사해 줄 입지까지 확보하리라는 견해다. 그리하여 한국과 우주 산업을 계약할 외국인들이 한국을 찾게 되리라 말한다. 여수 국제공항은 나로도를 찾는 길목이 되리라 설명한다.

이어서 용준이 자신의 견해를 말한다. 한국의 조선공업을 울산과 거제도에 이어서 여수에까지 확장해야 한다고 들려준다. 돌산도의 무슬 해수욕장부터 남단(南端)까지인 21km의 해안이 요충지라고 밝힌다. 거기에 조선소를 세워 단가가 높은 선박을 제조해야 한다고 말한다. 잠자코 듣던 성호도 자신의 견해를 말한다.

"쇄빙선, 대형 천연가스 운반선, 이지스 구축함 정도는 되어야겠지. 쇄빙선의 가격이 1,000억 원가량이고, 이지스 구축함이 1조 원가량이 되잖아? 여기와 연계하여 위성 제작에는 5,000억 원가량이 소요되거든. 중국이 해외로부터 작은 선박을 주문받아 해운업에서 도약하려고 하잖아? 이에 반하여 한국은 고단가의 선박이나 위성 제작에 주력해야 돼."

성호와 용준은 의기투합하여 여수를 중심으로 한 활력적인 청사진을 그려낸다. 여수만(麗水灣)에는 해양 레저 스포츠 단지를 구축해야 한다고 의견을 나눈다. 빼어난 한려해상(閑麗海上)의 풍광을 바탕으로 쾌적한 입지 조건을 살리자고 제안한다. 여수는 북서 태평양의 신흥 해양 중심 도시로 발전하리라는 견해다. 게다가 대전에 이어서 여수에서 세계 박람회가 개최될 예정이 아닌가? 원탁을 사이에 둔 젊은이들의 혈기에 여수의 미래가 출렁이는 듯하다.

2개월간의 남빙양에서의 현장 경험을 쌓은 뒤다. 뉴질랜드의 웰링턴 국제공항을 출발하여 성호가 귀국했다. 해양 연구원의 선임 연구원인 성호다. 그가 맡은 주된 업무는 해양자원에 대한 연구다. 근래에 우주 식품의 원료로 쓰이는 새로운 갈조류(褐藻類)를 발견했다. '갈색 털구름(brown cirrus)'이라 불리는 갈조류다.

배양기(培養機)를 열어 배양 상태를 점검하고는 성호가 흐뭇한 미소를 머금는다. 연구 방향에 맞춰 갈조류가 잘 자라는 셈이라 여긴다. 한창 연구 보고서를 작성할 때다. 호주머니 속의 휴대전화가 떨어댄다. 귀에 갖다 대니 영환의 목소리가 파고든다. 그는 대학 동기인 여수 수산과학원의 선임 연구원이다.

"남빙양에 잘 다녀왔어? 시간 나는 대로 주말에 여수로 내려와. 함께 의논할 일이 있어서 그래."

영환이 들려주던 말이 잠깐씩 떠오른다. 내년에 열릴 박람회와의 연계 차원에서 여수가 구상하는 업무라고 한다.

어느새 며칠이 흐른 뒤의 토요일 오후 1시 무렵이다. 성호와 영환은 국보 304호인 진남관(鎭南館)을 둘러본다. 전라 좌수영의 객사(客舍)인 유적지다. 가로가 15칸 세로가 3칸으로 이루어진 목조건물이다. 이어서 둘은 시전동으로 이동하여 선소(船所) 유적지까지 찾아 들어선다. 거북선과 판옥선을 제작하던 인공 연못인 굴강(掘江)을 둘러보며 성호가 말한다.

"확실히 이순신은 과학적인 면에 있어서도 탁월한 바가 많다고 생각돼. 굴강에 주입한 물의 높이로 작업할 높이를 마음대로 조절한 거잖아? 지금 저기 터진 입구는 배를 진수시킬 때만 열었을 거야. 배를 제작할 때엔 입구를 목책(木柵)으로 막아 수위(水位)를 맞췄을 거야. 연못가에서도 인부들이 쉽게 작업할 수 있었을 테고 말이야. 자연 현상을 꿰뚫는 통찰력이 누구보다도 뛰어난 명장(名將)이었던 것 같애."

영환이 성호에게 자신의 견해를 덧붙인다.

"선소 유적지가 오늘날의 조선 공업소의 전신이잖아? 그래서 울산과 거제도에 이어서 여수에도 조선소를 세워야 마땅하다고 봐. 여수가 조선 공업의 새로운 요람이 되기를 바래."

유적지에서 가까운 시청을 지나가면서 영환이 숙연한 표정으로 말한다.

"여기서 차도(車道)로 북서쪽으로 50㎞쯤 떨어진 곳에 상사호가 있어. 행정 구역상으로는 순천시 상사면에 속한 용박골에 대한 얘기야. 그 골짜기에는 오래 전부터 방치된 폐가(廢家)가 있어. 오늘 너랑 거기에 가 봐야겠어."

상사호 동쪽. 도로가 S자로 굽은 곳에서 240m 떨어진 상류에 골짜기가 있다. 이른바 '용박골'이란 골짜기다. 거기엔 구조가 다 해체되어 허물어진 기와집이 형체만 남기고 있다. 허물어진 집채는 두 동이라고 성호가 추정(推定)한다. 두 채의 건물 더미가 따로 떨어져 있었기 때문이다. 한동안 폐가의 잔해를 찬찬히 둘러보더니 영환이 입을 연다.

"이 집에 대해서 너는 들은 바가 없을 거야. 다른 사람들 중에서도 나만큼 내막을 아는 사람도 없을 거야. 언제부턴가 나는 너를 여기로 데려오고 싶었어. 그 사유를 천천히 얘기할 테니 잘 들어 봐."

성호가 말없이 영환의 얼굴을 들여다보더니 이내 귀를 기울인다.

영환의 원래 고향은 목포였다. 그런데 두어 살이 되던 해에 상사호 주변의 마을로 이사했다. 용박골과는 대략 600m쯤 떨어진 마을이었다. 그래서 유년시절에는 용박골로 많이 놀러 다녔다. 당시의 용박골에는 5가구가 살고 있었다. 제일 중앙의 집이 지금의 폐가라고 했다. 폐가는 당시에도 고풍스런 기와집이었다고 했다. 당시의 기와집의 주인은 74세의 노부부였다. 식구로는 유일하게 딸이 있었다고 했다. 딸이 출가하여 외지로 간 후에는 거의 연고가 끊긴 상태였다. 어쩌다가 사위와 딸이 2명의 아들을 데리고 마을을 방문하곤 했다.

2명의 아들 중의 하나는 영환 또래였고 나머지는 연상으로 보였다. 나이가 많아 봐야 두어 살 차이쯤이라고 짐작되었다. 영환이 다섯 살 무렵부터는 기와집의 딸 식구를 보지 못했다. 기와집에 드나드는 가족이라곤 없었다. 명절이 몇 번이 지나도 출입하는 가족이라곤 보이지 않았다.

영환이 초등학교 4학년 학생 때였다. 낯선 40대 초반의 일본인 부부가 기와집을 찾았다. 일본인 부부에게 딸린 자식은 영환보다는 두어 살 많아 보였다. 하지만 왠지 그 소년이 영환에게는 낯이 익은 느낌이었다.

무척 세월이 흐른 뒤였다. 영환이 업무를 협의하러 해양 연구원에 들렀을 때다. 해양자원 연구실에서 성호를 만나면서 깜짝 놀랐다. 어릴 때부터 그의 머릿속을 맴돌던 얼굴과 너무나 닮았기 때문이다. 그래서 만나자마자 대뜸 성호의 고향이 어디냐고 물었다. 속초라는 말을 듣는 순간에 영환은 무척 허탈한 심정이었다. 외모가 조금 비슷하다고 하여 너무 자신의 마음이 흔들렸음을 자책했다. 하지만 왠지 성호에게 호감이 일어 그때부터 친구로 사귀었다.

영환이 자신의 얘기를 들려주더니 우렁찬 목소리로 말한다.

"내가 유년기에 봤다는 일본인 소년이 흡사 너를 닮았거든. 혹시 너를 닮은 일본인 인물이 없니? 왠지 육감으로 폐가의 건물 더미를 뒤지면 근거가 나오리라 여겨져. 이전부터 생각만 하고 있었는데 너를 만난 김에 이리로 왔어. 아무래도 유년기에 봤던 일본인의 아들에 대한 인상이 너무나 또렷해. 일본인이 방문했던 집이 폐가였기에 반드시 무슨 흔적이 있으리라 여겨져. 결코 단순한 육감에 의해서만 너를 데려온 건 아니야."

세월이 흘렀다고는 하지만 흙더미에 뒤덮인 폐허의 유적지다. 둘은 준비해 간 삽과 괭이로 흙더미를 파헤치기 시작한다. 대략 한 시간쯤 흙더미를 파헤칠 때다. 영환의 앞에 기다란, 녹슨 철 상자가 드러난다. 둘에겐 마치 보물 상자를 발견한 느낌이 든다. 혹시 전란 때의 폭발물 상자는 아닌지 둘이 조심스레 살펴본다.

하지만 그런 종류의 무기류는 아닌 듯 여겨진다. 둘이 철 상자를 괭이로 슬쩍 건드리는 순간이다. 한쪽 면이 쉽게 떨어져 나가면서 내용물이 드러난다. 길이가 대략 80㎝에 이르는 기다란 청동제 주물(鑄物)이 눈에 띈다. 그러자 성호와 영환이 동시에 소리를 높이며 말한다.

"뭐야? 조선 시대의 총통(銃筒)이잖아?"

"맞아! 진주 박물관에서 본 적이 있는 현자총통(玄字銃筒)이야. 이게 어떻게 여기서 나왔을까?"

둘이 총통에 쓰인 명문(銘文)을 읽어 본다.

萬曆丙申七月日水營功會 玄字重八十九斤 京匠人 李春回
(만력병신칠월일수영공회 현자중팔십구근 경장인 이춘회)

성호가 명문을 바라보며 놀란 표정으로 말한다.

"어쩌면 이럴 수가? 보물 885호로 지정된 진주 박물관의 현자총통의 명문과 정확히 같애. 1596년에 수영(水營)에서 제조한 것으로, 무게가 89근이며 제작인은 이춘회(李春回)라는 기술자야. 여수에서 대량으로 만들었다는 얘기거든. 길이가 79㎝에 이르는데도 무게가 53.4kg에 이른다는 얘기야."

영환도 명문을 보더니 말한다.

"이상한데? 내가 봐도 그래. 그런데 이 물건이 왜 여기에서 나오는지 영문을 모르겠네."

철 상자 내부에는 한 권의 빛바랜 공책이 발견된다. 성호는 감전된 듯 가슴이 떨리기 시작한다. 그의 가슴에 섬광처럼 어떤 실마리가 잡히는 것처럼 느껴진다. 그러자 뭐가 급한지 책장을 넘기며 무슨 단서를 찾으려고 한다. 마침내 공책의 2/3 지점에서다. 성호의 시선을 끄는 글 줄기가 눈에 띈다.

낯선 일본인 가족이 다녀간 뒤에서야 알게 되었다. 사업 관계로 딸 가족이 일본을 찾게 된 적이 있었다. 일본을 떠나 현해탄에 접어들던 배가 해무(海霧)로 인도네시아의 화물선에게 부딪혔다. 새벽 안개 속에서 큰손자는 일본인에게 구조되고 작은손자는 한국인에게 구조되었다. 딸과 사위는 파도에 휩쓸려 시신마저 찾지 못했다고 한다. 나를 찾아온 일본인 내외는 큰손자의 양부모였다. 큰손자의 일본 이름은 와타나베라고 들려주었다. 작은손자는 어디에서 무얼 하며 지내는지 궁금하다. 이름이 바뀌어져도 제대로 자라 주기만 하면 좋겠다.

성호는 폐가가 자신의 생가(生家)일지도 모른다는 생각이 들자 몸을 떤다. 속초의 인자(仁慈)한 부모가 양부모(養父母)일지도 모르리라는 생각에 잠기며 극도로 착잡해진다. 총통은 조상일지도 모르는 이 씨 문중(李氏門中)의 영혼이 담긴 가보(家寶)였으리라 여겨진다. 시간을 내어 다시 찾아와서 폐가를 정리하겠다고 마음먹는다. 폐가를 떠나기 전에 흙무더기를 향해 재배(再拜)를 올린다. 어떻게 하든 와타나베를 만나 봐야 확실한 게 밝혀지리라고 여긴다.

영환과 헤어진 직후인 정월 하순이다. 여수에서 해양학에 대한 국제 학술 발표회가 개최되기로 되어 있다. 해양학에서 세계적인 명성을 누리는 과학자들은 거의 다 참석할 예정이다. 참석자 명단 중에는 와타나베와 친샤오밍도 포함되어 있음을 성호가 확인했다. 점심시간에 성호가 와타나베를 잠깐 만났다. 발표 준비로 바빴기에 폐가에서 확인한 얘기를 들려줄 겨를이 없었다. 그래서 쓸 일이 있다면서 와타나베의 혈액을 한 방울 채취했다. 그러자 와타나베도 성호의 혈액 한 방울을 채취했다. 그러고는 서로가 금세 학술 발표장으로 들어섰다.

이른 아침부터 시작된 발표회가 오후 6시가 되어서야 종료가 되었다. 행사가 종료된 직후였다. 성호가 와타나베를 만나려고 찾았지만 그는 눈에 띄지 않는다. 일본에서 커다란 지진의 징후가 관측되었기에 긴급히 귀국했다고 밝혀진다. 와타나베는 세계적인 지진의 전문가이기도 했기 때문이다. 논문만 발표하고는 곧바로 떠났다고 한다. 성호는 잠시 허탈한 심정이었지만 금세 기분을 전환시킨다.

학술 회의장에서 떠나 성호가 그의 승용차에 올라타려고 할 때다. 호주머니에서 휴대전화가 떨어댄다. 귀에 갖다 대니 친샤오밍의 목소리가 흘러든다. 깜짝 놀라 자신도 모르게 목소리가 커진다.

"여보세요? 거기가 어디세요? 아까 발표하신 논문은 잘 들었어요. 위치를 알려주면 제가 그리로 달려갈게요."

내일 저녁에 보길도 서쪽 벼랑으로 오라고 말한다. 그러더니 곧바로 '찰칵' 하는 소리를 내며 휴대전화의 접속이 끊긴다. 성호가 다시 통화를 시도했지만 전원이 끊겨 있다는 전자음(電子音)만 들린다.

이튿날 저녁 7시 무렵이다. 보길도의 섬 자락에도 어스름이 끼어 을씨년스러운 분위기가 느껴진다. 성호가 서쪽 해안에서 벼랑 위로 서서히 발걸음을 옮긴다. 점차 섬의 산자락은 짙은 안개에 휘감기기 시작한다. 안개가 너무 짙어 나중에는 길조차 안 보일 지경이다. 다시 반시간이 더 지났을 무렵이다. 어디선가 목청이 찢기는 듯한 노랫소리가 희미하게 귓전을 파고든다. 처음에는 예사로 생각했는데 점차 소희의 목소리와 닮았다고 느껴진다. 노랫소리에는 국악인이 아니면 내기 어려운 풍부한 성량이 실려 있다. 거기다가 애절함마저 담겨 있어 저절로 노랫소리에 몰입하게될 지경이다.

갈까부다 갈까부다 님을 따라서 갈까부다.
천 리라도 따라가고 만 리라도 따라 나는 가지.
바람도 쉬어 넘고 구름도 쉬어 넘는
수진이 날진이 해동청(海東靑) 보라매
모두 다 쉬어 넘는 동설령 고개.

황급한 마음에 성호가 가파른 언덕길을 서둘러 뛰어 올라간다. 그러면서 소리의 발원지를 찾아 절벽이 드리워진 골짜기를 오른다. 절벽은 골짜기로 이어졌고 골짜기 꼭대기에 커다란 바위가 보인다. 바위 위에 소복(素服)을 차려 입은 여인이 노래를 부르고 있다. 소복을 대하자 성호의 안색이 돌변한다. 벼랑에서 몸을 날렸던 소희의 차림새도 소복이었기 때문이다. 여인의 목소리가 폭발적으로 흘러나온다.

우리 님 계신 곳은 무삼 물이 막혔간디 이다지도 못 오신가?
차라리 내가 죽어 삼월동풍(三月東風) 연자(燕子) 되어
임 계신 처마 끝에 집을 짓고 내가 노니다가
밤중만 님을 만나 만단정회를 풀어 볼거나?
아이고 답답 내 신세야 이를 장차 어쩔거나?

잘못한 일도 없는데도 성호가 괜히 주눅이 드는 느낌이 든다. 마치 대자연의 거대한 힘이 성호를 여인에게로 끌어들이는 듯하다. 성호는 형언할 수 없는 초조함에 몸을 떨며 여인에게로 다가선다.

아이고 답답 내 신세야 이를 장차 어쩔거나?

여인에게로 다가설 때 들린 가사가 성호를 빈사지경(瀕死之境)으로 내몬다. 여인이 토해 낸 처절한 목소리로 동백 숲마저 흐느끼는 듯하다. 섬광이나 바람의 소용돌이처럼 숲으로 발산되는 노랫소리로 잎사귀들마저 울부짖는 듯하다. 잎사귀들이 울부짖으며 토하는 선율들이 성호의 가슴속

에서 강렬하게 소용돌이친다. 처음에는 눈가가 쓰리다가 가슴이 찢기는 듯한 통렬함에 몸마저 떨린다. 완전히 넋 잃은 표정으로 성호가 다가가 여인을 부른다.

"잠깐만요. 저를 좀 봐 주시겠어요?"

등을 보이고 있던 여인이 고개를 천천히 돌린다. 마침내 성호가 여인의 얼굴을 확인한 순간이다. 성호가 터지려는 울음을 가까스로 추스르며 친샤오밍과 손을 맞잡는다. 눈가의 눈물을 지우며 친샤오밍이 절제된 눈빛으로 차분히 입을 연다.

"저는 미국에서부터 성호 씨를 진심으로 좋아했어요. 그랬는데도 성호 씨의 마음은 이미 소희 씨로 채워져 있었어요. 아주 꽉 말이에요. 시간이 흐르면 좀 괜찮겠거니 여겼는데도 의외로 성호 씨는 집요했어요. 그래서 산타 모니카 해변을 벗어나면서부터는 성호 씨를 단념하기로 했어요. 하지만 사람의 마음이란 결코 단순하지가 않았어요."

친샤오밍의 얘기는 이어진다. 그녀는 미국을 떠나자마자 중국으로 건너가서 동지나해 연구소에 취직했다. 그러면서 새로운 연인을 찾으려고 마음먹었다. 하지만 시간이 흐를수록 가슴속에는 성호가 떠오를 뿐이었다. 그래서 1년 전에는 직장마저 버린 채 한국으로 건너왔다. 일체 성호에게는 비밀로 한 채로.

그 날 이후부터였다. 보길도에 사는 소희의 스승을 찾아서 판소리를 공부했다. 소희 영혼의 도움이라도 받고픈 절절한 심정 때문이었다. 오로지 판소리 공부가 전부인 상태로 1년을 보냈다. 판소리로 소희의 영혼을 감동시켜 성호를 자신에게로 보내달라고 읍소(泣訴)하고 싶었다. 그러다가 한 달 전에 중국을 찾아 이전 직장에 재취직했다.

이런 와중에서 여수에서는 학술회의에 대한 초청장을 세계로 발송했다. 미래의 해양 도시로서의 학술적 요건부터 점검받으려는 국가적인 움직임이었다. 정월 하순에 해양학에 대한 학술 발표회를 갖는다는 취지였다. 이를 계기로 중국에서는 동지나해 연구소의 연구원 셋이 여수를 방문했다. 이들 셋 중에는 친샤오밍도 전문가의 한 사람으로 끼여 있었다.

행사 기간 내내 친샤오밍은 행사장에서 성호를 은밀히 지켜보았다. 당장 달려가 그리움을 호소하고 싶었다. 하지만 칼날처럼 매정하게 결별한 처지였기에 서글펐다. 그래서 행사가 종료되고 나서 겨우 용기를 내어 성호와 통화했다. 성호와 통화한 뒤엔 함께 온 동료들을 먼저 중국으로 떠나보냈다. 그런 뒤에 그녀 혼자만 보길도의 해안 절벽을 찾았다.

성호와 친샤오밍이 손을 맞잡은 채 서로를 말끄러미 바라본다. 성호가 떨리는 목소리로 친샤오밍에게 말한다.

"부족한 제게 그처럼 관심을 쏟다니 제가 너무나 황송할 지경입니다. 정말 이처럼 판소리까지 익히리라곤 상상조차도 못했어요. 하지만 여전히 진실로 두려운 건 저 자신입니다. 이처럼 숭고한 사랑을 받을 만한 자격이 저한테 있는지……."

친샤오밍이 그녀의 오른손 집게손가락으로 성호의 입술을 막는다. 그러면서 그녀가 말한다.

"스승님은 제게 이미 득음(得音)의 경지에 이르렀다고 말씀하시더군요. 하지만 경지에 이르면 뭘 해요? 연인의 마음 한 조각도 얻지 못하는데 말이에요. 매달리지 않을게요. 오늘의 작별이 영원한 슬픔이 되지 않길 바랍니다."

나지막한 그녀의 목소리엔 진한 슬픔이 들끓는 게 느껴진다. 성호와 맞잡았던 손을 친샤오밍이 홱 뿌리친다. 순간적으로 성호가 당황한다. 친샤오밍이 오해했음을 알아차리고는 성호가 신속히 해명하려고 할 때다. 그의 손을 뿌리친 여인에 대한 반감이 불쑥 치민다. 가까스로 마음을 추슬러 오해를 풀려고 마음먹었을 때다. 어느새 친샤오밍이 흐느끼며 동백 숲으로 내달리고 있다. 어두운 밤인데다가 안개가 너무나 자욱하다. 금세 여인의 자취를 놓치고 말았다. 순간적으로 당황하여 성호가 친샤오밍을 고함질러 불러 본다. 하지만 골짜기를 뒤흔드는 산울림만이 퍼져 나갈 뿐이다.

세월이 순식간에 흘렀다. 여수는 시민의 날을 기하여 대규모의 해양 축제까지 추진하기로 계획한다. 여수 시청에서는 공식적인 여수의 총체적인 기획 행사를 벌이려고 한다. 전남 도청과 여수 시청에서 파견된 공무원들이 행사 일정표를 짠다. 행사 추진에 대한 기획은 전문 기관들의 전문가들에게 위촉한 상태다.

마침내 여수 해양 축제를 실시하기 일주일 전이다. 세계 71개국에서 여수 해양 축제에 참여하겠다는 의사를 밝혔다. 그런데 일본과 중국에서는 참여하겠다는 의사 표시가 전혀 없다.

성호는 중국과 일본의 최근 경향을 분석한다. 7월 말에 일본 정치인 셋이 울릉도에서 망언을 터뜨리겠다며 입국하려고 했다. 독도가 일본의 영토라고 선언할 작정이었다. 하지만 한국 정부의 제지로 뜻을 못 이루고 돌아갔다. 한국의 국방장관이 중국에 갔을 때 중국의 참모총장이 미국을 비난했다. 남지나해에서 미국이 베트남과 함께 기동 훈련을 했다는 점 때문이다. 게다가 중국은 한국의 파랑도(波浪島)에까지 시비를 거는 상황이다.

이런 정황으로 여수 해양 축제에 참여하겠다는 통보가 없다고 여긴다. 아직도 일주일이 남았으니 기다려 볼 일이라 생각한다.

마침내 여수 시민의 날 기념행사가 열리는 10월 15일이다. 성호와 영환은 운영 위원회가 위촉한 행사 추진 자문위원이다. 그래서 행사 기간 내내 여수에 머물기로 약정되어 있다. 해외 자문위원으로는 중국과 일본의 인물들도 여수시에 의해 위촉된 상태다. 치밀한 배려 탓에 중국과 일본도 영향을 받았으리라 성호는 여긴다. 마침내 중국과 일본까지도 여수항에 경기용 선박을 보낸 상태다. 새벽부터 하늘은 연한 비취빛으로 맑게 개어 눈부실 지경이다. 새벽부터 여수항으로 숱한 선박들이 물그림자를 드리우며 밀려들고 있다.

오전 10시 정각이다. 진남경기장(鎭南競技場)에는 숱한 국내외 관광객들이 몰려들어 시장(市長)의 개회 선언을 듣는다. 마침내 시장이 개회를 선언하자 경기장이 들썩거릴 정도로 환호성이 치솟는다. 300여 마리의 비둘기가 일제히 하늘을 날아오르며 축하의 분위기를 고조시킨다. 때를 맞춰 여수항의 구축함에서는 3발의 축포가 발사된다. 국민의례를 거쳐 개회식을 마친 뒤에는 시장 일행이 여수항으로 내달린다.

해군 구축함에서 연이은 세 발의 축포를 쏜 다음이다. 73개 국가의 각종 선박들이 여수항을 떠나 여수만(麗水灣)으로 이동하기 시작한다. 여수만에서 각종 해양 스포츠 경기를 치르기로 되어 있다. 요트와 전동 쾌속선과 카누를 비롯한 스포츠용 선박들이 가막만으로 진입한다. 비스포츠용 선박은 여수항에 정박하고, 스포츠용 선박들만 가막만으로 이동한다. 가막만은 여수만의 일부이다. 구체적으로는 여수시 학동과 돌산도 사이의 작은 바다를 일컫는다. 가막만 중의 소호동의 소호 요트 경기장은 최신 시설의 경기장이다.

카누와 제트스키와 요트가 가막만에 구름송이처럼 떠서 흔들린다. 오전 11시가 지나면서부터 수상 스포츠 경기가 진행되기 시작한다. 가막만 일대의 해안에서 숱한 관광객들이 망원경을 꺼내 경기를 지켜본다. 관찰에 유리한 위치를 차지하겠다고 다투는 사람들도 종종 눈에 띈다.

성호는 영환과 함께 소호 요트 경기장에 머물며 지낸다. 틈틈이 대화를 나누다가는 망원경을 꺼내 바다를 바라본다. 세계 각국의 요트와 카누와 제트스키들이 정해진 구역에서 힘차게 내달린다. 시합이 종료될 때마다 사방에서 일제히 환호성이 터지곤 한다.

점심을 먹고 성호가 영환과 함께 잠시 해변을 산책할 때다. 가막만 수상 스포츠 경기장 본부로 긴급 방송이 전달된다. 중국과 일본 선수들도 경기에 참여하기로 했다는 내용이다. 그들은 경기용 선박을 여수항에 계류시킨 채 방관만 하던 상태였다. 그러다가 무슨 연유인지 스포츠 행사장에 참가하기로 했다는 방송이다. 우리말과 영어에 이어 중국어와 일본어의 방송이 경기장에 울려 퍼진다. 방송에 이어서 두 발의 축포가 터진다. 그러자 세계의 관광객들이 일제히 환호성을 지르며 기뻐한다. 명실 공히 세계의 축제로 위상이 드높아지는 시점이다.

가막만에서 한창 수상 스포츠가 열기를 더하고 있을 때다. 일본 선수 인솔단에서 연락이 왔다. 누군가 성호를 급히 만나고 싶다는 연락이었다. 행사를 지켜보는 일 외엔 특별한 일이 없던 성호다. 연락을 받자마자 즉시 일본 인솔단에게로 찾아갔다.

인솔단에는 와타나베가 들어 있었다. 성호를 보자 손을 내밀며 반긴다. 성호가 와타나베를 보는 순간에 나지막한 목소리로 말하며 그에게로 다가선다.

"잠시 둘이서만 할 얘기가 있어요. 호젓한 장소가 없을까요?"

둘은 경기장 주변의 간이 찻집에서 마주 앉는다. 잠시 서로의 안부를 물은 뒤다. 성호와 와타나베가 잠시 엄숙한 얼굴로 서로를 바라본다. 자못 숙연한 분위기여서 마치 결투하기 직전의 서늘한 느낌마저 풍긴다. 그러다가 약속이라도 한 듯 둘이 일제히 서류 봉투를 내민다. 둘은 상대가 내민 봉투를 각자 열어젖힌다. 봉투로부터 거의 같은 내용물들이 둘의 시야로 펼쳐진다. 놀랍게도 성호와 와타나베의 유전자 검사 결과물이다. 와타나베와 성호는 생물학적으로 틀림없는 형제라는 판정이 제시된다.

성호와 와타나베의 눈시울이 갑자기 뜨거워진다. 용수철이 튀듯 반사적으로 서로 자리에서 벌떡 일어선다. 그러고는 순간적으로 서로를 껴안으며 속삭이듯 말한다.

"형, 보고 싶었어요."

"동생아, 정말 그리웠어."

형제가 둘이 서로를 포옹한 채 한동안 떨어질 줄을 모른다. 실종으로 단절되었던 과거의 벽이 단숨에 허물어지는 느낌이다. 가막만으로 밀려드는 파도 소리마저도 청년들의 가슴을 마구 흔들어 댄다. 기나긴 세월 동안 응어리졌던 외로움의 잔영마저도 산산이 흩어지는 듯하다. 둘은 너무나 기뻐 얼싸안은 채 실성한 듯 깡충거렸다. 이미 주변 사람들의 시선은 초월한 듯하다. 와타나베가 감격스런 표정으로 충동적으로 말한다.

"내가 소년 시절에 이미 상사면의 용박골을 방문했다고? 우리가 현자총통을 만든 이춘회 어른의 후손임에 틀림없다고? 어쨌든 현재로 너는 한국인이고 나는 일본인이잖니? 어쩌다가 이런 일이 생겼지?"

몰라서 묻는 질문이 아니라 너무나 감격스러워서 확인하는 물음일 따름이다. 둘이 서로의 뺨을 쓰다듬으며 신명에 들떠 깡충거린다. 새로운 세상이 열려 천지(天地)가 이들 형제의 우주로 여겨질 정도다. 형언할 수 없이 수시로 들끓던 외로움의 근원이 밝혀진 시점이다. 그 처절한 외로움의 근원이 형체 없이 주위로 스러지는 느낌이다.

형제가 마냥 기뻐서 어쩔 줄 모르고 깡충거릴 때다. 느닷없이 와타나베의 휴대전화가 울어댄다. 와타나베가 전화를 받더니 이내 표정이 핼쑥해진다. 그러더니 조심스레 성호에게 양해를 구한다.

"이번에는 급기야 강한 지진이 터졌다고 나를 부르구나. 얼마나 많은 인명 피해가 났는지 걱정스러워서 전신이 다 떨려. 일 마치는 대로 네가 있는 해양 연구원으로 찾아갈게."

말을 마치자 악수를 나누고는 와타나베가 성호의 시야에서 금세 사라진다. 성호가 아쉬운 한숨을 삼키며 작별의 손을 흔든다. 돌아보는 와타나베의 눈가에도 눈물이 맺혀 그렁그렁하다.

오후 6시가 되자 행사가 종료됨을 알리는 방송이 가막만에 물결친다. 둘째 날의 경기는 이튿날 진행된다는 방송의 선율이 저녁놀처럼 곱다. 성호가 자신의 숙소로 터덜터덜 걸어갈 때다. 호주머니의 휴대전화가 섬뜩하게 떨어댄다. 귀에 갖다 대니 여인의 얼음장처럼 서늘한 목소리가 흘러든다.

"친샤오밍이에요. 그간 잘 지내셨어요? 만나고 싶은데 내게로 올 수 있으세요?"

여인의 목소리를 듣자마자 성호의 심장이 얼어붙는 듯하다. 보길도에서 헤어진 뒤였다. 성호는 여인과 사별했다고 여기고 그녀를 깨끗이 잊기로 했다. 그랬기에 친샤오밍의 목소리를 들으리라고는 상상조차 하지 못했다. 죽은 사람의 목소리를 들은 듯한 느낌마저 불쑥 든다. 여인의 숙소를 찾아가면서도 마음이 줄곧 신산스럽기만 하다. 여인을 만나더라도 달라질 게 없으리라 여겨지기 때문이다. 숱한 망설임과 번민을 되풀이한 뒤다.

마침내 여인의 숙소 문을 열고 여인을 바라보는 찰나다. 미국에서 함께 지냈던 정감으로 왈칵 친샤오밍에게로 달려가려다가 우뚝 멈춘다. 여인도 성호를 향해 힘차게 달려오다가 덩달아 멈춰 선다. 여인이 떨리는 목소리로 먼저 말을 꺼낸다.

"혹시 지금까지도?"

성호도 갑자기 경직된 목소리로 되묻는다.

"이제는 결혼하셨죠?"

둘의 표정이 순식간에 일그러질 대로 일그러져 처참할 지경이다. 둘의 머릿속으로 세찬 광풍(狂風)이 휘몰아치는 듯하다. 여인과 성호가 거의 동시에 체념 어린 목소리로 중얼댄다.

'아, 내가 너무 방심했나 봐. 결국 다른 여자와 결혼한 모양이군.'

'보길도에서 그처럼 찾았는데도 왜 못 만났지? 이제 나는 진짜 외톨이가 되는구나.'

둘이 각자 중얼댄 직후다. 둘의 눈빛이 매섭도록 반짝이며 일시에 서로를 쏘아본다. 아주 가는 소리였지만 상대방의 중얼거리는 소리를 서로 들었기 때문이다. 무슨 힘이 시키는 줄도 모르게 둘이 급격히 서로를 부둥켜안는다. 그러고는 서로를 향해 한 마디씩 절박하게 내뱉는다.

"친샤오밍. 진심으로 사랑해요."

"사무치게 그리웠어요. 성호 씨."

둘이 혀가 마르고 가슴이 타며 눈알마저 굳는 느낌에 휩쓸린다. 둘이 격정에 휩싸여 다시 서로를 힘껏 껴안는다. 너무나 힘껏 껴안아 숨쉬기마저 버거울 지경이다. 포옹하는 순간부터 세상은 환상의 색채로 남실대며 그들에게 밀려드는 듯하다. 둘이 서로를 안고는 서로의 얼굴을 쓰다듬는다. 어느새 둘의 눈가에 눈물이 맺혀 그렁그렁하다. 성호가 친샤오밍을 향해 말한다.

"소희의 스승님한테 지도받았다는 말을 듣고는 너무나 감동했어요. 제 마음을 열려는 판이었는데 느닷없이 그대가 오해하여 사라졌어요. 경찰에까지 연락하여 얼마나 샅샅이 찾았는지 모를 거예요. 급기야는 사별한 것으로 단념하고……."

성호의 말을 자르며 친샤오밍이 울음을 터뜨리면서 말한다.

"으흑! 으흐흑! 진작 진솔하게 얘기했어야죠. 잔뜩 오해하도록 말해 놓고는 이게 뭐예요? 얼마나 절망(絶望)했으면 배까지 대절하여 섬에서 떠났겠어요? 자칫 잘못했으면 영원히 결별할 뻔했잖아요? 다시는 이런 일이 없도록 해요, 네?"

껴안다 보니 남녀의 뺨이 맞닿는다. 그러자 불덩이 같은 열기가 서로에게 혹 밀려든다. 찰나 간에 부르르 떨면서도 서로를 바싹 껴안는다. 다시는 헤어지지 않겠다는 강렬한 몸짓인 듯하다. 숙소의 열린 창문으로는 초저녁 달빛이 파르스름하게 휘감겨든다.

성호에겐 일본이 경기에 참석한 것은 와타나베의 설득력 때문으로 판단된다. 마찬가지로 중국도 오후에나마 경기에 참석한 것은 친샤오밍의 뜻이라고 밝혀진다. 친샤오밍이 아시아의 친목을 위해 협조가 필요하다고 강력히 주장했기 때문이다.

성호는 감동에 취해 여인의 등을 손바닥으로 두들기며 눈물을 글썽인다. 창 밖에는 가막만의 파도 소리가 자장가처럼 밀려들 뿐. 사방은 정밀(靜謐)에 묻혀 심장 박동 소리만 꿈결처럼 퍼져 흐른다.

〈『문학저널』 2012. 1월호 발표〉

풍혈(風穴)

어느새 영수도 몽환에 취해 소정과 함께 깡충거리면서 눈물을 쏟는다. 몽환에 취해

깡충거리는 사람들의 군무(群舞)가 거대한 기류로 굽이친다.

풍혈

어디에도 바람 한 점 나부끼지 않는다. 잔잔한 바다의 수면엔 짙은 해무(海霧)만 불길처럼 엉겨든다. 선착장을 떠난 유람선의 자취가 안개 속에 아스라이 묻힌다. 영수(榮洙)는 절벽 상하로 해초처럼 뒤엉킨 동백 숲의 장관을 살펴본다. 경사진 땅에 수중 산호처럼 밀생(密生)한 동백나무 숲이다.

눈을 감은 채 새벽에 침대 머리를 더듬어서 받은 전화에서였다.
"영수(榮洙) 씨, 소정(韶靜)이에요. '달리도'의 풍혈(風穴)에서 오후 3시에 만나기로 해요. 스승님의 유물과 관련된 일이에요."
이튿날이 토요일이라 실컷 피로를 풀리라 생각하여 초저녁부터 잠들었던 영수다. 전화의 여운을 음미할 겨를도 없이 곧바로 수마에 휩쓸려 들었다.

땅속의 차가운 바람이 쏟아져 나온다는 바위 동굴이 풍혈(風穴)이다. 달리도 남서 해안에 문제의 풍혈이 있다고 여인이 들려주었다. 산짐승처럼 주기적으로 음습한 기운을 내뱉는 산악의 혈맥(血脈)이라고도 여겨진다. 풍혈의 바람만 쐬면 음습한 기운에 휘말려 스러질 것만 같다. 왠지 영문도 모를 스산한 느낌이 자꾸만 영수의 가슴으로 밀려든다. 해무에 휩쓸리는 섬의 언덕으로 올라서면서부터 섬뜩한 냉기가 가슴을 찔러댄다.

'답답하고도 섬뜩한 냉기의 정체가 뭘까? 풍혈에 스승님이 남긴 유물이 있다고? 나한테도 말하지 않은 걸 여인한테 스승님이 말했을까? 혹시 스승님은 여인을 수제자로 키운 걸까?'

슬쩍 시계를 들여다본다. 약속 시간은 아직 십여 분이나 남은 시점이다. 자욱한 안개로 지형을 탐색하기가 좀체 쉽지 않다.

스승의 유해를 대한 건 올해 2월 초순이었다. '세계 수묵화(水墨畵) 축전'이 개최된 중국 서안(西安)에서 귀국한 직후였다. 영수가 스승을 만나러 달리도 해안의 산막(山幕)을 찾았다. '달리도'는 목포의 달동에 위치한 섬이다. 목포항으로부터 서쪽으로 5㎞만큼 떨어져 있으며 화원반도의 북쪽에 위치해 있다.

달리도 남서 해안의 산막을 찾았을 때였다. 스승은 소복 차림으로 벼랑 아래로 떨어져 숨져 있었다. 저녁 6시 무렵이라 어스름이 해변으로 밀려들고 있었다. 검시를 한 의사는 사망 시점을 두어 시간 이전으로 추정했다. 병원의 영안실에 유해를 옮기고 나서야 영수의 설움이 끓어올랐다. 정신적인 지주(支柱)인 스승을 잃은 허망함에 실신할 지경이었다.

영수는 여인이 말해 준 위치를 찾느라고 사방을 연신 둘러본다. 이윽고 동굴로 여겨지는 바위 골짜기가 눈에 띈다. 영수가 바위 골짜기로 발걸음을 옮기려고 할 때다. 등 뒤로부터 서늘한 바람이 왈칵 밀려든다. 영수가 고개를 돌려보니 묘령의 여인이 영수를 향해 말한다.

"오랜만이네요, 영수 씨. 용케 잘 찾아 오셨군요. 동굴은 제가 안내할게요."

영수가 여인을 향해 다가가자 여인이 손을 내밀어 악수한다. 그러고는 앞장서서 여인이 발걸음을 옮긴다.

그 날 스승의 유서는 벼랑 꼭대기에서 발견되었다. 연락받고 달려온 경찰들의 수색에 의해서였다. 유서는 커다란 돌조각에 짓눌려 있었다. 유서의 곁에는 스승이 신던 하얀 고무신이 함께 놓여 있었다.

마침내 영수가 그린 그림에서 스승님의 얼굴을 만났다.

스승님과 상봉하게 되기까지 너무나 많은 시간이 흘렀다.

하지만 이제라도 뜻을 이루었으니 스승님을 찾아 떠나겠다.

스승님이 머무는 곳은 내 영혼이 알고 찾으리라 믿는다.

기(氣)의 합류(合流)의 기법을 찾게 하러 영수와 소정을 대면시키지 않았다.

내가 떠나면 그들은 수학(修學)한 동문 제자로서 만나게 되겠지.

부디 그들이 수묵(水墨)의 최상의 경지(境地)인 합류도(合流道)를 터득해주길 바란다.

-현청

스승이 자신의 얼굴을 그려 달라고 한 기억이 영수에게 떠올랐다. 일정한 시차를 두고 세 번씩이나 그린 기억이 생생했다. 초상화 모델로 임할 때의 스승의 맵시는 우아하기 그지없었다. 풍란의 향기처럼 그윽한 자태로 작업이 종료될 때까지 기다려 주었다. 스승이 그처럼 기품이 서린 자태로 초상화에 임했던 의미를 몰랐다.

그랬는데 일기장을 보고서야 그 내력을 알게 되었다. 사조(師祖)를 기억하는 스승의 눈빛에서 영수가 사조의 얼굴을 그려내기를 원했다. 이런 스승의 마음을 이제야 알게 된 영수였다. 아마 스승은 사조의 얼굴 사진 하나도 지니지 못한 모양이었다. 그랬기에 희박한 확률의 심인성(心因性) 회화 기법까지 동원한 모양이었다. 빼어난 경지에 달한 화가에 의해서만 재현된다는 심인성 회화 기법이다. 모델에 의해 일관성 있게 연상되는 대상을 그리는 방법을 말한다. 스승이 신화적인 방식까지 동원할 정도로 영수의 그림을 인정했다고 여겨진다.

스승의 과도한 평가에 영수가 감격하여 눈시울이 파랗게 젖어들었다. 여태껏 스승이 제자를 덜 사랑하여 자살한 것으로도 비쳤다. 그랬는데도 자신의 재능을 놀랄 정도로 평가했다는 사실에 허청거릴 정도였다. 자신도 모르게 영수가 중얼대었다.

'어쩜 스승님이 나를 그처럼 높게 평가했을까? 줄곧 시달려 왔던 자괴심(自愧心)마저도 허물어질 것 같군.'

가슴에서 치솟던 떨림이 영수의 전신을 엄습하자 목이 메어 울먹였다. 스승이라는 소중한 보물을 잃은 허전함이 영수의 전신에 휘감겼다. 이제 어디서 스승의 그리운 평가를 받으랴? 자상하고 고운 눈빛의 스승이 마냥 그리워 영수의 콧등이 시큰거렸다.

어구(漁具)를 내리다가 다리가 접질렸던 스승을 업고 산막을 향하던 날이었다. 영수의 두 뺨을 간질이며 스승이 말했다.

"제자 등에 업히니까 편안해서 딱 좋네. 기왕 업은 김에 섬을 한 바퀴 돌면 안 될까?"

그때 곧바로 영수가 응답했다.

"섬의 둘레가 11㎞인데 괜찮으시겠어요? 저는 무조건 좋아요. 질투심이 많은 주민들이 저를 내버려 둘지 그게 문제예요."

스승과 제자가 함께 웃음을 깨무는 청아한 정경이 산골짜기에 물결쳤다. 기품이 그윽한 스승의 고운 얼굴이 영수의 가슴에 파동으로 밀려들었다.

'단 한 번만이라도 스승님을 다시 뵐 수만 있다면?'

스승에 대한 그리운 마음에 콧등이 시큰거리며 눈가가 촉촉이 젖어들었다.

다복솔이 짙게 우거진 바위 그늘 아래에서 동굴이 형체를 드러낸다. 무성한 다복솔의 나뭇가지를 옆으로 밀어 젖히니 동굴의 입구가 드러난다. 동굴의 재질은 석회암으로 보인다. 영수는 퇴적암층의 침식작용으로 형성된 석동(石洞)임을 알아챈다.

동굴 입구의 높이는 허리를 굽혀야 들어갈 정도다. 그렇지만 내부로 들어갈수록 천정의 높이가 높아지다가 5m 높이까지 치솟는다. 동굴 내부까지의 길이는 십여 m에 이른다. 동굴이 끝나는 지점은 수직으로 드리워진 암벽(岩壁)과 맞닿는다. 절벽으로 틘 동굴 종착 지점에서다. 암벽 아래를 굽어보니 70여 m 아래로 푸른 바다가 일렁인다. 동굴 종착점에서의 동굴

천정 높이는 3m 정도다. 내부의 넓이는 직경이 5m에 이를 정도다.

영수가 스승으로부터 지도받은 지는 5년째였다. 스승은 세계적으로 명성이 알려진 수묵화의 달인이었다. 스승에게서 지도받은 지 2년 만에 미술 대전에서 특선 작가가 되었다. 당시에 영수는 대학교 2학년생이었다. 대학을 졸업하던 해에 임용고사를 거쳐서 중학교 미술 교사로 교단에 섰다.

"우와, 정말 절경이군요. 하루 종일 바라봐도 경탄할 만한 풍광이네요."

소정이 동굴 종착점에서 바다를 굽어보며 탄성을 터뜨린다. 영수와 마찬가지로 풍혈에는 처음 온 거라고 말한다. 이전에 스승으로부터 풍혈에 대한 얘기는 가끔 들었다고 들려준다. 미술 선생인 25살의 총각과 도예가인 23살의 처녀가 만난 자리다. 여인이 영수를 향해 입을 연다.

"스승님의 연세가 57살이었죠? 그 연세에 사조(師祖)를 그리워하며 절벽을 날아 내렸다는 게 경이로워요. 잠시 쉬었다가 동굴 내부를 잘 찾아봐요, 우리."

바다로 뚫린 동굴의 구멍은 가로가 3m, 높이가 4m에 달한다. 종착점의 동굴 내부에는 종유석(鐘乳石)이 꽤 많이 달려 있다. 종유석 아래에는 1개의 석상(石床)과 3개의 석탑(石榻)이 보인다. 화강암 재질인 것으로 봐서 외부에서 옮겨 놓았다고 영수가 판단한다.

평생 독신으로 목포에서 물고기를 잡아 생계를 유지하던 스승이었다. 스승은 낡은 동력선 한 척으로 고향인 목포에서 독신으로 지냈다. 평생 제자를 배출한 것도 단 두 명에 불과했다. 그 제자들이 영수와 소정이었다. 영수와 소정은 스승의 장례식 때에 처음으로 만나게 되었다. 스승을 화장하여 재를 바다에 뿌린 사람도 영수와 소정이었다.

스승의 재를 여인과 둘이서 뿌리던 날도 바다에는 해무가 내뻗었다. 뼛가루를 바닷물에 흩뿌리는 내내 영수와 소정의 마음은 신산스러웠다. 존경하는 스승의 종말이 자살로 마무리되었다는 충격 때문이다. 원인을 떠나서 자살이란 세인들에게는 음험한 행위로 간주되기 때문이다. 설혹 당사자가 꿈꾸는 세계로 몸을 날렸다고 하더라도.

그래서 장례식 날엔 영수와 소정은 거의 대화를 나누지 못했다. 자살한 스승을 둔 그들의 사회적 평가는 조금도 대수롭지 않았다. 스승이 자살하도록 눈치를 못 챘던 자괴심으로 둘은 공황감에 빠졌다. 영수와 소정은 용서받지 못할 죄인이 된 심정이었다. 세상 사람들이 다 그들을 이해한다고 했을지라도.

종유석 아래의 공간을 둘이서 천천히 탐색하기 시작한다. 석상 아래를 둘이서 살펴보니 나무 상자가 눈에 띈다. 둘이서 나무 상자를 석상 위에 올려놓고는 쌓인 먼지를 턴다. 상자에 슬쩍 힘을 주니 쉽게 열린다. 상자에서는 그림 석 장과 공책 한 권이 발견된다. 그림 석 장을 펼치는 순간이다. 영수가 화들짝 놀라며 표정이 달라진다. 그가 세 차례에 걸쳐서 그린 스승의 초상화였다. 놀랍게도 스승이 자신의 그림을 상자에 보관해 두었다.

종이 50장 두께의 공책을 펼치니 스승의 친필이 기록되어 있다. 삶의 큰 기록만을 대충대충 남긴 일기장이다. 고인(故人)의 예술사(藝術史)를 작성하는 데 있어서 중요한 자료가 되리라 여겨진다.

　6월 하순경부터 8월 초순까지의 기간이었다. 영수는 전국적으로 비가 엄청나게 내렸다고 판단한다. 거의 하루 간격으로 비가 내렸다고 기억한다. 그러다 보니 전국적으로 산사태가 많이 일어났다. 가옥과 사람이 흙더미에 묻혀 많이도 사망했다.

　8월 중순 무렵이었다. 누군가 학교를 통하여 영수에게로 전화를 걸어와 만나자고 했다. 학교 앞 음식점에서 낯선 50대 중반의 사내와 영수가 만났다. 사내는 구례군 대전리에서 온 연주 현씨(延州玄氏)의 종손이라고 자신을 밝혔다. 구례군 광의면 온당리의 지리산 기슭에는 현 씨 일가들이 살았다고 들려주었다. 대전리와 온당리는 직선거리로 1.8㎞가 떨어졌다고 말했다.

　영수는 사내의 말에 귀를 기울였다. 온당리에 7월 중순에 대규모의 산사태가 발생했다. 그래서 34세대의 마을 주민들이 죄다 흙더미에 묻혀 숨졌다. 그 마을은 현씨 집성촌이어서 사망자의 대다수가 현씨 일가였다. 비보를 전해들은 대전리의 현씨 문중에서는 사흘간 회의를 열었다. 사망자들을 위해 대대적인 천도재(薦度齋)를 지내 주기로 했다. '재(齋)'란 사찰(寺刹)에서 치르는 제례 의식이라는 사실이 영수의 기억에 떠올랐다. 명찰(名刹)인 화엄사의 고승들을 온당리 현장으로 불러들여 행사를 치렀다.

　그 행사를 치른 뒤부터였다. 대전리의 50여 세대의 친족들이 밤마다 가위에 짓눌렸다. 전혀 예측하지 못했던 일이었다. 문중 대표자들이 유명 무속인들을 통하여 원인을 캐냈다. 천도재를 지냈지만 죽은 영혼인 영가(靈駕)가 이승을 떠돌기 때문이라고 했다. 고승들의 법력(法力)으로서도 영가

들을 제대로 달래지 못한 모양이었다. 영가를 저승으로 보내려면 영가를 그린 화가의 작품이 필요하다고 했다. 대형 그림을 태우면서 굿을 하여 영가를 달래면 된다고 들려주었다.

현씨 문중의 대표적인 화가는 현청이었다. 그의 제자로 알려진 영수에게 처음으로 의견을 전하는 거라고 말했다. 사내의 간곡한 부탁은 대형 영가 그림을 그려 달라는 거였다. 그림 값은 충분히 치르리라고 들려주었다. 스승을 생각하여 무료로 영가 그림을 그려 주겠다고 영수가 밝혔다.

소정이 스승을 만나 지도를 받은 지는 10년째였다고 영수에게 들려준다. 소정도 미술대전 특선 작가로서 등단 경력이 화려하다.

그림을 확실하게 그려 주겠다고 약속하고서 사내를 돌려보낸 뒤였다. 영수가 소정에게 전화를 걸어 의견을 전했다. 소정이 쾌히 응낙했다. 망자의 영혼을 위로하는 일이기에 기꺼이 돕겠다고 말했다. 그래서 언젠가 만나서 그림을 그릴 의견을 나누기로 했다.

현씨 종친회의 사내로부터 연락을 받은 지 닷새 뒤였다. 이 날 새벽에 소정이 영수에게로 전화한 거였다. 달리도에서 만나자고.

1시간가량을 탐색했지만 유품이라곤 그림과 공책밖엔 없다. 동굴 벽과 종유석 내부까지 샅샅이 뒤진 결과였다. 동굴 내부의 돌로 만들어진 의자인 석탑(石榻)의 배치 상태가 특이하다. 기분대로 아무렇게나 배열한 것 같지가 않다. 영수가 자세히 배치 상태를 분석해 본다. 아무래도 바람의 이동 통로를 고려한 것으로 판단된다. 절벽면과 인접한 곳에 석탑이 하나 깔려 있다. 거기에서 대략 3m의 거리에 두 번째 석탑이 깔려 있다.

소정이 영수를 향해 새로운 의견을 들려준다.

"스승님의 유서를 본 뒤부터 줄곧 생각해 봤어요. 여자가 지닌 음기(陰氣)와 남자가 지닌 양기(陽氣). 이 둘을 그림에서 잘 나타내도록 하는 방법을 생각해 봤어요."

연이어 체계적으로 소정이 영수에게 설명한다. 미리 준비한 듯 가방에서 소정이 찜질방 의복 2벌을 펼쳐든다. 한 벌을 영수에게로 내밀며 제안한다. 동굴 내부에서 각자 찜질방 의복으로 갈아입자고 말한다. 동굴 내부 공간에서 빛이 안 들어가는 곳은 어둡다. 거기에서 각자 옷을 갈아입자고 제안한다. 몸에는 단지 찜질방 의복만 착용해야 한다고 소정이 말한다.

찜질방 의복으로 남녀가 옷을 갈아입은 뒤다. 둘은 반시간씩 석탑의 위치를 바꿔 가며 앉아 명상(冥想)하기로 한다. 휴대전화의 경보기를 통해 반시간씩 시간을 설정해 둔다. 찜질방 옷차림인 여인이 앉은 자리는 절벽쪽 벽면이다. 영수가 앉은 자리는 계곡 쪽의 내부 공간이다. 눈 감은 여인과의 거리는 3m가량이다. 뚫린 벽면의 구멍으로부터 바닷바람이 서서히 강도가 높게 밀려든다. 여인을 거친 바람결이 영수의 전신을 간질이며 파고든다.

날아드는 바람결에 몸을 맡기며 영수가 생각에 잠긴다.

'이 여자의 과학적 식견은 정말 놀랍군. 해풍(海風)에서 갯내가 나는 원인은 증발된 소금기 때문임을 알고 있어. 공기 중에 이온(ion)들의 농도가 커지면 전기가 잘 통하기 마련이지. 기(氣)란 에너지도 전기 에너지와 유사한 속성을 지니고 있어. 체내의 기를 최대로 내보낼 방법은 피부를 최대한 노출시키는 거야. 동문이며 남녀 간이기에 찜질방 옷으로 도의(道義)를 지키려는 모양이야.'

영수는 생각할수록 소정의 섬세한 배려가 고맙게 느껴진다. 여인은 여인대로 석탑에 올라앉아 상념의 물결에 휩쓸린다.

'학교의 선생이라니까 최소한의 과학적 지식은 갖고 있겠지. 찜질방 옷의 두께라면 서로의 기(氣)가 잘 감지되겠지? 혹시 두꺼워 감지되지 못하면 어떻게 하지? 속살이 내비치는 잠옷까지 동원하는 불상사는 없어야 되겠지?'

둘은 서로를 믿고 평온한 마음으로 기를 발출(拔出)시키려 신경을 집중한다. 영수는 생명체들이 내뿜는 열기(熱氣)는 적외선 에너지로 발출된다는 것을 떠올린다. 인체에서 발출되는 기(氣)의 상당한 양이 적외선이라는 사실도 기억해낸다.

한 시간이 지나고 두 시간이 경과할 무렵이다. 절벽으로 뚫린 동굴 노출구로부터 불어드는 바람결이 날카로워졌다. 바로 이 무렵부터다. 남녀는 정신이 개운해지며 몸에서 활력이 치솟는 느낌을 받기 시작한다. 사내는 서서히 여인으로부터 밀려드는 은밀한 기운을 알아차린다. 여인은 여인대로 사내로부터 휘몰려드는 기운을 느끼기 시작한다. 눈감은 채 사내가 여인의 넓적다리를 떠올리며 숨을 내쉰다. 눈감은 여인이 얼굴을 붉히더니 사내의 가슴을 떠올리며 숨을 들이쉰다. 곧바로 황홀한 표정을 짓는 사내의 뺨에 불길처럼 홍조(紅潮)가 번진다.

거의 동시에 남녀가 눈을 떠서 상대를 바라본다. 둘 다 뺨에 은밀한 홍조가 드리워져 있다. 영수가 먼저 입을 연다.

"혹시 제가 보낸 기류를 느끼셨어요?"

여인도 대번에 눈빛을 쏟아내며 응답한다.

"저만의 착각은 아니었군요. 제가 보낸 기류도 느끼셨어요?"

영수가 미소를 깨물며 대답한다.

"상반신에 두 번……."

여인이 얼굴을 붉히며 황급하게 말한다.

"됐어요. 그만해요. 기의 합류는 이미 이루어진 것 같아요. 우린 너무 잘 통해서 불안할 지경이네요."

여인이 말을 마치자 남녀가 마주 보고는 허리를 꺾으며 깔깔거린다. 둘 다 옷을 갈아입은 뒤다. 영수는 소정과 함께 섬의 산자락을 내려가기 시작한다. 산골짜기를 벗어나기 직전에 작은 암자가 둘의 눈에 띈다. 암자를 막 지나치려고 할 때였다. 느닷없이 묘령의 비구니가 내닫더니 영수에게 연락처를 알려달라고 한다. 영수가 사유를 묻지 않고 명함을 건넨다. 그러자마자 비구니가 홀연 시야에서 사라진다. 둘은 머리를 갸웃대다가 해변으로 내려가서 매운탕으로 저녁을 먹자고 약속한다.

달리도에서 빠져 나와 목포에서 소정과 헤어진 지 일주일 뒤다. 영수와 소정은 강진에서 만나기로 약속한 상태다. 강진에는 소정의 도예원(陶藝院)이 있다. 가마 주위엔 장작 무더기가 산처럼 쌓여 있다. 그녀의 자택 곁에 가마를 설치해 둔 거였다. 가마 곁 사무실로 세워진 건물에 '도예원'이라는 간판이 걸려 있다.

도예원은 2층짜리 독립 건물이었고 영수에겐 여인의 독립 왕국으로 여겨진다. 2층의 응접실 원탁에서 영수와 소정이 마주 앉는다. 그림에서 기를 싣는 구체적인 방법을 알아보자고 소정이 제안한다. 영수가 소정에게 의견을 제안한다. 일단 한 사람은 물방울을, 나머지는 먹물을 뿌리자고 제안한다. 공중에서 물방울과 먹물이 뒤엉켜 그림에 떨어지도록 하자는 의견을 제시한다. 쉽지 않겠지만 꾸준히 호흡을 맞추어 연습해 보자고 제안한다.

수묵화의 최상의 기교인 파묵(破墨)의 효과를 극대화시키는 방법이라고 영수가 설명한다. 물방울과 먹물이 공중에서 만날 때 탄력적으로 충돌하리라 예견한다. 두 액체가 부딪치는 순간에 기(氣)의 어우러짐의 효과도 극대화되리라고 들려준다. 여인도 충분한 타당성이 있다며 고개를 끄떡인다.

그 날 이후로 둘은 장소를 바꿔 가며 연습해 보았다. 연습할 때마다 물방울과 먹물이 만나는 확률은 뒤죽박죽으로 변화가 심했다. 거기에 따라 그림에 실리는 기의 느낌도 엉망진창이었다. 그리하여 남녀가 눈물을 글썽이며 낙담하는 날도 점차 늘어났다. 방법을 변경할까도 생각해 봤지만 기를 합류시키는 유일한 방식이라고 간주했다. 그랬기에 내재된 절망감을 안고서도 둘은 부단히 만나 수련했다. 그랬어도 성공하는 확률보다는 실패하는 확률이 월등히 많았다.

꾸준히 합류의 기법을 수련해 나갈 때다. 9월 중순의 주말이다. 소정과 풍혈에서 만나서 내려오던 길에서 마주쳤던 비구니로부터 연락이 왔다.
"연운(蓮雲)이에요. 시간이 나는 대로 해청암(海青庵)으로 들러 주세요. 드릴 말씀이 있어요."

영수가 약속한 오전 11시에 경내에 들어설 때다. 기다렸다는 듯 연운이 법당에서 나오며 영수를 맞는다. 둘은 승방(僧房)의 다탁을 사이에 두고 마주 앉는다. 20대 중반의 고운 얼굴의 비구니가 금세 작설차를 끓인다. 차를 마시며 둘이 잠시 일상의 화제로 서로의 기분을 맞춘다. 그러다가 비구니가 옥패(玉佩)와 노란 보자기를 다탁 위에 올려놓는다. 동그란 옥패에는 봉황이 정교하게 새겨져 있다.

둘 사이에 잠시 침묵이 드리워진다. 그러다가 연운이 영수에게 보자기를 풀어 보라고 말한다. 보자기에서는 낡은 공책 한 권이 모습을 드러낸다. 공책 속에는 가로가 15㎝, 세로가 6.5㎝인 사진들이 들어 있다. 사진은 모두 5장이었고 흑백으로 촬영된 것이다. 두 명의 비구승이 법당 앞에서 열반한 모습의 사진이다. 둘 다 가부좌를 튼 자세였으며 단정하기 이를 데 없다.

영감(靈感)이 통한 듯 영수가 사진을 향해 절을 한다. 경건한 자세로 세 차례 절을 한 뒤다. 그러고는 사진을 향해 낭랑한 목소리로 말한다.

"사조(師祖)님께 제자가 인사 올립니다. 스승님은 만나 보셨는지 궁금합니다. 사진으로나마 사조님의 얼굴을 대하게 되어 기쁩니다. 어쩌다가 좌선한 채로 입멸하셨는지 궁금합니다."

영수가 고승들의 입멸 내력에 관해 연운에게 묻는다. 주지승으로부터 들었다며 연운이 입을 연다. 주지승은 중국의 명찰(名刹)을 순례하는 중이라고 들려준다.

입적한 두 고승(高僧)은 원래 해남 대흥사의 승려였다. 주기적으로 달리도 해청암의 객사(客舍)에 머물면서 수행을 했다고 한다. 뚱뚱한 73세의 법진(法眞)은 대금(大笒)의 명인이기도 했다. 후리후리한 75세의 빙탄(氷坦)은 수묵화의 전설적인 달인이었다. 두 승려는 예술적 취향이 서로 마음에 들

어 지기(知己)로 지냈다. 둘은 때때로 육체에서 영혼을 이탈시킨다는 심령
학(心靈學)의 영체이탈(靈體離脫)을 시도하곤 했다.

그러던 어느 쌀쌀한 가을날이었다. 해청암의 주지와 연운을 불러 둘이
영체이탈을 시도하겠다고 말했다. 불길한 예감이 들었던 탓이었을까? 혹
여 불상사가 생겨 둘의 영혼이 못 돌아올지도 모르리라고 했다. 그렇다더
라도 사흘이 지날 때까지는 둘의 몸에 손대지 말라고 당부했다. 두 고승
은 법당 앞에서 앉은 채로 입적해 버리고 말았다. 검시(檢屍)를 나온 의사
들이 사인(死因)을 밝혔다. 조석의 급격한 기온 변화로 인한 저체온성(低體
溫性) 심장마비라고 규명했다. 고승들이 좌선(坐禪)한 지 엿새 만에야 암자
에서는 승려들의 다비식을 치렀다.

좌선에 들어가기 전에 빙탄이 주지와 연운에게 말했다. 빙탄의 제자는
수묵화의 명인(名人)인 목포의 현청(玄淸)이라고 밝혔다. 사고가 생기면 전
하라며 봉황이 새겨진 고운 옥패(玉佩)를 전했다. 하지만 어쩐 일인지 현청
과는 오랫동안 연락이 끊겼다고 했다.

급기야 주지는 휴대전화의 문자 메시지로 빙탄의 입멸을 현청에게 알
렸다. 한참 지나서야 현청으로부터 고맙다는 응답 메시지를 받았다. 또한
현청이 달리도의 풍혈을 자주 드나든다고 주지에게 알려주었다. 주지승
으로부터 풍혈에 대한 얘기를 들은 뒤였다. 같은 여인으로서의 애잔한 정
감으로 인하여 수시로 연운이 풍혈을 찾았다. 그러다가 풍혈을 찾은 영수
와 소정을 발견한 거였다.

풍혈에서 내려오는 두 남녀를 대한 순간이었다. 연운은 남녀가 현청
의 전인(傳人)임을 직감으로 알아차렸다. 그리하여 다짜고짜로 영수에게

연락처를 알려달라고 말하고는 영수의 반응을 지켜보았다. 영혼의 기류가 느껴졌음일까? 영수는 아무런 질문도 하지 않고 명함을 연운에게 건네주었다.

가을의 서늘한 공기가 도처에 흘러내리기 시작하는 10월 초순이다. 대전리의 현씨 종친회에서 영수에게로 연락을 취했다. 토요일 밤 7시에 구례군 광의군 온당리에서 위령제를 올린다고 들려준다. 그래서 영수와 소정이 반드시 참여해 주기를 바란다는 통지였다. 영수는 응낙의 뜻을 전하고는 소정과도 행사장에 함께 참여하기로 약속했다.

시간은 거침없이 흘러 어느새 약정한 토요일이 되었다. 밤 7시가 되었을 때다. 30대 중반으로 보이는 세 명의 무당이 요령을 흔들어댄다. 허공을 떠돌던 영가(靈歌)들을 불러들이려는 몸짓으로 보인다. 중앙에는 40대 후반의 무녀가 징을 들고 있다. 요령을 제단에 올려놓은 뒤다. 세 무녀들이 동·서·남 세 방향으로 벌려 선다.

징을 든 중앙의 무녀가 주술을 읊기 시작한다. 나지막한 소리로부터 점차 장내를 압도할 만한 목소리로 증폭된다.

천지만물 우주 중에 으뜸이신 천궁신장(天宮神將)님!
지하세계 공간 중에 최고이신 지하신장(地下神將)님!
2011년 7월 16일 새벽 산사태로 세상 떠난
대한민국 전라남도 구례군 광의면 온당리 34세대
귀하고 소중한 영가들을 굽어 살펴 주소서.

제상(祭床)에 피운 향 연기가 땅바닥으로 내리깔리기 시작한다. 무녀들을 지켜보는 종친들의 가슴에도 서서히 애잔한 물결이 일기 시작한다. 징이 간헐적으로 울린 뒤에는 꽹과리 소리가 뒤쫓는다. 무녀들이 살풀이춤을 반시간가량 춘 뒤다.

제상 앞으로 화선지에 그려진 수묵화가 드리워진다. 산사태로 뒤덮인 온당리 산기슭의 거대한 모습이 화선지에 담겨 있다. 가로가 7m, 세로가 4m에 이르는 대형 그림이다. 무너진 산악의 형상이 너무나 실제 모습과 닮았다. 그림이 드리워지자마자 사방에서 경탄하는 목소리가 들끓는다.

그림을 향해서 무녀들이 주술을 읊은 뒤다. 종친회의 50대 중반의 회장이 제상 앞으로 걸어 나온다. 그러면서 종친들에게 영수와 소정을 소개한다. 그러더니 메가폰으로 종친들을 향해 말한다.

"현자(玄字) 청자(淸字) 화백 어른의 제자분들로부터 그림 시연(試演)이 곧 있겠습니다. 조상님들의 혼백을 현장에서 그림에 실어 올리는 작업입니다. 전설로 전해지던 작업이 진행될 예정이니 엄숙히 지켜봐 주기 바랍니다. 작업이 끝나면 그림 속의 조상님들께 3번씩 절하세요."

영수와 소정이 검정색 한복 차림으로 그림 앞에 선다. 둘은 스승인 현청의 위령제도 겸한다는 뜻으로 검정색 상복(喪服)을 입었다. 잠시 서로를 바라본 뒤다. 준비해 둔 세숫대야에 물이 가득 담겨 있다. 둘은 각자 그림으로부터 다섯 걸음씩 뒤로 물러선다. 소정은 물이 담긴 세숫대야를 그녀의 앞에 놓는다. 영수는 털 길이만 30㎝에 달하는 2자루의 붓에 먹물을 찍는다.

영수에게 잠시 과거의 잔상이 밀려든다. 둘은 물과 먹물을 흩뿌려 기를 싣는 연습을 숱하게 반복했다. 하지만, 너무나 편차가 심했다. 만족할 때도 있었지만 처참할 정도로 실망할 때가 더 많았다.

둘의 가슴으로 참담한 번민이 끓어오른다. 실패한다면? 둘로 인하여 행사 자체가 실패로 끝난다면? 영수와 소정의 가슴은 남극의 얼음 조각처럼 얼어붙어 참담할 지경이다. 생각할수록 둘에게는 긴장도가 급격히 커진다. 물이 담긴 세숫대야를 든 소정의 팔이 긴장으로 떨리기 시작한다. 그러다가 소정이 급기야 두어 줄기의 오줌을 지린다. 소정의 긴장으로 인한 동요 상태까지 영수가 전신으로 느낀 찰나. 영수의 표정이 일시에 창백하게 일그러지면서 속옷에 주르륵 사정(射精)해 버린다.

현씨 종친들과 무녀들이 숨을 죽이며 영수와 소정을 지켜본다. 영수와 소정은 참담한 심정을 억지로 추스르며 호흡을 가다듬는다. 영수와 소정이 서로 눈빛을 나누는 찰나. 소정이 세숫대야의 물을 그림을 향해 뿌린다. 그림의 좌측 상단에서 우측 상단을 향해 세숫대야의 물을 뿌린다. 세숫대야의 물이 가는 물보라를 일으키며 그림을 향해 날아간다. 소정이 물을 뿌릴 때. 영수도 그림의 좌측 상단에서 우측 상단으로 먹물을 뿌린다. 두 자루의 붓에서 분출되는 먹물이 물방울을 맞아 파편처럼 튄다. 그러면서 물방울과 먹물이 허공에서 빛살처럼 튀면서 그림으로 날아간다.

그림에는 숱한 싸락눈송이들이 날아가 박히듯 먹물들이 찍혀 별처럼 깔린다. 찰나의 시간에 그림 전체에 묘한 무늬가 박힌다. 그림에서는 뭔가 생동적인 장면이 표출되기 시작한다. 숱한 영혼이 통곡하여 떼를 지어 이동하는 것으로도 비친다. 그림 속에서 혼백들이 뒤엉켜 만세를 부르는 듯한 정경마저 느껴진다. 둘러서서 그림을 바라보던 사람들이 경탄하여 일제히 환호성을 질러댄다. 영수와 소정에게도 성공했다는 느낌이 쩌릿하게 와 닿는다. 그러자 둘은 너무 감격하여 울먹이며 몸을 떤다.

이때에 나이 든 무녀가 징을 두 번 울린다. 그러자 젊은 두 무녀들이 꽹과리를 치며 주술을 읊는다. 둘러섰던 현 씨 종친들이 그림을 향해 일제히 절한다. 영수와 소정도 종친들과 나란히 서서 세 차례 절을 한다. 배례를 마쳤을 때다. 기다리고 있던 젊은 무녀가 그림에 불을 붙인다. 물방울에 젖었지만 넓게 펼쳐진 그림은 금세 불길에 휩싸인다. 그러더니 금세 붉은 불똥이 되어 허공으로 치솟아 올라간다.

붉은 불똥을 튀기며 허공에서 하늘거리다가 흩어지는 재를 사람들이 바라본다. 물에 젖은 화선지가 타느라고 소지(燒紙)처럼 하염없이 허공으로 치솟은 모양이다. 이럴 때에 무녀들이 읊는 회심곡이 산야의 허공에 울려 퍼진다.

인생 한 번 돌아가면 다시 오기 어려워라.
이 세상을 하직하고 북망산에 가리로다.
어찌 갈고 심산험로 정수 없는 길이로다.
불쌍하고 가련하다 언제 다시 돌아오리.

현 씨 종친들을 비롯한 동네 구경꾼들의 눈시울 가득 눈물이 맺힌다. 그러다가 현 씨 종친들이 급기야 여기저기서 흐느끼며 울음을 터뜨린다.

중국 서안(西安)에서 산출되는 청자옥(靑紫玉)을 갖고 싶다던 스승이었다. 염습한 상태의 눈감은 얼굴에도 단아한 기품이 서려 있었다. 다시는 얼굴조차 바라볼 수 없는 스승이었다. 피안의 세계로 저녁 안개처럼 소리 없

152

이 떠난 스승이었다. 스승에게 청자옥 목걸이를 걸어 주다가 목을 끌어안고 통곡한 영수였다.

회심곡에 휩쓸려 허공을 배회하는 스승의 눈에도 눈물이 실리는 듯하다. 어느새 영수의 눈자위에 물기가 실려 발그스레하다. 소정의 눈가에도 그렁그렁 눈물이 출렁인다. 이제 둘은 가슴 가득 끓어오르는 눈물을 추스를 길이 없다. 어느 순간 영수와 소정이 서로의 눈을 들여다본다. 서슬 퍼런 슬픔의 격랑이 서로의 가슴으로 광풍처럼 밀려든다. 급기야 영수와 소정도 눈물을 글썽이다가 서로 손을 맞잡고 흐느낀다. 함께 시달렸던 자괴심(自愧心)이 둘의 손을 맞잡게 했다. 둘은 어디를 가나 자살자의 제자란 자괴심으로 시달렸다. 처절하게 쓰라렸던 내면의 번민을 겪은 뒤였다.

줄곧 시달려 왔던 자괴심으로부터도 그들 자신을 해방시키기로 마음먹는다. 죄 없이 줄곧 시달려 왔던 아픈 마음을 진정으로 털어낼 작정이다. 눈만 뜨면 스승의 자살조차 예견하지 못했던 제자들이란 자책감에 시달렸다. 이제는 억압된 자신의 내면을 복원시키리라 작정한다. 그리하여 눈물을 머금으며 우주와 세상을 용서하기로 한다. 원시림을 파고드는 햇살처럼 그들은 진정한 존경과 사랑을 스승에게 바친다. 서로 잡았던 손을 풀면서 둘은 급기야 통곡하기 시작한다.

"으흐흑! 스승님!"

"스승니임! 흐흑! 흐으윽!"

한동안 울부짖다가 울음을 추스른 뒤다. 둘은 여전히 허공에서 나부대는 불똥들을 우러러보며 염원을 한다.

"스승님, 부디 좋은 세계로 환생하시기를 빕니다."

"고통과 절망이라곤 없는 평온한 세계에서 영생을 누리시기를 기원합니다."

　그림이 탄 불똥들이 하늘 높이 치솟아서 한동안 허공을 유영한다. 좀처럼 없던 현상이라며 무녀들이 죄다 하늘을 향해 합장하여 배례한다. 그러자 무녀들 주변의 사람들도 영가들을 위해 고개를 숙여 합장한다.

　영수가 가만히 하늘을 우러르며 스승을 떠올릴 때다. 느닷없이 환하게 웃으며 하늘로 치솟는 스승의 얼굴이 환상으로 밀려든다. 자신도 모르게 환희에 들떠 영수가 몸을 떨 때다. 마침내 영가들이 하늘로 줄줄이 날아오르기 시작했다며 무녀들이 일제히 환호성을 질러댄다. 영수의 시선이 소정에게 닿았을 때다. 하늘로 치솟은 스승의 얼굴을 방금 보았다며 울먹울먹한 목소리로 말한다. 어느새 영수도 몽환에 취해 소정과 함께 깡충거리면서 눈물을 쏟는다. 몽환에 취해 깡충거리는 사람들의 군무(群舞)가 거대한 기류로 굽이친다.

〈『월간문학』 2012. 3월호 발표〉

일몰의 파동

감았던 아내의 눈꺼풀이 열리자 청정한 이슬이 맺혀 반짝인다. 천년의 숨결처럼 솔 숲에 휘몰려드는 바람결에 아늑함을 느끼며 나란히 일어선다. 때 맞춰 향긋한 솔향기가 풍경 소리처럼 청아하게 후각으로 밀려든다.

일몰의 파동

연거푸 비수 같은 냉기로 머리카락 바깥까지 분출되었던 악몽 탓이리라. 새벽에 풋잠에서 깨어나 베란다 창문을 열고 멍든 하늘을 올려다본다. 바깥 공기가 실내로 왈칵 밀려들며 냉기를 마구 쏟아낸다. 시린 눈발처럼 뒤엉킨 별들이 나를 사방에서 싸늘하게 노려본다.

'아버지에 대한 꿈만 꾸면 왜 풋잠에서조차 깨어날 정도일까? 한 번이라도 다정하고 따스한 인상을 느꼈던 적이 있었던가?'

차가운 공기가 연거푸 살갗에 날카롭게 휘감겨 들기에 창문을 닫는다. 그러고는 침상에 올라 잠든 아내를 흘깃 바라본 뒤다. 나는 이불을 얼굴까지 둘러쓰고는 이내 수마에 휩쓸려 든다.

내게 도달된 편지를 확인한 것은 이틀 전이었다. 시골 종중으로부터 우송된 편지였다. 신설 국도(國道)가 들어서면서 종중산의 일부가 국가에 매각되었다. 그 바람에 종중산 일대의 나의 생가(生家)마저도 팔렸다. 생가 뒤엔 높다란 계곡이 발달되어 있었다. 계곡의 북쪽 가파른 벼랑에는 인공으로 판 동굴이 있었다. 6·25 사변 때 아버지가 방공호로 팠던 곳이었다. 종중의 회장이 동굴에 간직된 물품을 정리해 달라고 요청하는 통보였다. 물품 정리가 끝나는 대로 건설 공사가 시작될 거라고 했다. 미루어서는 안 될 일이었다.

오늘인 토요일 새벽 4시에 서울을 출발했다. 조수석엔 아내를 태워 오랜만에 귀향길에 올랐다. 새벽 시간이라 차를 달리자마자 아내는 금세 잠이 들었다. 차는 서해안 고속도로에 들어서자마자 청량한 엔진음을 토해 내며 달린다. 43살이란 내 나이에 실린 생동감이 차체에 실리는 듯하다. 운전대를 잡은 내 머릿속으로 과거의 상념들이 구름장처럼 흩날린다.

숱한 세월이 흘렀지만 내게 무척 버거웠던 단어가 있다. 아버지, 아버지란 낱말이다. 세월이 무척 흐른 근래에까지도 내 마음을 짓눌러 온 말이다. 아버지, 아버지.

내가 초등학교 3학년 학생일 때의 가을철이었다. 들녘에는 벼가 익어 온통 눈부신 황금물결로 마냥 출렁거렸다. 그 날 방천의 농막(農幕)에는 나 혼자밖에는 아무도 없었다. 농막은 원두막 모양의 가건물로 가을 햇살을 가리는 용도로 세워졌다. 마을 친구들인 인수와 태준은 인근의 범골 친구들한테 놀러간 모양이다. 개천의 일부를 막아 물고기를 잡기로 약속했다는 걸 나도 알았다. 사실은 나도 그들과 어울려 물고기를 잡고 싶었다. 하지만 나는 아버지가 무서워서 농막에서 새 떼를 쫓아야만 했다.

반복되는 일상이어서 지루하고 따분한 느낌이 마냥 들었다. 전신에 맥이 풀려 시무룩한 얼굴로 논을 바라보았다. 기다란 방천(防川)을 따라 마을 사람들의 논이 물결처럼 펼쳐져 있었다. 수백만 개의 자갈돌이 떨어져 내리는 듯한 굉음이 하늘을 뒤덮었다. 참새 떼들이 대규모로 날아들면서 내지르는 소리였다.

"후여어. 후여어어!"

몇 차례나 크게 고함을 지른 뒤였다. 갑자기 영문도 모르게 억울한 느낌이 전신을 휘감았다. 화가 나서 논가의 돌멩이를 걷어차면서 논을 향해 고함을 질렀다.

"뭐야? 나는 놀 줄 몰라서 이러고 있는 줄 알아? 만날 나한테만 참새를 쫓으라고? 아유, 따분해서 정말 미치겠네."

그렇지만 논은 내게 아무런 응답도 들려주지 않았다. 따가운 햇살만 황금빛 벼이삭을 건너다니며 열기를 내뿜었다. 바로 이때였다. 논을 송두리째 뒤덮을 정도로 많은 참새들이 논으로 내려앉기 시작했다. 마치 수천 마리의 땅벌들이 사람의 머리로 달려드는 느낌마저 들었다.

"짹짹짹짹! 짹째액 짹짹짹!"

엄청난 숫자의 참새들을 바라본 순간이었다. 놀라서 내 눈알이 튀어나올 지경이었다. 새 떼가 너무 많아 하늘을 구름장처럼 가릴 지경이었다. 그처럼 많은 참새 떼들을 본 것은 그때가 처음이었다. 돌연 가슴속이 답답해지며 머리에 섬광(閃光)이 일 듯 현기증이 일었다. 헛구역질까지 해대다가 너무나 어지러워 나는 방천에서 기진하여 쓰러지고 말았다. 그런 나를 향해 참새들이 마구 달려들지도 모르리라는 공포감마저 일었다.

"새 쫓으라고 내보냈더니 뭘 하고 있노? 니 눈에는 새가 안 보여? 뭐 이런 멍청한 놈이 다 있어? 새가 안 보이냔 말이야? 새가아!"

158

어느새 나타났는지 방천에 드러누운 내 앞에서 아버지가 고함을 질렀다. 화를 내는 아버지의 얼굴이 불덩이처럼 벌겋게 타올랐다.

'아, 이러다가는 정말 호된 매질을 당할지도 모르겠네. 아, 너무 어지럽고 숨이 막혀.'

자신도 모르게 사타구니가 저릿하더니 급기야 바지에 오줌을 지렸다. 섬뜩한 느낌이 들며 매를 맞을 듯한 두려움이 폭죽처럼 밀려들었다. 한동안 아버지의 광기(狂氣) 실린 듯한 고함 소리가 방천을 뒤흔들었다. 가까스로 마음을 추스른 아버지가 등을 돌려 방천길에 올라설 때였다. 창졸간에 설운 마음이 울컥 치밀어 올랐다. 그러자 나도 모르게 알싸한 눈물이 얼굴을 타고 마구 흘러내렸다.

'왜 유독 아버지는 걸핏하면 고함치고 때리려 할까? 친구들인 인수와 태준의 아버지들은 그렇지 않은데 왜 아버지만 그러냐고? 왜, 왜, 왜에?'

생각할수록 설움이 격하게 끓어올랐다. 견디기가 너무 힘들어 마냥 흐느끼면서 허리를 꺾으며 쓰러지고 말았다.

오전 5시 무렵이 되자 차가 충남의 홍성군을 관통한다. 조수석의 아내는 코까지 골며 단잠에 빠져 있다. 나다니는 차량이 적은 탓인지 고속도로는 탁 튼 상태다. 시선을 되도록 멀리 내보내며 쾌속으로 차를 몬다.

아버지가 허허로이 운명한 것은 내가 고등학교 1학년 학생일 때였다. 일요일 아침인데도 기척이 없기에 가슴을 죄며 작업실 문을 열었다. 새벽마다 일찍 일어나 작업하곤 하던 아버지였다. 아버지는 작업하던 키 위에 갈대처럼 엎드린 상태로 숨져 있었다. 키는 곡식을 까불어 쭉정이나 티끌을 골라내는 죽세품(竹細品)이었다. 누적된 피로가 사망 원인으로 밝혀졌다.

어머니를 깨워 작업실에서 쓰러진 아버지를 대할 때였다. 슬픔보다는 억울한 느낌이 솟구쳐서 저항하기 어려운 격랑으로 가슴이 들끓었다. 부자간에 대화로 풀어야 할 과제들이 영원한 앙금으로 남겨지는 듯했다. 가슴을 숯덩이로 만들 듯 암울한 잔영들이 머릿속으로 휩쓸려들었다.

어머니로부터 띄엄띄엄 들었던 아버지의 과거가 떠올랐다. 4살이 되기도 전에 해난 사고로 부모를 잃었던 아버지였다. 고아가 되면서부터 아버지를 거두어들일 만한 여력의 친척이 없었다. 그래서 7살이 되던 해에 아버지는 밀항선을 타고 일본으로 건너갔다. 해방되면서 13살의 나이로 귀국했던 아버지는 사변 당시에 18살의 나이였다.

주변의 연고자도 없었기에 일본 전역을 떠돌며 삶의 방식을 익혔다. 해방이 되면서 무조건 국내로 들어왔다. 부산항에 도착하면서부터 부두 노무자로 생활하기 시작했다. 생활은 고달팠지만 미래를 위해 임금을 알뜰히 모았다. 그러다가 돈을 약간 비축했을 때에 6·25 사변이 일어났다. 전국에서 피난민들이 부산으로 밀물처럼 몰려들기 시작했다.

난리통에 고향이 어떻게 변했을지 아버지한테는 안타까울 정도로 궁금하게 여겨졌다. 그리하여 부두 노무자 생활을 청산하고는 진도 산월리의 산월마을로 찾아갔다. 마을에 들어서자마자 잘못 찾아들었다는 느낌이 전신으로 밀려들었다. 마을 사람들에게는 당장 빨치산이라고 오해받을 지경이었다. 마을 뒷산인 연대산(해발 257m)이 문제였다. 광활한 연대산 곳곳에 빨치산이 지뢰를 매설하여 요새를 구축하고 있었다. 아마도 여수와 순천이 가까웠던 지형 탓으로 여겨졌다.

연대산 북서쪽에는 광활한 대숲이 깔려 산바람에 하염없이 나부끼고 있었다. 대숲이 끝나는 봉우리 부근쯤이었다. 가파르게 치솟은 절벽 아래로 깊다란 계곡이 음험(陰險)하게 드러누워 있었다. 토벌대와 빨치산 사이에서 어중간하게 내쫓기던 아버지는 연대산에 들어섰다. 토벌대의 군인 5명이 지뢰를 밟아 폭사했다는 소문도 들은 직후였다. 생명을 하늘에 맡긴 채 조심스레 연대산으로 들어섰다. 도무지 무서워 발걸음마저 쉽게 옮기지 못할 지경이었다.

내밀한 숨소리를 죽이며 가까스로 절벽 아래의 계곡에 들어섰을 때였다. 절벽 아래의 어떤 동굴에서 실연기가 조금씩 새어 나왔다. 연기를 본 순간에 아버지는 느꼈다. 누군가 밥을 짓는 연기라는 사실을. 하도 허기가 진 상태라 생명마저 내건 상태로 동굴로 다가갔다. 컴컴한 동굴 내부로 발걸음을 옮기려는 순간이었다. 뒤통수에 번쩍 불길이 이는 느낌이 들며 아버지가 혼절해 쓰러졌다.

얼마의 시간이 흘렀을까? 동굴 바닥에 쓰러진 아버지를 내려다보는 세 명의 남녀가 있었다. 아버지 또래의 사내들 둘과 30대 후반의 여인이 있었다. 의식을 되찾은 아버지에게 여인이 물었다. 어떻게 해서 연대산에 찾아들었느냐고? 아버지로부터 과거사를 듣고 난 뒤였다. 여인이 안타까운 표정을 짓더니 말했다.

"얘야. 너도 나한테서 죽세공을 배우도록 해. 종수와 태식이도 다 같은 처지야. 키는 농가의 중요 물품이거든. 전쟁만 끝나면 키가 너희들의 생계 수단이 될 거야."

며칠마다 스승을 제외하고 셋 중 하나씩 번갈아 산을 내려갔다. 절박한 생필품을 구입하기 위해서였다.

담양에서 일가족을 빨치산에게 잃고 홀몸으로 연대산에 들어선 스승이었다. 연대산 주봉(主峰) 근처에는 연중 안개에 묻힌 유령(幽靈) 바위가 있었다. 깎아지른 듯 치솟은 절벽 꼭대기에 자리 잡은 바위였다. 삶에 환멸을 느낀 사람들이 찾아들어와 이따금씩 목숨을 끊는 곳이었다. 스승도 목숨을 벼랑 아래로 던져 버리려 연대산을 찾았다. 바위 위에서도 두 시간을 더 생각한 뒤였다. 아무래도 세상에서는 아무런 보람을 못 느낄 것만 같았다. 그리하여 눈을 감고는 절벽 아래로 몸을 날려 버렸다.

그러자 머리와 몸통으로 무시무시한 충격이 가해지며 스승은 의식을 잃었다. 얼마의 시간이 흘렀을까? 스승이 혼수상태에서 깨어나 보니 절벽 아래의 개천 가장자리였다. 우측 넓적다리뼈가 부러졌지만 생명에는 지장이 없었다. 나뭇가지에 걸렸다가 떨어진 영향이 컸던 모양이다. 하늘의 뜻이라 여기고 새로운 삶을 산에서 시작하기로 했다. 뼈가 부러졌지만 병원을 찾을 여건이 못 되었다. 그러다 보니 부기는 빠졌지만 목발을 짚어야만 이동이 가능해졌다.

하천 곁에는 과거에 구리(銅)를 캐던 폐광이 놓여 있었다. 스승이 폐광 안을 둘러보니 안전한 주거지가 될 만하다고 여겨졌다. 스승은 원래 죽세품인 키를 만드는 기술자였다. 스승은 동굴에 머물면서 키를 만들며 생활 자금을 마련할 작정이었다.

동굴에 머문 지 2주일쯤 지난 뒤였다. 빨치산에게 가족을 잃은 18세의 종수와 태식이 자살하러 동굴로 들어섰다. 둘은 서로 이웃에 살던 친구들이었고 같이 죽기로 마음을 굳혔다. 두 사내들이 마주 꿇어 앉아 농약(農藥)을 마시려고 할 때였다. 그들이 동굴에 들어선 이후의 행동을 은밀히 지켜보던 스승이었다. 스승이 사내들을 감화시켜 새로운 삶을 시작하도록 유도했다. 그 날부터였다. 사내들은 동굴에 머물면서 여인으로부터 키 제조법을 전수받았다.

청년들은 여인을 깎듯 스승으로 떠받들었다. 미래의 생계 수단인 중요한 기술을 전수해 주는 은인(恩人)이기 때문이었다. 종수와 태식은 스승과 비슷한 사유로 연대산을 찾아들었다. 아버지만 고향 마을을 그리워하여 찾아왔다가 산으로 내몰렸다. 아버지가 부산에서 벌었던 노임이 넷을 먹여 살린 기반이 되었다. 전시중이라 시장에 키를 내다 팔 처지가 아니었다.

세월이 흘러 1953년 7월 27일에 휴전이 이루어졌다. 그제야 스승을 비롯한 청년들 셋이 연대산을 내려오기 시작했다. 불행하게도 하산하던 길에 스승은 계곡에 묻혔던 지뢰를 밟았다. 폭음과 함께 스승은 사망하고 말았다. 한여름 날. 지뢰로 다리가 절단되고 창자가 파열된 채로 즉사한 스승이었다. 청년들은 계곡 언저리의 땅바닥을 파서 광중(壙中)으로 만들었다. 관조차도 만들 경황이 없던 때였다.

이윽고 청년들 셋이 광중에 스승을 눕혔다. 다리가 잘리고 창자가 터졌어도 수건으로 스승의 얼굴만은 단정히 닦았다. 감긴 눈의 스승의 얼굴을 아버지가 바라볼 때였다. 키 기술을 가르치던 스승의 낭랑한 목소리가 너울이 되어 밀려들었다.

"조금 더 대롱으로 치밀하게 쳐 넣어. 엉성하면 제 값을 못 받잖아?"

이승에선 다시는 못 만날 스승이었다. 맑은 피부와 갸름한 얼굴에는 늘 일렁이던 미소가 스러지고 없었다. 단말마(斷末魔)로 분출되었던 눈물만이 눈시울에 말라붙어 하얗게 엉겨 붙어 있었다. 호수의 물결처럼 남실대던 스승의 자애로운 모습이 창백하게 바스러져 있었다. 일시에 가슴의 바다로 처절하게 울부짖는 바람 소리가 아버지한테 휘몰려들었다.

창졸간에 아버지의 목이 울컥 메었다. 펑 뚫린 가슴으로 서슬 퍼런 슬픔의 불길이 바르르 치솟았다.

"스, 스승니임! 이렇게 작별하게 되다니요! 으흐 으흐흐흑!"

할 말은 많았어도 더 이상 말이 되어 나오지 않았다. 제대로 말도 못한 채였다. 발성조차 안 되는 목소리로 더듬거리며 아버지가 스승의 목을 감싸 안았다. 스승을 바라보는 아버지의 충혈된 눈알이 금세라도 터질 지경이었다. 세상의 의미가 수증기처럼 증발된 느낌이 알싸하게 청년들의 가슴속으로 파고들었다. 아버지를 바라보던 두 청년들도 일시에 허리를 꺾으며 울음을 터뜨렸다.

스승의 눈빛만 떠올려도 활력이 치솟았는데 다시는 못 만날 운명이라니! 청년들은 번갈아가며 스승의 얼굴에 뺨을 맞대고 통곡하기에 이르렀다. 청년들의 얼굴은 흘러내리는 눈물로 온통 반죽이 된 상태였다. 그렇게 많은 눈물이 청년들에게 감춰져 있었으리라곤 믿기지 않을 정도였다.

연대산을 내려선 뒤였다. 청년들은 기약 없는 작별의 인사를 나누고는 뿔뿔이 흩어졌다. 아버지는 죽세공의 명산지인 담양으로 갔다. 거기에서 초가(草家)를 한 채 사서 키를 만들기 시작했다. 대숲을 찾아 대나무를 사서 집으로 날랐다. 그러고는 아버지가 1주일에 10개씩의 키를 만들어 도매점에 넘겼다. 아버지가 담양에서 줄곧 일하다가 38살이 되어서야 혼례를 올렸다. 중매를 통해 35살이었던 농촌 처녀를 만나게 되었다. 결혼을 하면서 부모는 고향의 터전을 떠올렸다. 아무런 친척도 없었지만 고향이라는 사실 하나로 산월마을로 찾아들었다.

아버지가 산월마을에 정착한 그 해에 내가 출생했다. 그때부터 산월마을은 나의 고향이 되었다. 아버지가 고향에 정착하기 얼마 전이었다. 아버지가 손수레(rear car)에 대나무를 싣고 언덕길을 내려갈 때였다. 대나무를 묶었던 밧줄이 터지면서 대나무가 밀려 내려가 아버지를 덮쳤다. 그때 아버지의 왼쪽 발목뼈가 부러졌다. 곧바로 병원을 찾아 치료했지만 후유증이 남았다. 그때부터 아버지는 다리를 절게 되어 힘을 제대로 쓰지 못했다.

아버지를 떠올리기만 하면 나의 초등학교 4학년 시절이 연상되었다. 유년시절의 고향 마을에는 23가구가 살았다. 마을 앞에는 길이가 2㎞이며 폭이 800m인 광활한 논이 있었다. 논이 여러 마지기로 분할되어 있어서 집집마다 논에 벼를 심었다.

논에 참새 떼가 기승을 부리던 어느 날이었다. 아버지가 삶아서 껍질을 벗긴 하얀 바가지를 내게 내밀며 말했다.

"여기다 허수아비 얼굴 좀 그려 봐. 참새가 놀라서 달아날 정도로."

아버지는 검정 페인트가 든 깡통과 붓까지 내게 내밀었다. 페인트는 옆집에 사는 영수의 아버지한테 빌려온 모양이었다. 그림으로는 도내에서 교육감상까지 수상한 경력을 지닌 나였다. 당당한 자세로 다섯 개의 바가지에 눈썹과 코와 입술을 그렸다. 눈썹은 갈래가 져서 위로 치솟았고 코는 커다랗게 두드러졌다. 입은 한껏 벌어져 삼킨 것을 마구 토하는 듯한 형용이었다.

작업이 완성되었을 때 들판에서 아버지가 돌아왔다. 허수아비의 얼굴 그림을 들여다보던 아버지가 느닷없이 커다랗게 웃었다. 그러더니 부엌의 어머니한테까지 들릴 정도로 크게 말했다.

"이야, 이만하면 참새들이 알아서 슬슬 뒤로 피하겠는걸. 정말 잘 그렸어. 썩 마음에 들어."

아버지의 칭찬은 억눌린 내 가슴을 단숨에 환희의 바다로 휘몰았다. 거기 푸른 바다 위로 자긍심의 새들이 수없이 비상했다. 영롱한 색채로 하늘 높이 치솟는 환희의 포말들로 눈부실 지경이었다.

바가지에다 허수아비 얼굴을 그려서 아버지한테 전해 준 며칠 뒤였다. 귀가하여 대청마루를 지날 때였다. 아버지의 수첩에서 살짝 얼굴을 드러낸 낡은 사진이 눈에 띄었다. 아버지의 스승이었다는 여인의 흑백 사진이었다. 삶이 힘들 때에 가끔씩 아버지가 들여다보던 사진이었다.

그 날 마루에는 박을 삶아 갈라서 말리던 바가지가 있었다. 순간적으로 내게 어떤 착상이 떠올랐다. 흑백 사진의 얼굴을 바가지에 조각 작품으로 만들어 보고 싶었다. 그리하여 여인의 사진을 조심스레 빼내어 사랑방으로 들고 갔다. 사랑방은 나의 독방이며 내 유년기의 보금자리였다. 먼저 사진을 보면서 바가지에 연필로 밑그림을 그렸다. 그런 뒤에 심혈을 기울여 공작용 조각칼로 바가지를 후벼 팠다.

표면이 조잡해지면 사포로 문질러 매끄럽게 다듬었다. 소년의 관점에서 최대한 사진과 닮게 보이도록 사흘간 공을 들였다. 작업에 임한 지 사흘째가 되어 마무리 단계가 되었을 때였다. 내 기준으로 만들어진 조각상이 꽤 흡족하게 여겨졌다. 별다른 기대감 없이 조각품과 사진을 아버지의 작업실에 갖다 놓았다. 그런 뒤엔 유년의 세월에 묻혀 까마득히 잊고 지냈다.

"여보, 군산 휴게소에서 좀 쉬지 않겠어요? 서둘지 말고 여유를 갖는 게 좋을 것 같아요."

166

조수석의 아내가 나를 보며 말한다. 나도 미소를 머금으며 응답한다.

"좋아요, 그럽시다. 화장실에도 좀 다녀와야 할 테니까요."

39살의 초등학교 교사인 아내다. 만날 학생들을 상대해서 그런지 언제나 쾌활하며 활력이 넘친다. 나보다 네 살 연하이지만 생각하는 세계가 넓고도 다양하다고 느껴진다. 그래서 아내와 함께 있으면 언제나 마음이 따사롭고 평온하다. 차를 휴게소에 주차시킨 뒤에 식당을 향해 나란히 걷는다. 여기저기서 군침이 도는 음식 냄새가 후각을 자극한다.

내가 초등학교 3학년 때였다. 학교에서 돌아오니 아버지가 나를 불러 세웠다. 그러더니 심부름 좀 갔다 오라고 말했다. 아랫마을로 내려가 사람들이 회의하는 내용을 듣고 전해 달라고 했다. 회의 내용을 제대로 듣겠답시고 귀를 기울였다. 하천 부지 일부를 인근 마을에서 구입하려고 하여 회의한다고 했다. 참석한 마을 사람들의 의견이 너무나 달라 도무지 정리하기 힘들었다. 머리에 정리도 안 된 내용을 전달하려는 것은 무리라 여겨졌다.

집으로 돌아와 불안한 마음으로 아버지 앞에 섰을 때다. 생각이란 생각은 죄다 사라지고 없었다. 아버지가 차가운 눈빛으로 말했다. 고향인 진도보다는 부산에서 청년기를 보냈던 아버지의 영향 탓이리라. 아버지와 나는 전라도 사투리보다는 경상도 사투리에 익숙한 상태였다.

"심부름은 잘 다녀왔제? 뭐시라 쿠던지 말해 봐. 어서."

아버지의 차가운 눈빛에서 재촉하는 기색이 발출되기 시작했다. 내가 입을 열기 시작했다.

"희준이 아버지가 돈을 더 많이 내라고 했십니더. 그랬는데 종숙이 아버지는 돈보다도 땅을 얼마나 팔지 정해야 한다고 말했십니더. 그 뒤에는 형찬이 아버지가……."

듣고 있던 아버지가 부근의 세숫대야를 마당에 팽개치며 고함을 질렀다.

"무신 소리를 씨부랑대고 있어? 결론이 뭔지를 말해 봐. 그래 사람들이 어떻게 하자고 했냐 말이다."

나를 노려보는 아버지의 눈에 핏발이 일기 시작했다. 질식할 듯한 기류가 내 가슴을 짓눌렀다. 도저히 자리를 벗어나지 않고는 매질을 당할 듯한 느낌마저 들었다. 유년기에 아버지한테 대나뭇가지로 사정없이 맞았던 적이 두 차례였다. 위기의식에 잔뜩 주눅이 든 나였다. 마침 밭에서 일하다가 마당으로 어머니가 들어서는 게 눈에 띄었다. 떨어지는 눈물을 추스르며 냅다 집 밖으로 달아나 버렸다.

아침에 일어나면 아버지와의 거리부터 재는 습관이 어느새 붙어 버렸다. 어떤 경우건 아버지와는 일정한 거리를 유지하려고 애썼다. 싸늘한 눈빛과 윽박지르는 듯한 얼굴 표정. 아버지를 단적으로 드러내는 상징적인 인상이었다. 유년기에 내 마음에 깃든 아버지의 심상은 바스러진 잔해였을 따름이다. 아버지라기보다는 차라리 외계인 같은 느낌마저 물씬물씬 들 지경이었다. 나의 내면에서조차 안타까운 말이 들끓었다.

'내가 아버지라면 절대로 저런 모습을 보이지는 않겠어. 절대로 말이야.'

묘하게도 아버지가 세상을 떠나자마자 어머니에게 신기(神氣)가 밀려들었다. 마을에 가까운 바다에서 유람선이 전복되리란 걸 사흘 전에 예측했다. 실제로 사흘 후에는 매스컴에 유람선 침몰 사고가 크게 보도되었다. 몇 차례나 마을 사람들한테 발설한 예측들이 사실로 밝혀질 때부터서였다. 광주 무등산 근교의 무속인들이 어머니를 만나러 오곤 했다.

어머니가 고등학생인 나에게 물었다.

"근래에 내게 신(神)이 자꾸만 달라붙어. 신을 피하면 나뿐 아니라 너의 생명까지도 위험하다고 무속인들이 말했어. 이를 어쩜 좋아?"

어머니의 말을 듣고는 나는 즉시 응답했다.

"어머이 좋을 대로 하이소. 내가 반대한다고 해서 그만두지는 않을 거잖십니꺼?"

어머니가 한참 내 눈을 응시하다가 시선을 돌려 허공을 올려다보았다. 그러다가 어머니가 한숨을 내쉬더니 세상 떠난 아버지의 얘기를 들려주었다. 아버지 발목의 골수가 썩어서 걷는 일마저 점차 힘들어졌다고 한다. 중학교 3학년 때 내가 사흘 일정으로 수학여행을 떠난 뒤였다.

새벽에 아버지의 흐느끼는 소리가 마당 건너편 별채에서 새어 나왔다. 별채에는 아버지의 작업실이 있었다. 어머니가 잠결에 그 소리를 듣고는 놀라서 일어났다. 그러고는 아버지의 작업실로 조심스레 다가갔다. 환기를 위함인지 작업실의 문이 조금 열려 있었다. 열린 문틈으로 어머니가 작업실 내부를 살그머니 들여다보았다. 아버지가 발목을 움켜쥐고는 입술을 깨문 채 눈물을 뚝뚝 흘렸다. 얼마나 고통이 극심했던지 아버지의 이마에서는 땀방울마저 줄지어 흘렀다. 어머니가 문을 막 열려고 할 때였다. 아버지의 독백 소리가 귓전으로 흘러들었다.

"으으으! 우찌 일키나 발목이 애를 미기노? 통증 때문에 얼마나 시달리는지 마누라도 모를 거야. 날마다 새벽에 일어나야만 하는 내 속내를 우찌 알끼고? 가장(家長)이라서 터놓고 앓지도 못하니 미쳐 삐겠네. 아, 내색하지 말고 견뎌야 하는데도 너무 괴로워."

아버지의 독백을 듣고 난 뒤였다. 어머니는 당장 방으로 들어가 아버지를 껴안아 달래고 싶었다. 하지만 아버지의 자존심을 생각할 때엔 그럴 수가 없었다. 창졸간에 방으로 들어가야 할지 말아야 할지 갈등에 휩싸였다.

어머니는 잠시 뜰로 내려서서 입술을 깨물며 생각에 잠겼다. 아버지는 어머니가 진정으로 존경하는 인물이었다. 그랬기에 아버지의 자존심을 건드리는 것은 금기(禁忌) 중의 금기 사항이었다. 하지만 배우자가 분신(分身)이라는 관점에서는 당장에라도 달려가 아버지를 위로하고 싶었다. 남편을 그녀마저 위로하지 못한다면 누가 위로하겠는가 싶어 가슴이 쓰렸다. 쓰린 정도를 초월하여 피눈물마저 뿌려 대고 싶은 심정이었다.

어머니는 배우자로서의 역할이 더 중요하다고 판단했다. 그리하여 작업실로 발걸음을 내디뎠다. 그러다가 자존심에 타격을 받아 통곡하는 아버지의 형상을 상상해 봤다. 그러자 오히려 어머니가 더 통곡하고 싶은 심정이었다. 남편의 자존심마저 보살피지 못하는 아내로 살기에는 어머니가 너무 슬펐다.

생각이 여기에 미쳤을 때였다. 작업실로 다가가던 발걸음을 멈춰 우뚝하니 섰다. 그러고는 양손으로 얼굴을 감싸 안고는 어깨를 들먹이며 흐느꼈다. 그러자 설움이 불길처럼 훅훅 치밀어 올랐다. 덩달아 흐느끼는 소리마저 높아질 상황이었다. 혹여 소리가 남편에게 들릴세라 발소리를 죽여 안채로 돌아가고야 말았다. 돌아가는 발길마다 파르스름한 회한의 잔영이 밤하늘 가득 드리워졌다.

아버지가 세상을 떠난 뒤부터였다. 가정 형편으로는 어머니가 생계를 책임져야 할 입장이었다. 하지만 나도 어머니한테만 모든 짐을 맡길 상태는 아니라 여겼다. 이웃집인 영수의 집을 찾아갔다. 영수의 아버지한테 의

논했다. 비닐하우스 재배로 채소를 가꾸되 신선도를 유지하도록 하라고 말했다. 그 날 이후로 조언받은 대로 열심히 노력했다. 제대로 된 경작이 될 리 만무했지만 생계는 근근이 이어갔다. 삶을 위해 발악하는 현장을 대자연이 너그럽게 살펴준 덕이라 여겨졌다.

농사를 짓는 틈틈이 어머니는 인근의 절을 찾아 수행했다. 아무래도 신을 받기가 버거웠던 모양이다. 신을 받는 대신에 사찰에서 수행(修行)을 하기로 했다. 방과 후에 귀가할 때에도 어머니의 얼굴을 못 대하기 일쑤였다. 그러한 날들마다 가슴에는 외로움이 마른버짐처럼 엉겨들었다. 책을 잡을 때나 농작물을 손볼 때에도 고독감이 시리게 엉겨들었다. 어차피 삶은 외로운 과정이라며 스스로를 달래려고 노력했다. 도저히 스스로를 추스르지 못하는 밤마저도 울먹이면서 고독감을 떨쳐 내었다.

대학 진학을 꿈꾼 것은 일생일대의 모험이었다. 학원 강사로 뛰면서 학비를 스스로 조달하여 대학을 졸업하리라 작정했다. 마음같이 세상 일이 쉽게 이루어지는 것은 아니었다. 학비 조달이 어려워 두 차례에 걸친 휴학 생활을 치렀다. 그러다가 겨우 대학을 졸업하기에 이르렀다.

아버지가 세상을 떠난 직후였다. 어머니의 눈에 비쳤던 아버지의 모습이 궁금했다. 그래서 아버지가 어머니한테 어떻게 비쳤는지를 물었다. 어머니는 조금도 망설임 없이 대답했다.

"예절 반듯하고 활달하여 어디에서나 인기가 많았어. 게다가 언변마저 유창하여 사람들을 끌어들이는 힘이 컸어. 흠이 있었다면 자식인 너에 대한 기대감이 너무 높았던 점이었어. 기대감에 못 미치자 자꾸만 역정을 내었던 거야. 자식인 너를 감싸 주지 못했다며 때때로 후회하곤 했어. 세월이 흘렀으니 너도 아버지를 이해했으리라 믿는다."

어머니는 아버지에 대한 보충적인 설명을 했다. 진도에 정착하기 전에 다쳤던 발목 부상으로 수시로 고통받았다고 들려주었다. 뼈를 저미는 듯한 통증이 끓어올라서 참느라고 이를 악물면서 견뎠다. 그러다 보니 사소한 일에도 쉽게 격분하는 성향을 띠기 시작했다. 공교롭게도 그 시기가 내가 출생한 이후였다고 했다. 병원에서는 누적된 뼛속 질환이라 치료가 근본적으로 어렵다고 밝혔다. 통증을 참느라고 이를 악물면서도 좀체 내색하지 않으려고 했다고 한다. 임종할 때까지도 통증에 시달렸으리라고 말하며 어머니가 눈물을 글썽였다.

그 날 내가 받았던 충격이란 어마어마한 거였다. 아버지 발목의 통증이 그처럼 심했던지를 그제야 알았기 때문이다. 끝내 발목 통증을 자식인 내게까지 내색하지 않았던 아버지였다. 그런 통증이 불붙는 짜증과 격분으로 변해 내게 전해졌던 모양이다. 나를 감싸 주지 못하여 후회했다는 말을 듣고는 콧등마저 시큰거렸다.

'아, 아부지! 제게 왜 진작 얘기하지 않았십니꺼? 제가 알았시모 일케까지 아부지한테 감정이 쌓이지는 않았시껍니다.'

세상 떠난 아버지를 떠올리자 그만 시야가 흐려지며 몸이 허청거렸다. 도무지 아버지와는 의사소통이라곤 해 본 적이 없었다. 그랬기에 아버지에 대한 사무친 감정이 왈칵 목을 죄는 느낌이었다. 가슴속 밑바닥으로 차가운 회한의 얼음덩이가 마냥 수북이 쌓이는 듯했다.

그뿐이랴? 아버지를 평가하는 어머니와 나의 관점이 너무 달랐던 점도 충격이었다. 설마 어머니가 아버지를 그처럼 높이 평가하리라고는 꿈에도 생각지 못했다. 어머니의 언행을 살펴보건대 아버지는 어머니의 절대적인 숭배의 인물이었다.

'어쩌면 그럴 수가? 세상을 떠났다는 이유만으로 어머니가 후한 평가를 내린 건 아니었을까?'

그 날 이후부터였다. 과거에 아버지한테 내렸던 평가의 관점에 커다란 혼란이 일어났다. 급기야 나의 평가 기준 자체도 극도로 모호했다고 자책하게 되었다. 무엇보다도 아버지의 배우자인 어머니의 관점을 무시할 수가 없었기 때문이다.

대학을 졸업한 뒤에 전자 회사(電子會社)에서 일하던 중이었다. 직장 부근의 학교에서 근무하던 여교사와 연인으로 사귀게 되었다. 여교사는 나보다 4살 연하였지만 성품이 온화하여 쉽게 정이 들었다. 그러다가 내가 32살 때에 결혼하게 되었다. 내가 개띠이며 아내가 범띠이기에 결혼하면 어려움이 많이 생긴다고 했다. 그래서 산신제(山神祭)를 지내야 한다고 무속인들이 말했다. 만약 절차를 생략하면 횡액(橫厄)이 있으리라는 예언이 잇따랐다. 그래서 산신제를 지낼 무렵이었다. 명망 높은 무당이 어머니한테 말했다고 한다.

"산신제를 올리면 아들 내외는 무사하겠지만 어머니인 보살님이 위험해질지도 몰라요. 모자간(母子間)의 운수(運數)가 서로를 용납하지 않는 극한 상태예요. 그래도 제를 올릴 거요?"

어머니는 며칠을 고뇌하다가 산신제를 올리겠다고 대답했다. 그런 뒤에 지리산의 고찰 부근에서 산신제를 지냈다. 사찰 뒤의 계곡에서 사흘간의 산신제를 지낸 새벽 무렵이었다. 내가 법당으로 들어섰을 때였다. 어머니는 법당의 기둥에 머리를 기댄 채 미동조차 없었다.

그런 어머니를 발견한 순간이었다. 가슴으로 차가운 기류가 치달아 곧장 숨통을 죄는 느낌이었다. 코에 손을 갖다 대니 이미 숨결이 멎어 있었다. 질식할 듯한 느낌에 어머니를 부둥켜안고는 법당 바닥에 쓰러졌다. 어머니의 오른손에는 사진 한 장이 꼭 쥐어져 있었다. 신혼 시절에 촬영된 나의 내외 사진이었다. 거기엔 어머니의 눈물 자국이 하얗게 엉겨 붙어 있었다. 나를 지탱하던 모든 세포가 터져 일시에 폭죽으로 날아오르는 기분이었다.

"어머님, 어머니임!"

목이 메어 목소리조차 제대로 터져 나오지 않았다. 나를 지켜주던 세상의 벽이 왈칵 허물어진 느낌이 들었다. 어머니의 눈시울에 매달렸던 눈물 자국에 시선이 닿았을 때였다. 일체의 언어마저 대기로 증발한 느낌이 들었다. 자식의 장래를 위해 생명마저도 내놓겠다는 어머니의 결기가 읽혔기 때문이다. 온통 가슴속에서 미친 바람이 써레질을 하며 길길이 치솟는 느낌이었다. 금세 고막마저 파열될 듯 귓속이 웅웅거리며 얼굴이 벌겋게 달아올랐다.

내 눈동자가 어머니의 눈물 자국에 머물러 뽀얗게 젖어들 때였다. 인기척에 놀라 무녀도 풋잠에서 깨어 객방(客房)에서 법당으로 들어선 모양이었다. 칠순이 넘은 무녀가 나의 어깨를 두드리며 말했다.

"아마도 보살님께선 애초부터 생명을 걸고 일을 시작했던 모양이오. 누적된 과로로 건강 상태가 줄곧 나빴소. 그랬는데도 자식의 장래가 더 중요하다고 하면서 일을 강행했어요. 일하던 보살들과 함께 객방에서 잠들었는데 언제 법당에 왔는지 모르겠군요. 경찰서에는 내가 연락할게요."

잠시 말을 멈춘 뒤에 이번에는 어머니를 향해 무녀가 말했다.

"어이쿠, 보살님! 아드님을 위해 애 많이 쓰셨어요. 부디 하늘나라에서나 편히 지내세요."

말을 끝내기도 전에 무녀의 눈가에서도 눈물이 줄줄 흘러내렸다. 콧물까지 훌쩍이며 흐느끼는 무녀에게도 어머니는 너무나 안타깝게 비친 모양이었다. 어머니와 대화를 나누어 정이 많이 들었다는 얘기까지 흐느끼며 말했다. 무녀도 죽음에 임해서는 섬세한 정감을 지닌 여인일 따름인 모양이었다.

전화한 지 얼마 안 되었는데도 금세 경찰관과 검시의가 도착했다. 검시의에 의해 과로로 인한 심장마비라는 진단이 내려졌다. 그때 어머니의 나이는 66살이었다. 많지도 않은 나이에 아들의 장래를 위해 목숨을 내놓은 거였다. 이전까지는 심드렁하게 비쳤던 무속의 세계가 섬뜩할 정도로 무섭게 각인되었다.

고향에 닿아 문중의 여기저기를 찾아 인사하느라고 시간이 제법 흘렀다. 휴전 이후에 타지에 살던 문중의 몇 가호가 마을로 귀환했었다. 그리하여 생가 뒤편에 종중산까지 마련하게 되었다. 마침내 생가 뒤쪽 계곡으로 아내와 함께 찾아 들어선다. 골짜기 북쪽에는 3m가량의 높이에 5m가량의 길이로 뚫린 동굴이 있다. 아버지 혼자서 은밀히 뚫었다는 동굴이다.

동굴 맨 안쪽 부분에는 벽에 흰 페인트가 칠해져 있다. 바닥에서 허리 높이만큼의 위치에 노란 표지가 되어 있다. 가로 세로의 길이가 두 뼘 정도가 되는 정사각형의 표지였다. 노란 부분을 똑똑 두드리니 의외로 진동음이 들린다. 뒷면에 공간이 있다는 것이 드러난 거였다. 지그시 노란 부분의 벽에 힘을 가하니 구멍이 펑 뚫린다. 벽을 가렸던 널빤지에 창호지를 발라 덧칠한 상태였다. 노란 부분만은 널빤지로 가려지지 않은 부분이었다.

작은 구멍 속에는 노란 보자기가 놓여 있다. 너무나 오래 되어 보자기의 올들이 다 삭은 느낌이 든다. 그렇지만 아버지를 대한 듯하여 아내와 나란히 보자기 앞에 선다. 보자기를 향해 경건하게 두 차례의 절을 한 뒤다. 경건한 마음으로 보자기를 푼다.

보자기에서 나온 것은 쪼그라든 바가지 하나일 따름이었다. 바가지의 표면에는 어떤 여인의 얼굴이 새겨져 있다. 그 얼굴을 보는 순간 가슴이 마비될 듯이 숨이 가빠진다. 유년기의 추억이 밀물처럼 내 얼굴을 후려치며 밀려든다.

내가 초등학교 4학년 때 만들었던 바가지 조각 작품이었다. 만들어서는 아버지의 작업실에 갖다 두고는 까마득히 잊고 지냈다. 그랬는데 그때의 작품이 내 눈앞에 드러난 거였다. 의식이 마비될 지경으로 충격의 파동이 가슴을 마구 후려친다. 그 조각품에 관하여 일체의 말이 없었던 아버지였다. 그랬는데도 나 몰래 소중히 간직해 두었다는 증표(證票)였다. 이로 인해 가슴에 폭풍이 휘몰아치듯 가슴이 먹먹해진다. 어느새 코끝이 찡해지며 눈시울에 눈물이 맺힌다.

바가지 속엔 종이 뭉치가 눈에 띈다. 종이를 접어 풀칠을 하여 바가지 뒷면에 붙여 놓았다. 조심스레 종이를 펼치니 아버지의 글이 물결처럼 떠밀려 시선을 자극한다.

언제나 사무치게 그리운 스승님!

스승님의 얼굴을 아들 녀석인 명수로 인하여

재차 대하게 되리라곤 미처 생각지 못했습니다.

바가지에 새겨진 스승님의 얼굴이 하도 실물 같아

조각품을 대한 순간부터 내내 가슴이 마구 설레었습니다.

만날 야단이나 맞던 명수가 제게 이렇게 큰 선물을 하여

며칠간이나 잠을 못 이룰 지경으로 감격스러워 목이 메었습니다.

스승님을 떠올리며 이제 다시는 명수에게 야단치지 않겠습니다.

누적된 발목 통증과 기대감으로 소중한 아들을 야단만 쳤던 저였습니다.

늦었지만 이제부터라도 밝게 키우려고 노력할 테니까 스승님께서도 굽

어봐 주십시오.

-제자 최형철 올림

'아, 이럴 수가? 내 마음을 짓눌러 왔던 아버지의 진심을 이제야 알게 되
다니? 기억 속에서 그토록 오래 나를 얼어붙게 만들었던 아버지가 아니
었던가? 그런 아버지의 속내가 한 장의 한지 종이에 스며들어 있었다니?'
  느닷없이 가슴속에 광풍이 불어대기 시작한다. 공허하게 내둘리던 유
년 시절의 처절한 외로움을 단숨에 쓸어버리려는 듯. 횡횡 새된 소리로 울
부짖으며 유년기의 소절(小節)들이 마구 휘몰려든다. 어떤 순간에도 아버
지한테 편한 마음을 느끼지 못했던 나였다. 그랬던 나의 영혼이 진정 나
의 것이었던가 하는 의혹이 순식간에 끓어올랐다. 비상하다가 폭풍에 날

개를 다친 날짐승처럼 신음을 발하며 의식이 흐려졌다.

나 자신도 모르게 자꾸만 코끝이 시큰거리며 어깨가 흔들린다. 곁에 있는 아내의 존재마저 어느새 의식 속에서 스러져 버린다. 어느새 나의 의식이 날짐승으로 변하여 하늘로 치솟는다. 점점 머릿속으로 휘몰아쳐 포효하는 바람 소리가 강도 높게 파고든다. 하늘로 치솟으려는 나의 의지에 햇살같이 포근한 아버지의 미소가 흘러든다. 끝내 자제력으로 평온히 아버지의 미소를 맞으려던 가슴에 구멍이 뚫린다. 창졸간에 울컥 설움이 밀려들면서 허리를 꺾으며 울부짖었다.

"으흑 으흐흑! 아버지, 아버지이! 아버지의 깊은 마음을 너무 몰랐기에 죄송합니다."

찰나 간에 눈이 급격히 시큰거리더니 눈물이 왈칵 쏟아졌다. 쏟아져 흐르는 눈물 줄기로 시야가 금세 흐려진다. 알싸한 슬픔이 가슴을 따갑게 저미며 섬광처럼 휘몰려든다. 뒤통수에 강한 충격을 받기라도 한 듯 의식마저 혼미해지려고 한다. 그러다가 자신도 모르게 넋을 잃은 채 마냥 중얼댄다.

'언제 한 번이라도 아버지께 가슴을 열었던 적이 있었어? 내 처신은 잊고서 아버지 탓만 해댔잖아? 아버지, 환생만 하신다면 진정으로 따뜻이 안아드리고 싶습니다. 정말 너무너무 죄송합니다, 아버지!'

바가지 앞에 꿇어앉아 먹먹한 슬픔에 취해 있을 때다. 누군가 내 어깨를 가만히 두드린다. 고개를 돌려보니 젖은 아내의 눈망울이 나를 내려다보고 있다. 아내의 눈시울에서 떨어진 눈물이 나의 콧등으로 흘러내린다. 아내도 울먹이는 목소리를 가까스로 추스르며 속삭이듯 내게 말한다.

"여보, 유품을 묘소 앞에서 태워 아버님께 보내 드립시다."

178

숱한 말을 생략한 아내다. 세세하게 말하지 않아도 파동 치는 아내의 섬세한 정감이 느껴진다. 나는 유품이 든 보자기를 들고는 아내와 함께 묘소로 오른다. 부모님의 묘소 앞에는 마른 나뭇가지가 많이 쌓여 있다. 바람결에 나뒹굴던 나뭇가지들이 묘소 앞에 쌓인 모양이다.

골짜기로부터 산안개가 실연기처럼 피어오르기 시작한다. 저녁 6시 무렵의 시각이다. 서녘 하늘에는 낙조가 채색 구름으로 뒤덮여 애잔한 느낌으로 굽이친다. 햇살이 지평선 아래로 서서히 잠기려고 한다. 세상을 비추던 햇살마저 대지를 슬그머니 비껴가려는 순간이다.

아내와 함께 묘소에 두 차례씩 절을 한 뒤다. 불똥이 숲으로 튀지 않을 장소를 골라 아내와 마주 앉는다. 꿇어 앉아 마른 솔가지와 솔잎에 성냥불을 피워 올린다. 불길이 치솟자 바싹 마른 바가지를 불길 속으로 던진다. '타다닥' 하는 음향을 터뜨리며 바가지에 서서히 불길이 치솟기 시작한다. 키를 만들도록 지도한 아버지의 스승인 여인의 영혼을 떠올린다.

'부디 하늘나라에서는 평온한 삶을 누리소서.'

대자연(大自然)을 향해 나는 경건한 마음으로 합장하여 간절히 빌었다. 감았던 눈을 뜨니 아내마저도 합장한 자세로 고개를 숙이고 있다. 긴 삶의 여정에서 항시 따뜻한 숨결로 지기(知己)가 된 아내다. 아내가 고마워 가만히 아내의 손을 마주 잡는다. 감았던 아내의 눈꺼풀이 열리자 청정한 이슬이 맺혀 반짝인다. 천년의 숨결처럼 솔숲에 휘몰려드는 바람결에 아늑함을 느끼며 나란히 일어선다. 때 맞춰 향긋한 솔향기가 풍경 소리처럼 청아하게 후각으로 밀려든다

〈『한국소설』 2012. 5월호 발표〉

여승과 나비

그토록 나를 구속하던 그림자 속의 내 영혼이 바스러져 흩날린다. 여태껏 무덤덤하게 스쳐 가던 풍경 소리가 청아한 선율로 불꽃처럼 울려 퍼진다. 향련과 내가 손을 맞잡고 아늑한 풍경 소리에 취해 산악을 굽어본다.

여승과 나비

스산한 바람이 새벽의 소백산 산골짜기를 뒤흔든다. 치솟은 봉우리마다 눈이 쌓여 하얀 성곽처럼 펼쳐져 있다. 살갗을 찌를 듯 파고드는 한기로 가슴까지 마구 떨린다.

"그 사람을 찾아야 해요. 그 사람만이 당신의 위기를 해결해 줄 거예요."

나흘 전 수락산의 내 숙소를 찾아와 들려준 옥희(玉嬉)의 얘기였다. 파공음(破空音)을 내며 솔바람 소리가 날카롭게 귓전으로 파고든다. 계곡에 들어선 뒤부터 급격히 바람결이 드세어진 느낌이 든다. 이른바 '봉황곡(鳳凰谷)'이라 알려진 습도 높은 소백산 중턱의 계곡이다.

나는 상의의 안쪽 호주머니를 더듬어 약도를 펼쳐 든다. 아무래도 약도에서 명시한 지점에까지 온 것은 틀림없는 듯하다. 그랬는데도 정작 구체적인 도착 예정지를 찾지 못해 당혹스럽다.

12월 하순인 나흘 전의 저녁 무렵이었다. 연사흘을 악몽에 시달리던 나였다. 눈만 감으면 입술에 피를 묻히고 거미줄에 매달린 현지(鉉芝)가 나타났다. 그러고는 나를 향해 절통한 목소리로 하소연하곤 했다.

"연인이기만 하면 뭘 해요? 우리 손 한 번 잡은 적이 있나요? 그러고서도 우리가 진정으로 마음을 열었다고 믿으세요? 제가 죽어서조차 거미줄을 뚫지 못하고 피를 흘려야만 하나요?"

가뜩이나 심약해진 심경으로 당시에 나는 폐가(廢家)의 방바닥에 앉아 있었다. 재개발이 예정되어 1년 넘게 방치된 허물어진 폐가였다. 세상과 결별하기에 앞서서 내가 마지막으로 찾아든 곳이었다. 단전(斷電)과 단수(斷水)가 된 지역이라 보온 시설이 있을 리가 없었다. 쓰다 버릴 작정으로 누비이불 2채를 샀다. 누비이불에 얼굴을 깊숙이 파묻고 있을 때였다. 혼미한 상태의 머릿속으로 가느다란 목소리가 파고들었다.

"혹시 거기에 계신 분이 현동수(玄東洙) 씨인가요?"

나는 들판에 섰다가 번개를 맞은 심정이었다. 마치 내가 탈옥수로서 검문당한 듯 가슴이 덜덜 떨렸다. 내 행적을 찾아내기란 쉽지 않을 것이기 때문이었다. 화들짝 놀란 심정으로 고개를 드니 낯선 여인이 서 있었다. 20대 초반의 살결이 뽀얗고 미목이 수려한 여인이었다. 한 번의 눈빛만으로도 뭇 사내들의 가슴을 뒤흔들 정도의 미모였다. 여인이 화사한 표정으로 말했다.

"아무래도 제가 방으로 들어가는 게 좋겠군요. 다른 곳보다는 거기가 말하기가 편할 것 같아서요."

여인이 방 안으로 들어서는 순간부터였다. 돌가시나무의 꽃향기가 퍼져 흘렀다. 진하면서도 매콤한 향기였다. 현지가 쓰던 향수 냄새와 흡사했다.

후각에 약간만 스쳐도 강력한 성 충동을 유발하는 냄새였다.

여인이 방에 들어선 이후부터였다. 돌가시나무의 꽃향기는 문제가 아니었다. 은방울에서 터지는 음향처럼 너무나 감미로운 여인의 목소리였다. 여인이 입을 열 때마다 하도 목소리가 감미로워 흥분될 지경이었다. 여인의 목소리가 흘러드는 세계는 별천지 같다는 환상마저 일었다. 현지에 관한 말을 들려주는 여인의 목소리가 감미롭기 그지없었다. 여인의 목소리가 흘러들면서 나의 성감대가 죄다 흥분되었다.

"동수 씨, 혹시 제가 현지(鉉芝)로 보이세요? 만약 그렇다면 저를 발가벗겨도 좋아요. 저랑 미진과 현지는 서로 지기(知己)로 지냈어요. 현지가 제게 말했어요. 너무나 소중한 애인이라 손조차도 잡아 보지 못했다고. 혹여 손을 잡는 순간에 서로 멀어질지도 모르리라는 생각마저 들었대요. 그만큼 영적(靈的)으로 현지가 동수 씨를 사랑했다고 말하더군요."

여인의 말을 듣는 순간이었다. 나는 낭패한 모습으로 자신도 모르게 여인 앞에 무릎을 꿇었다. 그러고는 들릴 듯 말 듯한 목소리로 말을 내쏟았다.

"추한 모습을 드러내어 죄송해요. 정말 부끄럽습니다. 잠시 돌가시나무의 꽃향기에 이성을 잃었나 봐요. 참으로 죄송해요."

여인이 마치 옥황상제이기라도 한 듯 관대한 목소리로 말했다.

"제게도 진솔한 댁의 모습이 좋아 보이군요. 저나 댁이나 한창 젊은 나이여서 충분히 이해가 돼요. 혹여 댁이 허상에 젖어 현지의 유언을 저버릴까 봐 두렵군요."

여인 앞에 무릎을 꿇은 죄인의 상태에서 여인을 올려다보았다. 여인이 가만히 다가와 나의 뺨을 쓰다듬었다. 그러면서 감미롭기 그지없는 목소리로 말을 이었다.

"동수 씨, 그다지도 내 몸매에 현혹된다면 어렵지 않아요. 까짓것 원하신다면 여기에서 열어드릴게요. 대신 제 말에 차분하게 귀를 기울여야만 해요. 아시겠어요?"

여인의 말을 듣는 순간이었다. 여인의 감미로운 목소리를 듣노라니 성기가 발기하여 끄떡대는 느낌마저 들었다. 나는 자신도 모르게 꿀꺽 침까지 삼키며 여인을 올려다보았다. 그러면서 여인의 얘기에 정성스레 귀를 기울였다.

여인은 현지와 동갑이며 나보다는 두 살이 적은, 23살의 여인이었다. 유년시절부터 현지와 미진(美珍)과 가깝게 지낸 지기(知己)인 옥희(玉嬉)라고 했다. 현지와 옥희와 미진은 유년시절부터 우정을 나눈 지기들이라 했다. 그러기에 셋의 관계는 생명까지 서로 나눌 지경이라고 들려주었다. 옥희가 세상에서 숭상하는 것은 만물이 발산하는 향기(香氣)라고 했다. 그 어떤 사물이라도 고유한 향기를 발산한다고 했다. 그 향기가 마음을 매혹시키면 곧바로 마음을 주고 싶다고 했다.

옥희가 나를 만난 순간에 내게서도 향기가 느껴진다고 했다. 묘하게도 그 향기가 증폭되어 돌가시 향기를 이룬다고 들려주었다.

'아니, 내 몸에서 무슨 향기가 배출돼? 날마다 수락산 계곡에서 목욕하느라고 풍기는 세수 비누 냄새 정도겠지?'

여인의 말에 불현듯 현지가 나를 떠났던 작년 1월이 떠올랐다. 서로 미래를 약속하며 연인으로서 다정하게 지내던 때였다. 느닷없이 현지가 내게 할 말이 있다면서 나를 불러내었다. 바닷바람이 차갑게 휘감기던 강릉 경포대에서였다. 누각 위로 흘러내리는 달빛을 바라보며 현지가 내게 말했다.

"나한테는 풀어야만 할 숙제가 있어. 내게 시간을 좀 줘. 딱 1년만. 숙제를 해결한 뒤에 반드시 돌아올게. 그러니 나를 믿고 1년만 기다려 줘. 내 말 알겠지?"

현지의 말을 듣는 순간이었다. 그렇게 차갑게 느껴지던 바닷바람에도 일시에 무감각해져 버렸다. 1년간 어학연수를 받으려고 캐나다에 다녀오겠다고 했다. 그녀의 전공이 미술이지만 국제적으로 위상을 키우려면 영어가 필요하다고 했다. 그녀가 떠난다는 날이 하필이면 내가 대학원 시험을 치르는 날이었다. 그리하여 공항에 나가지도 못한 채 그녀를 떠나보냈다. 묘한 것은 연수 기간조차도 일체 연락하지 말라는 거였다.

현지를 믿자고 마음을 먹었다. 그 사이에 나는 대학원을 다녀 과학자로서의 기반을 구축하기로 했다. 정신을 몰입하여 학문 연구에만 줄곧 매진하기로 했다. 때때로 현지가 많이 보고 싶더라도 참고 견뎠다.

세월은 거침없이 흘렀다. 현지와 작별한 지 1년도 훌쩍 지난 올해 4월 초순이었다. 수목의 물기가 겨우내 얼어붙었다가 녹는 시점이었다. 가는 곳마다 봄꽃들이 현란한 자태로 피어나 바람결에 간들거렸다.

어디를 둘러봐도 개나리, 목련, 진달래, 산수유의 군영이 구름송이처럼 흩날렸다. 형형색색의 꽃송이들이 바람결에 휘말려 떠올랐다가 가라앉곤 했다. 안면을 스치는 바람결은 먼 데 기억을 떠올리는 꿈결만 같았다.

목련꽃 나부끼는 창에 시선을 던져 피로를 풀 때였다. 대학원 연구실 302호. 출입문을 가볍게 두들기는 소리가 들렸다. 내가 건성으로 '네' 하는 소리를 길게 뽑으며 출입문을 바라볼 때였다. 20대 초반으로 보이는 낯선 얼굴의 여인이 연구실 내부로 들어섰다. 순식간에 연구실이 환하게 비칠 정도의 미모의 여인이었다. 눈빛마저 매혹적인 여인이 조심스럽게 말문을 열었다.

"혹시 현동수 씨이세요?"

내가 그렇다는 대답을 하며 의자를 내밀어 여인에게 앉도록 권했다. 그러면서 냉장고를 열어 파인애플 음료수를 컵에 따라 여인에게로 건네었다. 여인이 음료수를 입에 갖다 대며 눈부신 시선으로 나를 바라보았다. 여인의 시선이 닿자마자 가슴이 마구 설레었다. 한데 여인이 종이봉투를 내밀었다. 봉투는 가로와 세로가 24.4cm와 33.4cm에 이르는 전형적인 서류 봉투였다. 봉투 내부에는 뭔가 가득 채워진 듯했다. 여인이 눈부신 시선으로 나를 바라보며 말했다.

"저는 현지의 친구인 미진(美珍)이에요. 현지의 부탁으로 찾아왔으니 잠시만 제 얘기를 들어주실래요?"

미진이 내게 먼저 봉투를 열어 보라고 했다. 먼저 눈에 띄는 건 장례식장의 빈소 사진이었다. 빈소 중앙의 액자에 든 사진의 주인공이 현지였다. 사진에서 현지의 얼굴을 발견한 순간이었다. 일시에 의식이 허물어져 내리는 기분이었다. 가까스로 마음을 추슬러 미진의 얘기에 귀를 기울였다.

현지가 캐나다로 어학연수를 떠난 것이 아니었다. 현지는 국내 최고의 암 전문 병원인 H병원에서 줄곧 치료를 받았다. 나와 작별할 때가 췌장암 말기 무렵이라고 했다. 암을 진단받았을 때엔 이미 종양이 전신에 퍼진 상태였다. 병원에서는 길어야 두어 달 정도 살 수 있으리라고 진단했다. 현지가 나와 사귄 지 겨우 1년 만이었다.

현지는 어느 때 지기(知己) 두 명이 있다고 나한테 들려주었다. 그녀의 생명을 내맡길 정도의 진정한 친구들이라고 했다. 그 말을 들었을 때 나는 솔직히 부러웠다. 생명은 고사하고 신체의 장기조차 주고받을 친구가 없기 때문이었다.

처음 만나자마자 나는 미진이 현지의 지기들 중의 하나임을 알아차렸다. 서울 H병원을 드나들며 힘겨운 치료 일정이 잡힌 뒤였다. 의사는 현지를 불러 말했다. 회생할 가능성은 극히 희박하기에 마음의 준비를 하라고 했다.

심리적인 복합 감정에서였으리라. 무척 말하기가 힘든 듯 미진이 잠시 뜸을 들였다. 그러다가 말을 이었다.

"그때도 요즘처럼 온 세상이 눈으로 뒤덮이던 때였어요. 자고 일어나면 어느 곳에서든 수북이 쌓인 눈이 시선을 가로막았어요. 입원하기에 앞서서 현지가 내게 속내를 털어놓았어요. 진실로 사랑하는 연인이 있다고. 그래서 무척 마음이 무겁다고"

나의 시선은 공허감에 휩싸여 미진을 비껴 허공을 더듬어대고 있었다. 하지만 청각만은 미진의 숨소리 하나 놓치지 않고 매달려 떨어댔다. 현지는 미진에게 번민의 속내를 죄다 털어놓았다. 자신이 병으로 죽는다는 사실을 내게 알리고 싶지 않다고 했다. 그녀가 죽을 때까지는 사랑을 아름다운 추억으로 지니고 싶다고 했다. 그러기 위해서는 그녀가 환자라는 사실마저 감추고 싶다고 했다. 그래서 생각해 낸 것이 어학연수였다. 어학연수를 떠난다는 구실로 나와의 영원한 결별을 작정했다.

"현지가 세상을 떠난 지 오늘이 보름째 되는 날이에요. 현지의 유품을 그녀의 가족들과 함께 태우면서 많이 생각했어요. 현지의 죽음으로 동수 씨와 소식이 단절될 경우를 헤아려 봤어요. 끝내 자세한 정황을 알지 못한다면 동수 씨가 불행하리라 여겨졌어요. 연인으로부터 일방적인 배신을 받았다고 심한 자괴감에 빠질지도 모른다고 여겼어요. 정말 제가 여기까지 어떻게 왔는지도 모르겠어요."

일단 밝혀진 정황만으로도 내막이 파악된 터였다. 터지려는 울음을 입술로 깨물어 가까스로 추스르며 미진을 배웅해 주었다. 미진이 떠나면서 조만간 다시 방문하겠다고 얘기했다. 연구실 내부로 들어서자마자 연구실 문을 잠그고는 의자에 몸을 던졌다. 순간적으로 세상이 단절된 느낌이었다. 두 손으로 머리를 움켜쥐고는 책상 위에 엎드려 하염없이 통곡했다.

충격적인 것은 그녀의 죽음 자체가 아니었다. 그녀에 대한 신뢰의 벽이 허물어졌다는 사실 때문이었다. 투병하면서 미진과 옥희한테는 알리면서도 나한테는 비밀로 붙였다는 사실 때문이었다. 나한테 심리적인 충격을 덜 주려고 했다는 자체가 이해하기 버거웠다.

현지를 만난 것이 나에겐 전설(傳說)을 만난 거였다. 그녀를 만나기 전까지는 '미인(美人)'이라는 단어가 전설적인 단어로만 인식되었다.

내 유년기의 전 시간을 더듬어 봐도 주변에 미인은 없었다. 4학년 때의 나는 도 대회의 어린이 미술 대전의 대상 수상자였다. 이런 나의 관점에서 시선을 끌 만한 얼굴이란 애초부터 없었다. 사춘기 시절을 끝내고 대학교 3학년 학생일 때였다. 친구들과 어울려 술을 마시다가 나는 통한의 울음을 터뜨렸다. 내가 죽을 때까지도 미인을 보지 못할지 모르리라는 예감마저 들었다. 이러한 생각이 들자 세상의 일들이 나의 관심을 벗어나기 시작했다.

함께 술잔을 기울이던 3학년생 친구들이 내 얘기에 귀를 기울였다. 그러더니 그 중의 하나가 내게 은밀히 말했다. 신림동 고시촌 입구의 카페 카사블랑카를 찾아가 보라고 권했다. 속는 셈 치고 몇 차례 거기를 드나들었다. 예상대로 실망감만 나날이 가슴으로 차올랐다.

그러다가 어느 날 한 번만 더 가 보자고 작정했다. 홍차를 시켜 마시며 세상의 이치를 한참 헤아려 본 뒤였다. 그러다가 카페를 빠져 나와 골목길에 접어들었을 때였다. 단발머리를 나부끼며 걸어가는 20대 초반으로 추정되는 아가씨가 보였다. 나의 관점으로 나와 동갑이거나 비슷한 또래라 여겨졌다. 또한 직감으로 여대생일 거라는 생각이 들었다. 뒷모습부터가 예사롭지 않은 느낌이 들었기에 그녀를 가까이 보려고 내달렸다. 힘껏 달려 그녀의 가까이에까지 접근할 때였다. 여인이 내 발자국 소리에 고개를 돌렸다.

여인과 나의 시선이 허공에서 맞닥뜨렸다. 우선적으로 내 눈으로 밀려든 건 여인의 얼굴 모습이었다. 창졸간에 실명되기라도 하듯 강렬한 충격을 받았다. 여태껏 세상을 살면서 봐 오던 얼굴이 아니었다. 정녕 현세에서는 보지 못할, 환상적인 아름다움을 지닌 용모였다. 여태껏 봐 오던 여인들과는 달라도 너무나 달라 보였다. 한 번 시선이 마주쳤을 따름인데도 자꾸만 시선이 빨려드는 느낌이었다.

초승달처럼 휘어져 운치 있게 배열된 눈썹. 오뚝한 콧날에 복사 꽃잎처럼 매혹적인 입술. 뽀얀 피부에 갸름한 얼굴. 와 닿을 때마다 파문을 일으키는 듯한 서글서글한 눈빛. 흑백이 선명한 안구가 호수에 잠긴 별빛처럼 반짝였다. 한 번 시선이 닿은 것만으로 가슴에 전율이 실릴 지경이었다. 나는 잠시 생각에 잠겼다.

'아, 얼마나 오늘을 기다렸던가? 이토록 오래 기다렸던 미인을 만났다니? 우물쭈물할 때가 아니야. 운은 하늘에 맡기고 일단 말이나 걸어 봐야지.'

생각이 여기에 이르자 나는 여인을 향해 입을 열었다.

"저, 잠시만요. 하나만 물어봐도 되겠어요?"

여인이 발걸음을 멈추며 나를 잠자코 바라봤다. 재차 여인의 시선을 맞받았을 때였다. 글자 그대로 목숨을 버려도 좋을 지경이라는 생각이 들 정도였다. 여인이 나를 바라보며 내 다음 말을 기다렸다. 나는 여인을 향해 다가서며 말했다.

"딱 10분 정도만 시간을 내어 주시면 정말 고맙겠습니다."

여인이 의외로 흔쾌히 내 요청을 받아들였다. 그 날 이후로 현지와 내가 연인이 되었다.

현지가 사망했다는 사실을 확인한 뒤였다. 그렇게 꿈꾸던 학문의 세계마저도 한갓 망념(妄念)으로 간주될 지경이었다. 그래서 다니던 대학원에 휴학을 신청했다. 한 학기의 휴학을 신청하고는 서울의 수락산을 찾아들었다. 수락산 기슭에는 마침 철거 예정인 폐가들이 방치되어 있었다. 이미 수도나 전기 시설마저 끊긴 지 1년이 지난 폐가들이었다. 겨우 하늘에서 내리는 비나 피할 정도의 건축물이었다. 건물 곳곳마다 출입문이 떨어져 나가고 벽지와 장판마저도 제거된 상태였다. 어디를 둘러봐도 쥐들이 마구 내쏟은 배설물들로 엉망진창이었다.

　처음 휴학할 당시에는 한 학기만 휴학할 작정이었다. 그랬는데 2학기에 접어들어서도 스스로를 정리하지 못할 지경이었다. 그래서 재차 휴학을 연장하여 어느새 겨울인 12월을 맞았다.

　정말이지 암이 현지와 나를 갈라놓으리라고는 예측하지 못했다. 현지는 연인의 차원을 넘어서서 나한테는 삶의 의미였다. 이러한 현지를 잃었을 때의 슬픔은 형언할 수 없을 정도였다. 더 이상 나한테는 삶의 의미가 잡히지 않았다. 혼란한 머릿속으로 과거의 잔상들이 바스러져 내렸다. 그리하여 대학원에서 휴학을 하고는 곧바로 수락산 폐가로 찾아들었다. 생존을 위한 방책이라곤 누비이불 2채가 전부였다.

　눈을 감았을 때나 눈을 떴을 때도 마음은 스산하기만 했다. 그렇게 세월과 더불어 나날이 죽음의 냄새를 맡아 갈 때였다. 홀연 현지의 친구라는 여인이 수락산의 폐가를 찾아 왔다. 초면의 여인을 대했을 때의 느낌은 묘하게도 너무나 친숙한 느낌이었다. 여인의 시선마저도 나를 너무나 잘 안다는 듯한 묘한 눈길이었다.

　여인이 내게로 다가오더니 내게 종이쪽지를 건네었다. 펼쳐진 종이에는 현지의 친필 글씨가 적혀 있었다.

　　동수 씨!

　　이 글을 받아볼 때쯤이면 저는 이승을 떠난 상태이겠군요.

　　이전부터 말씀드렸던 대로, 제겐 2명의 지기(知己)가 있어요.

192

한 명은 미진이고 다른 애는 옥희예요.

그들은 나의 또 다른 분신이에요.

그들이 어떤 말을 하더라도 내가 한 말로 받아들이세요.

모쪼록 제가 한 말을 잊지 말기를 바랄게요.

너무 실망하지 말고 새로운 인연을 찾아 꿈을 펴세요.

안녕!

　내가 현지의 글을 다 읽고 난 뒤였다. 여인이 나를 향해 말했다. 자신의 이름이 옥희라고. 그녀는 대학을 졸업한 무용수라고 밝혔다. 그녀는 말을 이었다. 현지가 세상을 떠나기 전에 옥희와 미진을 불러 말했다. 무척 가쁜 숨을 몰아쉬면서도 안타까운 듯 지기들을 향해 말했다.

　"세상에 단 한 번 태어나는데도 연인과 관계를 갖지 못했어. 상당히 모순스런 말 같지만 나는 그를 지극히 사랑했어. 정신적인 사랑만으로도 가슴이 벅찼기에 육체적 접촉은 나중으로 미뤄 두었어. 이제 세상을 떠나려니까 너무 허무해. 너희들이 지기라면 나를 대신하여 그와 육정(肉情)을 나눌 순 없겠니? 딱 한 번씩만 부탁해. 만약 너희들의 마음이 안 내킨다면 할 수 없고. 어쩌다가 이런 말까지 해야 하는지 삶이 너무나 허망해. 그리고 너희들한테 너무나 부끄럽고도 미안해."

　옥희는 자세한 정황을 설명했다. 현지를 화장하여 미진과 둘이서 유골 가루를 산기슭에 묻은 뒤였다. 그런 뒤에 옥희와 미진이 주점으로 가서 술잔을 기울이며 대화했다. 일단 현지의 애인인 나를 만나 보자고 결정했다. 만나는 순서에 있어서는 미진이 먼저 만나기로 했다. 간호사인 미진은 시간 내기가 어렵다면서도 그렇게 제안했다. 둘이 동시에 만나기는 쑥스러워 선후를 결정지었다. 옥희가 그윽한 눈빛으로 나를 바라보며 말했다.

"망자의 영혼에 대해서도 결혼식을 올려 주는 제도가 있긴 해요. 현지의 요청은 황당하다고 여겨지겠지만 충분히 헤아려 보길 바랍니다. 미진과 저 같은 경우에 동수 씨만 좋다면 수긍할 마음이에요. 저와 댁과의 관계가 아닌 현지와 동수 씨의 관계로 말이에요. 제 말 무슨 뜻인지 아시겠죠?"

옥희가 나한테 한 말을 미진도 일주일 전에 나한테 들려주었다. 하지만 내 머리로는 도저히 현지의 생각이 용납되지 않았다. 차라리 듣지 않았으면 좋을 얘기였다고 생각되었다. 하지만 여인들은 현지의 유언을 소중히 지키려는 마음을 나에게 전했다.

폐가의 내 방에서 머물면서 한동안 나의 반응을 지켜본 뒤였다. 옥희가 감미롭기 그지없는 목소리로 내게 조언했다. 내가 지닌 번민을 해소하려면 소백산의 극락암(極樂庵)을 찾으라고 했다. 그러면서 극락암 주변의 약도를 내게 건네주었다. 상대를 만나거든 그녀의 소개로 왔다고 말하면 된다고 했다.

옥희를 만난 순간부터 나는 옥희의 목소리에 허우적거렸다. 너무나 달콤하고 매혹적인 목소리여서 옥희한테서 눈을 떼지 못했다. 눈길이 옥희한테 머물자 그녀의 미모도 현지와 다를 바가 없었다. 묘하게도 옥희의 한없이 매혹적인 목소리가 들릴 때마다였다. 잠깐씩 옥희가 현지의 환영으로 비쳐 육정이 울컥울컥 치솟았다.

'아, 내가 왜 이럴까? 언제부터 성욕에 휘둘리는 사내가 되었을까? 아직도 동정을 고스란히 지닌 처지이면서 말이야. 만날 때마다 미진의 매혹적인 눈빛에도 이성을 잃을 뻔하지 않았던가? 이제는 옥희의 감미로운 목소

리에 나를 주체하지 못해 쩔쩔 매다니?'

생각에 잠기다 말고 나의 정신이 번쩍 드는 느낌이었다. 현지의 아름다운 자태와 미진의 매혹적인 눈빛과 옥희의 감미로운 목소리. 아름다운 외모와 고운 눈빛과 감미로운 목소리가 제시하는 의미가 뭘까? 하나같이 인간에게 신묘한 흡인력을 갖는 요소라는 생각이 들었다. 이들 신묘한 흡인력은 하나의 근원에서 발원된 요소라는 생각이 들었다. 마음이 비어 허황된 욕망을 찾는 사람들을 마비시키는 요소라 여겨졌다.

나름대로 삶을 열심히 산다고 자부하는 나였는데 아니었던 모양이라 생각되었다. 불필요하게 주변을 경계하고 남들을 경쟁자로 여긴 소치라 여겨졌다. 아무래도 대자연이 내 마음을 정련(精鍊)시키려는 현상으로 비쳤다. 현지와 미진과 옥희가 다들 매혹적인 여인으로서 나를 유혹하지 않았던가? 빼어난 외모와 환상적인 눈빛과 황홀한 목소리. 이들의 실체가 어쩜 비슷한 시일에 일제히 의식을 뒤흔들어 놓았을까? 이것은 틀림없이 대자연이 나의 정신의 신실(信實)함을 측정하는 행위라 여겨졌다. 이런 생각이 든 순간부터였다.

나는 내 마음을 확실히 정했다. 미망(迷妄)에서 벗어날 가능성이 없으리라 여겨지면 삶을 끝낼 작정이었다. 그래서 미망에서 벗어날 가능성을 옥희가 알려준 상대한테서 타진하기로 했다. 그래서 부랴부랴 폭설에 뒤덮인 소백산 중턱의 봉황곡을 찾았다. 옥희가 수락산을 떠나며 약도를 건네주면서 들려준 말이 있었다. 옥희를 만났음에도 마음이 안정되지 못한다면 약도의 상대를 찾아보라고. 상대를 만나려면 일주일 이내로 찾아가라고 말했다. 그렇지 않으면 만나기 힘들 것이리라 일러주었다.

약도를 근거로 소백산을 찾았을 때는 12월 하순이다. 옥희가 수락산을 다녀간 지 나흘 뒤다. 소백산에는 하늘을 뒤덮을 듯 폭설이 내리고 있다. 약도로 표시된 지형을 벌써 반시간이 넘게 탐색했다. 그랬는데도 암자는 커녕 폐가조차도 눈에 띄지 않는다. 그런데도 어디선가 풍경 소리가 들려온다. 순간적으로 암자가 가까이에 있다는 직감이 든다. 그래서 한결 조심스럽게 주변을 둘러본다. 그러자 눈에 뒤덮인 채 암벽에 둘러싸인 와당(瓦當)이 눈에 띈다. 하도 암벽 깊숙이 갇혀 있어서 눈에 띄기 어려웠던 모양이다.

건물의 형상은 워낙 낡았어도 암자임에는 틀림없는 모양이다. 불상도 눈에 띄고 '극락암(極樂庵)'이란 편액도 걸려 있다. 편액의 칠이 대부분 벗겨졌고 그나마 중간쯤이 부러져 있다. 암자의 건물은 한 채뿐이다. 법당인 듯한데도 내부에는 침구류들이 눈에 띈다. 암자라기보다는 차라리 토굴에 가까울 지경이다. 법당 내부를 향해 막 발길을 옮길 찰나다. 어쩐지 섬뜩한 느낌이 전신으로 휘몰려든다. 나는 본능적인 느낌으로 두 손을 내밀고는 방어 자세를 취한다.

바로 이때 몸길이가 1.5m가량인 멧돼지가 암자 마당에 들어선다. 폭설로 먹이 구하기가 어려웠던 모양이다. 나는 바싹 긴장하여 오줌을 지릴 정도다. 보도를 통하여 멧돼지의 공격적인 위용을 잘 알기 때문이다. 멧돼지와 내가 마침내 마당에서 서로 노려보기 시작한다. 이제는 단순히 내가 피해서 해결될 일이 아니다. 한 걸음이라도 동작을 취하기만 하면 공격당하기 십상이다. 마음속으로 법당까지의 거리를 재어 본다. 법당까지 움직이기도 전에 공격당할 위치다.

나는 멧돼지를 바라보며 생각에 잠긴다.

'내가 멧돼지를 공격하지 않아도 멧돼지는 나를 공격하기 십상이다. 여기서 내가 고스란히 공격당하더라도 사람들은 나를 걱정하지 않을 것이다. 내가 비록 사람이고 멧돼지가 짐승이라고 할지라도. 왜 위험한 장소에 갔느냐고 따지기부터 할 것이 뻔하기 때문이다.'

나는 비로소 두 팔에 힘을 넣기 시작한다. 그러면서 호흡을 가다듬고는 두 다리에 단단히 힘을 준다. 멧돼지가 돌진하기만 하면 머리로 갈비뼈를 들이받으리라 단단히 벼른다. 생후 처음으로 짐승과 겨루는 일전이 되리라 여겨진다. 운이 나쁘면 오늘 암자의 마당에서 생명을 잃으리라 여겨진다. 생각이 여기에 미치자 오한이 일듯 머릿속에서 광풍이 일기 시작한다.

'아, 옥희가 보통 여자가 아니었구나. 어차피 죽기로 작정했으니까 갈등하지 말고 확실히 죽으라는 의도였구나. 정말 말이 씨가 된다더니 내가 죽을 곳이 여기란 말이지? 그렇지만 멧돼지한테 받혀서 죽을 수야 없지. 멧돼지한테 송곳니가 무기이듯 나한테 최대의 무기는 머리통이다. 머리통으로 멧돼지 몸통 측면의 갈비뼈를 들이받아 죄다 부러뜨려 버리겠어.'

나는 목에 힘을 잔뜩 주고는 고개를 좌우로 흔든다. 그러면서 냅다 달려가서 먼저 멧돼지의 갈비뼈를 받겠다고 작정한다. 마침내 멧돼지가 가쁜 숨결을 토하더니 나한테까지의 거리를 재기 시작한다. 나도 점차 자세를 낮추며 선제공격하기로 마음을 가다듬는다. 마침내 멧돼지가 나를 향해 움직이기 시작한다. 나도 자세를 더 낮추면서 다가서는 멧돼지를 노려본다. 점차 멧돼지의 속도가 빨라지는 느낌이 왈칵 든다. 멧돼지한테 한 번만 받히면 끝장이다. 송곳니에 들이받히기 직전에 내가 몸통을 날려 멧돼지를 받아야 한다.

창졸간에 뭔가 훅 다가드는 느낌에 떠밀려 몸을 날린다. 내가 몸을 날린

순간에 멧돼지는 과녁을 놓쳐 허청거린다. 바로 그때 내 왼쪽 머리가 멧돼지의 왼쪽 갈비뼈를 들이받는다. 들이받는 순간에 목뼈가 다 끊기는 느낌이 들며 땅바닥에 곤두박질친다. 그러면서도 멧돼지를 눈으로 살핀다. 충격이라곤 별로 받지 않은 듯하다. 그러면서 바닥에 나뒹군 나를 향해 다가들려고 한다. 이제는 조금이라도 양보할 때가 아니다. 나는 미친놈처럼 질풍 같은 속도로 받았던 부위를 재차 들이받는다.

이번에는 충격이 제법 실린 모양이다. '꽥꽥' 소리를 내지르며 멧돼지가 고통스러워한다. 인간 멧돼지가 된 내가 세 번째로 멧돼지를 들이받았을 때다. 멧돼지가 비명을 내지르며 허겁지겁 도망가기 시작한다. 막상 멧돼지가 물러가자 갑작스럽게 목에 통증이 휘몰려들기 시작한다. 나는 신음을 내뱉으며 법당 바닥의 이부자리에 실신하여 쓰러진다.

얼마의 시간이 흘렀을까? 갑작스레 전신에 차가움이 왈칵 밀려들며 멧돼지가 전신을 핥기 시작한다. 얼마나 핥는 힘이 세든지 스스로 몸을 주체하기 힘들 지경이다. 이러다간 멧돼지의 덩치에 깔려 질식사하리라 예견된다. 나 자신도 모르게 비명이 터져 나오면서 멧돼지를 끌어안는다. 이대로 얌전히 죽을 수는 없다는 생각이 차오른다. 나도 맹렬히 멧돼지를 껴안고는 멧돼지의 몸뚱이를 핥으며 버둥대기 시작한다. 멧돼지와 껴안고 버둥거리는 사이에 이미 의식은 사라진 모양이다. 그렇다고 내가 저승을 헤매는 것 같지는 않다.

그렇다면? 지금 다급하게 생명줄을 걸고 핥는 행위는 또 무엇을 의미할까? 복잡한 생각의 실타래가 창졸간에 탁 끊기는 느낌이 든다. 그러면서 내 머리가 터져 뇌수가 줄줄 흐르는 느낌이 든다. 흘러내리는 뇌수를 부드럽게 핥으며 멧돼지가 점차 사타구니에 힘을 가한다. 섬광처럼 일시에 전신으로 경련이 밀려든다. 거의 실신한 상태에서 나도 멧돼지의 전신을 할퀴면서 빨아댄다. 내 잇몸에 멧돼지의 선혈이 가득 묻어 흐르는 느낌이 든다. 맥을 못 쓰면서 의식을 잃기 직전이다. 느닷없이 음산한 목소리가 귓전을 파고든다.

"자세를 바로 하고 꼿꼿이 일어나 앉아서 나를 바라봐요. 내 눈을 들여다보라고요."

느닷없이 뇌혈관이 툭 터지는 느낌에 휩싸인다. 얼핏 정신을 차리니 법당 내부에서 알몸의 여승(女僧)과 뒤엉켜 있다. 뒤엉킨 것이 아니라 늘씬한 자태의 묘령의 여인에게 깔린 상태다. 나의 성기마저 여인의 사타구니에 깔려 축 늘어진 상태다. 나는 놀라 고함을 지르려고 했지만 목소리조차 아예 나오지 않는다.

'아, 내가 법당에 쓰러져 의식을 잃은 직후에 여인한테 발가벗겼구나. 혹시 내가 아끼던 동정마저 빼앗긴 걸까? 정말 내 정신이 망가진 걸까? 이렇게까지 형편없이 망가진 걸까? 그렇다면 아까 마당에서 겨루었던 멧돼지는 여인과 어떤 관계일까? 그냥 지나가던 산짐승에 불과했을까? 내 목숨이 길기는 긴 모양이구나. 온갖 경험을 다 하다니?'

"동수 씨! 걱정 말아요. 아직 동수 씨와 성교하지는 않았어요. 제가 동수 씨를 책임지겠다면 나를 아내로 받아들이겠어요? 나랑 결혼하여 함께 음식점을 운영할 생각은 없어요? 내가 그대를 발가벗겼던 것은 그대를 자극하기 위해서예요. 지금부터는 그대한테 사태를 수습할 기회를 드리겠어요. 그대의 동의를 구하지 않고 발가벗겨서 죄송해요."

완전한 알몸 상태로 나를 상대하는 여승은 옥희의 친구인 향련(香蓮)이다. 발가벗은 향련이 내 앞에서 무릎을 꿇는다. 무릎을 꿇은 자세로 옥희와의 관계를 들려준다. 옥희와 동갑이며 어릴 때부터 함께 자란 친구라고 한다. 4살 때에 부모를 해난 사고로 잃고는 고아 신세로 세상을 떠돌았다. 생활이 어려워서 화류계로 나가 몸을 팔기 시작했다.

화류계 생활도 오래 하다가 여승이 된 지는 3년째라고 한다. 화류계 생활을 하다가 폭력배들에게 엄청나게 시달렸다. 그러다가 여승이 되어 세속을 벗어나게 되었다. 하지만 향련의 몸은 선천적으로 뜨거운 편이다. 결코 구도자의 길을 밟을 인연이 아님을 깨닫는다. 언젠가 세상이 고요해지면 음식점을 차려 독립할 생각이라고 들려준다.

나는 멧돼지와의 대결 이후에 벌어진 정황을 곰곰이 분석한다. 향련이 잠시 외출했던 사이에 멧돼지가 사찰 마당으로 진입했다. 그러다가 나와 뒤엉켜 겨루었다. 멧돼지가 달아난 뒤에 기진한 몸으로 내가 법당에 들어섰다. 그러다가 금세 잠이 들었으리라 여겨진다. 내가 잠이 든 후에 향련이 법당으로 돌아왔다. 미리 옥희로부터 연락을 받았던 터라 의도적으로 나를 발가벗겼으리라 추정된다. 사건의 정황은 파악되었기에 문제 해결의 실마리는 내게 달려 있다.

비몽사몽간의 일이었지만 향련과의 육체적인 마찰은 새로운 세계의 진입으로 느껴진다. 하지만 향련의 행동은 내재된 나의 자존심을 건드렸다. 아무리 나를 자극하려 한다고 해도 나를 무시한 행위라 느껴진다. 생각이 여기에 미치자 나는 여인을 일으켜 세운다. 그러고는 승복을 건네준다. 여인이 옷을 입는 사이에 나도 옷을 갖추어 입는다. 둘이 각자 옷매무새를 점검한 뒤다. 여인이 다탁에 향긋한 찻잔을 두 잔 올린다. 내가 그러한 여승을 향해 말한다.

"무단으로 나를 발가벗긴 데 대해 내가 응징하겠다면 어쩌시겠어요?"

여승이 망설임 없이 응답한다.

"어떤 응징이라도 달게 받을게요."

여승의 응답을 듣자 내 가슴에는 슬픔이 끓어오른다. 현지의 사망을 확인하는 순간에 나는 실신할 지경이었다. 내 생애 최대의 배신행위라 여겨졌기 때문이다. 내가 현지를 사랑했다는 사실이 맞는지 내 영혼에게 묻는다. 내 몸을 벗어난 영혼이 차가운 표정으로 나를 바라보며 말한다.

"네가 사랑한 것은 허상일 뿐이야. 너는 현지마저 인정하지 않은 '아름다움'이란 망념에 빠진 상태였어. 내가 보기엔 현지 역시 평범한 외모의 여자일 따름이었어. 그런데도 어느 날부터 너의 눈이 삐었던 모양이야. 평범하기 그지없는 여자를 절세적인 미녀로 간주하며 허둥거렸잖아? 실제로는 그렇지 않는데도 괜히 너의 마음이 여자를 미인으로 만들었잖아? 내 말 틀렸어? 뭐야? 내 말이 완전한 억지 주장이라고? 그래. 네 말이 맞다고 치자. 미인이라면 왜 너한테 투병 사실을 숨겼겠어? 그건 스스로 미인이 아니었음을 인정했기 때문이 아닐까?"

나는 허공에서 나를 비웃는 내 영혼을 향해 고함을 지른다.

"너 좀 맞아 볼래? 가까이 이리 와!"

그랬더니 여승이 내게로 잠자코 걸어온다. 창졸간에 묘한 현상이 일어난다. 여승이 내 육신을 벗어난 영혼의 실체라 느껴진다. 나는 다가오는 여승을 바라보다가 급기야 치를 떨며 격분한다. 여승이 나의 다른 영혼의 실체라 여겨졌기 때문이다. 나는 여승을 향해 달려가 여승의 뺨을 치려다 말고 멈칫한다. 여승은 어디까지나 여승이기 때문이다. 나는 울화가 치밀어 연속 두 차례로 나의 뺨을 친다. 나의 오른쪽 입술이 터져 핏물이 흘러내린다. 여승이 측은한 눈빛으로 나를 가만히 바라본다. 나는 여승을 향해 쑥스러운 표정을 지으며 말한다.

"미안합니다. 지금 제 마음이 너무 아파 불안감을 조성하여 죄송합니다."

여승이 다가와 나의 입술의 피를 닦으며 뺨을 어루더듬는다. 여승도 나랑 마찬가지로 현지의 지기는 아니다. 현지의 지기인 옥희나 미진도 행하지 않았던 일을 내게 했다. 알몸 상태의 육체적 마찰이었다.

내가 현지로부터 잃은 건 영혼의 신뢰다. 신뢰심을 놓친 상태라 현지한테는 무한한 허망감을 느낀다. 나는 자신도 모르게 생각에 잠겨 내면으로 중얼댄다.

'내가 현지를 사랑했다는 사실조차 어쩌면 허상일지도 몰라. 현지가 미인이었다는 생각마저도 내가 만들어 낸 망념일지도 모른다. 존재하지도 않은 허상을 억지로 가슴에 새기겠다고 집착하던……'

생각에 잠기다가 커다란 사실을 깨닫는다. 나 자신도 모르게 화들짝 놀란다.

'아, 모든 게 내 탓이었구나. 평범한 여인을 미인으로 둔갑시킨 내 마음의 가식을 현지가 알아차렸으리라. 내 가슴속의 가식 덩어리를 발견한 그녀가 느꼈던 것은 절망이었으리라. 절망감 때문에 지기들한테는 마음을 열었는데도 내게는 열지 못했을 거야. 아, 내가 왜 그 사실을 몰랐지? 허구 덩어리로 뭉쳐 살면서도 현지를 사랑한다고 몽상에 잠겨 버둥거렸어. 어리석은 놈 같으니라고. 내가 왜 이 같은 허구에 빠졌을까? 나를 믿지 못한 채 세상을 떠난 현지가 얼마나 외로웠을까?'

여승 앞에서야 나 자신의 진면목을 알아차린 나다. 여승을 보기가 부끄러워진다. 내가 여승에게 다가가 낮은 목소리로 여승에게 말한다.

"이제야 허상에 갇힌 제 실상을 보게 되었어요. 정말 부끄럽습니다. 하지만 그대로 인해 제 허상을 발견했기에 너무나 고마워요."

여승이 내 손을 붙잡아 나를 방바닥에 앉힌다. 그러더니 새로 차를 끓여와 내게로 내민다. 그러면서 나를 향해 말한다.

"나도 방금 깨달았어요. 진실로 수도도 못할 처지에 암자에 숨어 있지 말라는 경고였어요. 동수 씨가 스스로의 뺨을 친 걸 두고 하는 말이에요. 이런 경고가 그대와 나의 허상을 발견하게 만든 것 같아요. 나도 상세한 얘기를 미진과 옥희로부터 들었어요. 진실로 현지를 사랑한다면 미진과 옥희와 육정을 나누라고 전했다면서요? 나도 당시에는 정말 어처구니없는 얘기로만 여겼어요. 그런데 생각해 보니 그대를 회생시킬 마지막 강력한 주술(呪術)이었던 모양이에요."

잠시 말을 하다가 말고 여승이 나의 눈을 들여다본다. 뭔가 내 마음의 진실을 읽으려는 눈치로 판단된다. 나도 경건한 눈빛으로 여승의 눈을 마주 응시한다. 뭔가 가슴으로 강한 깨달음이 밀려든 찰나다. 여승이 나를 향해 말한다.

"내가 그대한테 마지막 주술을 걸게요. 진실로 나를 갖고 싶지 않으세요?"

나 자신도 모르게 몸을 떨며 여승을 향해 무릎을 꿇는다. 그러면서 경건한 목소리로 여승에게 말한다.

"당신의 모든 것을 갖고 싶어요. 저랑 연인이 되기로 해요. 다만 제가 부탁하고픈……."

여승이 곧바로 응답한다.

"무슨 말인지 알았어요. 다만 과거 화류계의 일들만 다 잊어 달라는 얘기죠? 전혀 어렵지 않아요."

차를 쭉 들이켠 다음이다. 여승이 나를 향해 말한다.

"당신이 왜 '미인'이란 단어에 얽매였는지 느낌으로 전해져 와요. 당신 자신이 집단의 뛰어난 인재(人才)로 인정받으려는 욕망에 얽혔기 때문이에요. 집단에서의 인재란 두루 식견을 갖춰야 하리라는 강박감이 당신을 괴롭혔어요. 당신이 말하기도 전에 남들이 스스로 당신을 인정해 주기를 원했죠? 남들로부터 인정받는다는 사실 자체가 얼마나 허황된 생각임을 몰랐을 거예요. 떨쳐 버리세요. 지금이라도 늦지 않았으니 버리세요. 버린다는 생각마저 버리세요."

그 말을 듣는 순간이다. 피를 토하고 싶을 정도의 강한 충격이 내 가슴으로 밀려든다. 나는 즉시 여승의 앞에서 부들부들 몸을 떤다. 발작할 정도로 큰 목소리로 냅다 고함을 내지르고 싶을 지경이다. 나는 마음속으로 여승을 향해 절규하며 몸을 떨어댄다.

'건방지게 네가 뭘 안다고 떠들어? 네가 내 살아온 인생 여정을 알기나 해? 오늘의 내가 되기 위해 얼마나 노력했는지 알고 하는 소리야?'

여승이 연거푸 부들부들 떠는 나를 향해 다가서면서 팔을 벌린다. 여승의 눈을 들여다본 찰나다. 여승의 동공으로 자유롭게 나비가 되어 비상하는 내 모습이 보인다.

'아, 이럴 수가? 내가 나비가 되다니? 내가 그렇게 꿈꾸던 나비가 되다니? 속박에 얽매이지 않고 비상하는 실체가 되다니?'

갑작스러운 나의 변신이 서글퍼 나도 모르게 콧잔등이 시큰거리기 시작한다. 나는 눈물을 뚝뚝 흘리며 여승의 품으로 달려가 몸을 맡긴다. 여승이 가만히 나의 옷을 벗기기 시작한다. 나도 울먹이면서 여승의 옷을 마주 벗긴다.

얼마의 시간이 흘렀을까? 향련과 나는 옷매무새를 단정히 하여 꿇어앉은 자세로 서로를 바라본다. 나의 목소리가 물속에서부터 치솟듯 향련에게로 흘러간다.

"향련 씨, 우린 아마도 전생의 멋진 도반(道伴)이었던 것 같아요. 멧돼지에게 죽지 않고 그대를 만난 것 자체가 인연이라 생각됩니다. 예전에 부모님으로부터 물려받았던 제 목숨은 사라진 상태예요. 현지가 외면의 아름다움을 보여주었다면 그대는 내면의 아름다움을 보여주었어요. 세상에 이런 인연이 어디에 또 있겠습니까? 우리 진실로 연인이 되지 않을래요?"

향련이 한참 천장을 올려다보며 생각하다가 천천히 응답한다.

"몹쓸 기억도 억지로 지우려 하면 쉽게 지워지지는 않을 거예요. 하지만 오늘부터 노력할게요. 저도 당신과 연인이 되면 멋진 인생을 살게 되리라 믿어요. 저도 죽음에서 환생했다고 여기고 당신과 일생을 함께 살고 싶어요. 제게 먼저 마음을 열어 주셔서 고마워요."

여승이 잠시 들뜬 숨결을 가다듬었다가 말을 잇는다.

"봉황곡에는 계절에 무관하게 안개가 많이 끼어요. 계곡의 수량이 워낙 풍부하기 때문이에요. 계곡에서 간단히 현지의 영혼을 달래 주지 않을래요? 우리가 연분을 맺는 관점이기에 그런 생각이 들어요."

내가 고개를 끄떡이니 미리 준비한 제수를 내게 건네준다. 여승이 계곡을 향해 앞장선다. 이윽고 너럭바위가 깔린 곳에 제수를 펼친다. 향을 피우고 술잔에 술을 따른 뒤다. 나는 여승과 함께 제수가 깔린 너럭바위를 향해 경건하게 재배(再拜)한다. 참으로 삶이 허망하다고 느껴져 나도 모르게 눈시울이 젖어든다. 여승의 눈시울에서도 시린 눈물방울이 맺혀 대롱거린다.

제례 절차가 끝나 바위에 깔렸던 물품을 다 치운 뒤다. 둘은 잠시 말없이 발걸음을 옮겨 암자의 마당으로 향한다. 그러다가 암자의 마당에 들어섰을 때다. 발걸음을 멈추고 서로를 향해 다가서며 다정하게 포옹한다. 고개를 들어 향련의 얼굴을 들여다본다. 놀랍게도 이번에도 향련의 눈동자에 나의 영혼이 나비가 되어 비상한다. 그토록 나를 구속하던 그림자 속의 내 영혼이 바스러져 흩날린다. 여태껏 무덤덤하게 스쳐가던 풍경 소리가 청아한 선율로 불꽃처럼 울려 퍼진다. 향련과 내가 손을 맞잡고 아늑한 풍경 소리에 취해 산악을 굽어본다.

〈『한국작가』 2012. 가을호(9월) 발표〉

우주의 숨결

피를 나눈 자매처럼 둘이 숙소를 향해 발걸음을 옮긴다. 차가운 바닷바람이 둘의
치맛자락을 구름송이처럼 말아 올린다. 넋이 빠진 듯 허청대는 다몽크와 나를 밤안개
가 차갑게 감싼다.

우주의 숨결

새벽 해변 그 어디에도 불빛 하나 일렁대지 않는다. 하다못해 나룻배 한 척 움직이는 기미조차 스러진 상태다. 인도네시아 술라웨시(Sulawesi) 섬 북동쪽의 탈리세이(Talisei) 섬의 새벽 4시 무렵이다. 망망한 남태평양의 물굽이에 싸여 눈부시게 아름다운 풍광을 자랑하는 섬이다. 북동쪽 풀루바리(Puluvary)에 치솟은 우주 센터에도 암흑이 드리워져 있다. 풀루바리에서 동쪽으로 1km 떨어진 툴룽다리(Tulungdary) 해변. 거기에는 2km에 달하는 광막한 백사장이 드러누워 있다. 사방이 바다로 둘러싸여 절해고도의 적막에 휩싸여 버둥대는 곳이기도 하다.

나는 두근대는 가슴을 추스르며 해변의 백사장으로 내닫는다. 육지와 단절된 곳이라 26살의 처녀임에도 전혀 두렵지 않다. 해변의 덤불숲을 헤치고 백사장에 닿았을 때다. 나와 동갑인 인도네시아의 처녀인 다몽크(Damongkeu)가 백사장의 안개 더미에서 서성댄다. 마치 거대한 안개의 장막이 그녀를 뱃속으로 삼키려는 느낌마저 든다.

자귀나무의 꽃을 닮은 에마르기나타(emarginata)의 붉은 꽃송이가 바람결에 정열적으로 물결친다. 해풍이 일 때마다 농염한 꽃송이에서 향긋한 꽃냄새가 향불처럼 치솟는다. 불길처럼 농염한 꽃송이를 대하자 기억이 아스라한 공간으로 내풀린다.

새벽에 걸려온 다몽크의 전화에서였다.

"은빈 씨, 해 뜨기 전에 툴룽다리 해변에서 만났으면 해요. 제가 밉더라도 얼굴을 보여 주실 수 있겠죠? 진심으로 간청 드릴게요. 그럼 기다릴게요."

전화기로 밀려드는 그녀의 음절에는 세상을 초연한 듯한 허허로움이 내리깔렸다. 왠지 다시는 못 만날 듯한 서러운 정감마저 느껴졌다.

바람결에 나풀대는 에마르기나타의 붉은 꽃송이가 어머니(養母)의 숨결 같아 보인다. 그녀의 넋이 서성거릴 저승의 공간이 어렴풋하게 머릿속으로 연상된다. 어머니만 생각하면 그만 목이 멘다. 이혼녀가 되어 세상을 등지려다가 나를 구하게 되었다는 어머니다. 폭포에서 몸을 날리려다가 물살에 떠내려 온 나를 구한 그녀였다. 너무 못생긴 나와는 대조적으로 천상의 선녀(仙女)처럼 고운 어머니였다. 임종한 모습마저 너무 아름다워 숨이 막힐 지경이었다.

폐암으로 작년 겨울 한밤중에 내 품으로부터 이승을 떠난 그녀였다. 너무나 숭고하여 곁에서 숨 쉬는 공간마저 선경(仙境)으로 느껴질 정도였다. 느닷없이 꽃향기에 휘감겨 어머니의 얼굴이 백사장의 상공에 환영으로 드리워진다. 가슴이 시큰대면서 울음이 터지려는 찰나다.

해풍이 왈칵 밀어닥치며 나의 머리카락을 휩쓴다. 그 바람에 머릿속에 떠올랐던 어머니의 모습이 애석하게도 바스러져 버린다. 느닷없이 절벽 꼭대기에서 골짜기로 내동댕이쳐지는 느낌이 몰려든다.

해변에는 새벽안개가 잔뜩 끓어올라 곳곳마다 어두운 잔영으로 내닫는다. 그 잔영의 허리춤에 매달려 다몽크가 백사장을 배회한다. 그녀의 발자취마다 시린 고뇌의 바람줄기가 치솟는 듯하다.

아스라한 기억의 창고를 뒤지면 그녀가 처음으로 내닫던 날이 떠오른다. 2주일 전의 한낮이었다. 우주 센터 내부의 외빈용 대기실에서였다. 다른 연구원들이 우주선 조립에 매달린 직후였다. 센터 대기실의 외빈을 연구실로 데려갈 사람이라곤 나밖에 없었다. 연구실 내부를 둘러보면서도 다몽크의 관심은 오로지 셀라위치(Sellawich)에 고정된 상태였다. 나와 동갑이면서 인도네시아 우주선 실무 책임자인 셀라위치는 선임 연구원이다. 한 마디로 인도네시아 우주 센터의 핵심을 이루는 남성 연구원이다.

툴룽다리 해변의 산기슭에는 연구원 아파트와 외빈용(外賓用) 아파트들이 세워져 있다. 국립 우주 센터에서 운영하고 관리하는 곳이다. 다몽크를 처음 만났던 날 그녀를 외빈 아파트로 내가 안내했다. 셀라위치가 말레이시아로 출장을 나갔기에 내가 다몽크의 안내를 맡았다. 셀라위치의 출장은 예견되지 않은 긴급한 출장이어서 다몽크가 당혹스러워했다. 숙소에서 다탁에 나랑 마주 앉아 찻잔을 들며 다몽크가 말했다.

"셀라위치는 나를 좋아하면서도 무엇에 홀린 것 같아서 두려워요. 속내를 잘 모르는 저는 그 원인이 댁인 줄 알았어요. 아무래도 기술 실무자들끼리의 만남이라 그 사이에 정(情)도 들었으리라 여겼어요."

말을 하다가 중단하고는 다몽크가 잠시 나를 바라보았다. 하도 어처구니없는 말이어서 내가 미소를 머금으며 아니라고 고개를 내저었다.

다몽크는 외빈 숙소에서 셀라위치를 만날 때까지 머물겠다고 들려주었다. 의외로 셀라위치의 출장은 다소 길어졌다. 셀라위치가 돌아올 때까지 내가 그녀와 함께 동침하기로 했다. 혼자서는 두렵다고 그녀가 내게 호소했기 때문이다.

셀라위치가 섬으로 돌아오기 전날에 다몽크가 내게 말했다.

"내일이면 셀라위치가 돌아오지요? 그와 나는 연인이면서도 왜 영혼의 연결이 어려운지 모르겠어요. 한참 얘기하다 보면 그의 시선은 다른 세계를 더듬고 있어요. 그런 느낌이 내게 곧잘 진하게 느껴지곤 해요. 이럴 때 같은 여자로서 은빈 씨 같으면 어떻게 하시겠어요?"

다몽크의 안타까운 마음이 실연기처럼 내 마음속으로 스며들었다.

내 의식에 섬광처럼 의심의 기류가 치솟는다. 나랑 업무 회의를 할 때면 톱니바퀴만큼이나 정확히 교감하는 셀라위치다. 우주 센터의 연구원들이 다들 셀라위치 수준이라면 좋았으리라 여겨진다. 그런데도 연인인 다몽크와는 정감의 교류가 잘 안 된다니 의아스럽다.

150톤 추력의 1단 로켓은 한국에서 제조되어 공급된 상태다. 2단 로켓은 인도네시아에서 제작된 것이 사용되기로 되어 있다. 이미 우주 센터에서는 1단과 2단 로켓이 결합된 상태다. 셀라위치의 주도로 사흘 뒤에는 우주선을 쏘아 올릴 작정이다. 셀라위치가 섬으로 돌아온 뒤부터는 발사 체제에 가속이 붙는다. 그는 확실히 우주 센터의 출중한 인재로 여겨진다. 우주 센터에는 한국의 과학자들도 최근에 십여 명이 도착했다. 그래서 발사에 차질이 없도록 꼼꼼하게 점검하는 중이다.

툴룽다리 외빈 아파트 504호 실로 다몽크를 안내한 첫 날이었다. 혼자서는 두렵다며 함께 동침하자고 그녀가 제안했을 때 반가웠다. 내가 구사하는 인도네시아어가 얼마나 정확한지 알아보고 싶었기 때문이다. 그녀와 대화를 나누며 의사소통이 어느 정도까지 되는지 알고 싶었다.

술라웨시 섬 중앙의 산촌(山村)이 다몽크의 출생지였다. 밀림 지대에서 들리는 수목의 음향에 편안하게 적응한 상태였다.

다몽크가 셀라위치를 만나 연인이 된 지는 2년째였다. 처음에는 서로의 마음이 잘 통하는 느낌이 들었다. 그랬는데 근래에 들어서 자꾸만 둘 사이에 삭막한 기운이 감돌았다. 접근하고자 다가서면 둘 사이에 암울한 기운이 감돌곤 했다. 마음이 열릴 듯하다가도 가슴에 암울한 장막이 드리워지곤 했다. 안타깝고 답답한 소용돌이에 휘감겨 다몽크가 몸을 떨곤 했다.

백사장 곳곳에서 안개가 수중의 잠룡(潛龍)처럼 꿈틀댄다.

"해 뜨기 전에 툴룽다리 해변에서 만났으면 해요."

새벽에 들리던 다몽크의 목소리엔 처절한 슬픔이 흘러나왔다. 비장하게 가슴으로 밀려들던 목소리의 떨림이 안개의 소용돌이에서도 느껴지는 듯하다.

사흘 전 오후였다. 해변 시장에 물건을 사러 나간다며 다몽크가 잠시 외출했다. 그녀의 숙소에서 나는 창문을 통해 바다를 굽어보았다. 셸라 위치는 섬에 돌아왔으면서도 다몽크의 숙소에는 발걸음조차 옮기지 않았다. 광막한 바다에 석양이 들끓기 시작했다. 자줏빛 공작의 깃털처럼 저녁놀이 물결처럼 남실대었다. 해변의 곳곳마다 포말들이 하얗게 치솟아 뒤엉켰다. 치솟는 포말들이 내게로 달려들며 마구 포효하는 느낌이었다.

"연고자라곤 없는 고독한 사람아! 너는 최소한 다몽크만큼이라도 마음을 열 연인을 두었니?"

파도의 포말이 던지는 질문에 휩싸여 내 의식이 파들대었다. 나는 상념에 잠겨 마음속으로 중얼대었다.

'어쩌다가 연인도 없는 황량한 신세로 타국의 고도(孤島)에서 떨고 있는가? 정녕 내가 마음을 열 상대는 있을까? 어쩌다가 내가 어머니(養母)한테서 양육받는 운명에 처해졌을까? 나의 생부모(生父母)는 세상에 살아 있기나 할까? 생각할수록 가슴이 답답하고 무겁게 느껴져.'

3주일 전의 일요일 오전 11시 무렵이었다. 툴룽다리 해수욕장에서였다. 해변에는 휴일을 맞아 술라웨시(Sulawesi) 섬에서 건너온 관광객들로 붐볐다. 백사장 모래마다 관광객들이 해수욕복 차림새로 이리저리로 몰려다녔다.

나 혼자 해수욕복 차림새로 허허롭게 백사장을 거닐었다. 발바닥이 모래에 닿자 머릿속으로 새로운 느낌들이 치솟았다. 한낮임에도 햇살이 자꾸만 미궁으로 흩어지는 느낌이 들었다. 발걸음을 옮길 때마다 모래가 밟히는 소리가 '뽀드득'거리며 밀려들었다.

느닷없이 사람들이 모여 앉아 우글대는 장소가 눈에 띄었다. 백사장에 떠밀려온 상어의 시체 곁에서 사람들이 웅성대었다. 훼손된 살점으로 드러누운 상어의 시신이 슬픈 여운으로 가슴으로 밀려들었다. 과거에 어머니가 아니었으면 물속에 상어처럼 시신으로 버려졌을 나였다.

상어로부터 발걸음을 옮길 때였다. 25세가량의 청년이 멍한 눈빛으로 내게 걸어오며 말했다.

"혹시 물속의 조개를 잡고 싶으세요? 관심이 있으면 잘 잡히는 곳으로 안내할게요."

나는 청년을 향해 곧바로 응답했다.

"조개 잡는 전문가이시군요. 스쿠버(scuba) 잠수를 하려는 거죠?"

청년이 하얀 이를 드러내고 웃으며 고개를 끄떡여 동의했다. 과거에 스쿠버 잠수를 한 경험이 있는 나였다. 백사장 동쪽 귀퉁이에는 암석이 치솟은 해안이 도드라져 있었다. 산소통을 등에 지고 청년을 뒤쫓아 바다로 들어섰다. 경사가 서서히 가팔라지면서 수중 바위에 조개들이 펼쳐졌다. 기다란 뿔고둥과 소라와 전복들까지 다채롭게 눈에 띄었다.

물속에서 건장한 몸매로 청년이 부지런히 조개를 건져 올렸다. 청년의 몸짓은 내게 유년의 공간을 일깨워 주는 듯했다. 청년의 뒤만 쫓으면 스러진 유년의 영역으로 진입할 듯이 여겨졌다. 내 영혼의 흔들림을 아는지 모르는지 청년은 조개 채취에만 몰두했다.

시간이 흐르면서 나의 채집망에도 해산물이 제법 채워졌다. 청년이 물속에서 나를 바라보며 격려의 손짓을 보냈다. 나도 기쁨에 넘쳐 손을 좌우로 흔들었다. 그랬는데 청년이 돌연히 바다 깊이 자맥질해 들어갔다. 내가 해변에 올라서서 반시간을 기다려도 되돌아 나오지 않았다. 두 시간이

214

지나도 나타나지 않자 불귀의 객이 되었다고 여겨졌다.

지난주 주말의 정오 무렵이었다. 셀라위치는 아직도 돌아오지 않은 상태였다. 조개 채취를 가르쳐 주었던 청년을 떠올리며 해변을 찾았다. 다몽크와 내가 스쿠버 조개 채취선을 찾아 갔다. 다몽크도 수중 잠수의 경력자라 말했기 때문이다. 40대 사내의 안내를 받으며 수중에서 다몽크와 조개 채취를 시작했다. 두어 차례 조개를 건져 올리다가 둘이 자맥질 자체에 몰두했다. 조개를 건져 올리는 일보다는 자맥질 자체에 마음이 쏠렸다.
내겐 물속에서의 자맥질이 아무래도 예사롭지 않게 느껴졌다. 자맥질 자체에 과거로 통하는 길이 연결되어 있다는 생각이 들었다. 자맥질을 하면 유년기의 기억조차 되돌릴 수 있으리라는 믿음이 생겼다. 이런 믿음이 생긴 근원이 무엇인지는 모르겠지만 마음의 근원이 흔들렸다.

다몽크가 물속에서 내게 신호를 보냈다. 보다 심해(深海)로 나가자는 몸짓이었다. 하필이면 익사한 먼젓번의 청년이 자맥질하던 방향을 가리켰다. 가슴속으로 은근히 원인 모를 두려움이 파고들었다. 물속에서 안내하던 사내를 잠시 바라보았다. 다몽크와 나한테 되돌아 나오라는 뜻의 손짓을 과장스럽도록 크게 했다.
내 가슴으로 더욱 두려움이 크게 밀려들었다. 하지만 나도 다몽크를 뒤쫓아 자맥질해 나갔다. 내 뒤를 사내가 천천히 따라오는 게 보여 안심이 되었다.

반대편 물속으로부터 두 명의 잠수부들이 빠른 속도로 자맥질해 나왔다. 둘 다 사내들이라 여겨졌다. 그들의 손엔 작살로 잡은 물고기가 파드 득거렸다. 두 사내들의 자맥질에는 안정감이 실려 있었다. 대략 살펴봐 도 50㎝ 길이는 될 만한 물고기들이 작살에 꽂혔다. 연신 수중에는 물고 기의 피가 흘러내렸다.

맞은편 사내들의 모습을 발견하자 내 뒤의 사내가 급히 자맥질했다. 그 러더니 순식간에 다몽크를 앞질러 가더니 다몽크에게 몸짓을 했다. 즉시 되돌아나가야 한다는 절박감이 실린 몸짓으로 느껴졌다. 사내의 몸짓에 따라 다몽크와 나는 해변을 향해 방향을 돌렸다.

해변에 도착한 직후였다. 다몽크와 나를 안내했던 사내가 고함을 지르 며 화를 냈다.

"무턱대고 물속으로 들어가면 어떻게 해요? 게다가 물고기의 핏방울까 지 번졌기에 상어들의 공격을 받기 십상이었어요. 당신들 같은 손님은 안 받을 테니까 당장 돌아가요!"

잔뜩 무안한 표정으로 다몽크와 나는 업소에서 돌아서서 해변을 거닐 었다.

해변을 함께 거닐면서 다몽크가 휴대전화를 꺼내들었다. 아마도 셀라위 치와 통화를 시도하려는 모양이었다. 통화가 시작된 지 얼마 되지도 않아 서 통화를 끝냈다. 그러면서 백사장을 밟으며 푸념을 내쏟았다.

"정말 현실이 너무 갑갑해 미치겠어요. 휴식 시간이라면서도 전화를 그 렇게 박절하게 끝내니 이해가 안 돼요. 연인들이란 달콤한 꿈을 꾸기에 도 바쁘다고 들었는데 너무나 암담하게 느껴져요. 차라리 물속으로 사라 져 버리고 싶어요."

왠지 내겐 다몽크가 자신의 행복을 자랑하는 것처럼 여겨졌다. 너무나 행복하여 그런 식으로 위장하려는 기색으로 비쳤다. 갑자기 내 가슴에 공허감이 격렬히 끓어올랐다. 세상의 생명체들이 짝을 맞아 정감을 나누는데 나만 소외된 느낌이었다. 내가 극한적인 공허감의 소용돌이에 휘말려 백사장의 모래를 발끝으로 찼다. 금세 모래 먼지가 허공으로 치솟았다.

이때 다몽크의 휴대전화가 격렬히 울어대었다. 다몽크가 신속히 휴대전화를 귀에 갖다 대었다. 슬쩍 표정을 바라보니 의외로 처절한 기색으로 몸을 떨었다. 두어 마디를 들어 보니 셀라위치로부터 걸려온 전화였다.

다몽크에게 심리적 부담을 끼치지 않으려고 내가 바닷물로 발걸음을 옮겼다. 바닷물에 손을 적시며 수평선을 굽어보았다. 언제 바라봐도 가슴을 뭉클하게 적시는 감동을 주는 수평선이었다. 한없이 장중하며 포근하고 아늑한 기운을 드리운 우주의 경계선이었다.

삭막한 정감에 휩싸여 허청대는 다몽크를 애써 달래 숙소에서 취침했다. 이튿날 오전 10시 무렵에 셀라위치가 우주 센터에 도착했다. 셀라위치를 만나자마자 나는 그를 우주 발사장으로 데려갔다. 이미 발사대에 우주선은 잘 장착되어 있었다. 사흘 뒤에는 하늘로 쏘아 올릴 작정이었다. 지금까지의 점검 결과를 셀라위치에게 상세히 들려주었다. 셀라위치와 내가 현장을 돌며 섬세한 부위까지 꼼꼼히 점검했다. 이미 한국과 인도네시아 연구원들이 꼼꼼히 점검한 부분이었다. 양국 책임자 간의 최종 점검 과정이었다. 연료와 산화제 주입만 남겨 놓은 상태였다.

셀라위치가 그의 연구실로 나를 불렀다. 둘이 원탁을 사이에 두고 마주 앉아 커피를 마시며 얘기했다. 셀라위치가 먼저 입을 열었다.

"내가 이번에 갔던 일은 희토류 금속(稀土類金屬) 수입에 관한 거였어요. 우주선에 사용될 전자 제품을 국산화시키려면 희토류 금속이 필요하잖아요? 예전에 한국이 했던 것처럼 우리도 국산화를 시도하는 중이거든요."

광막한 백사장 가득 물안개가 불길처럼 요동친다. 안개 더미가 늘씬한 다몽크의 몸뚱이를 가렸다가 노출시키곤 한다. 빼어난 미모에 몸매마저도 관능적이어서 여자인 나까지도 가슴이 설렐 지경이다. 새벽에 만나자고 뱉어내던 그녀의 목소리에선 세상과의 단절감마저 느껴졌다.

잠시 업무에 관한 얘기를 하다가 셀라위치가 화제를 바꾸었다. 탈리세이 섬에서 60㎞ 남서쪽에 떨어진 로콘(Lokon) 화산에 관한 얘기였다. 올해 2월 2일에 술라웨시우타라 주의 로콘 화산이 8차례나 분출했다. 이때의 화산재의 높이가 2㎞ 상공까지 치솟았다. 그 날 오후에 셀라위치가 로콘 화산을 찾았다. 화산 산기슭에 그의 생가(生家)가 있었기 때문이다.

밤새 흘러들어온 용암에 생가 마을이 녹아서 사라졌다. 아버지와 어머니를 비롯한 마을 주민들이 일시에 사라져 버렸다. 셀라위치의 마음이 절망의 극점으로 치달았다. 이때부터 마음이 하루에도 수시로 불안감으로 술렁거렸다.

셀라위치의 마음에는 원천적인 절망감이 휘몰아쳤다. 생가의 부모를 잃었다는 것만이 슬픔과 절망의 근원은 아니었다. 슬픔의 근원은 유년시절부터 마음을 다스려 주었던 고향의 상실이었다. 거리에 무관하게 고향이 셀라위치에게 활력의 근원이었다.

셀라위치가 말레이시아로부터 우주 센터에 돌아온 그 날이었다. 셀라위치와 내가 우주선 발사대의 우주선을 점검한 뒤였다. 연료와 산화제의 주입만 하면 되는 상태였다. 셀라위치가 다뭉크를 만나기 전에 나랑 먼저 해변에서 산책하자고 제안했다.

퇴근한 직후에 셀라위치와 해변의 백사장을 거닐 때였다. 해변에는 석양의 저녁놀이 사방에 드리워져 황홀하게 굽이치고 있었다. 셀라위치가 무거운 가슴을 해변을 향해 내려놓으며 입을 열기 시작했다.

"인간에겐 누구에게나 고유한 가치관이 있지 않겠어요? 올해 초에 발생한 화산 폭발로 고향을 잃은 상실감이 컸어요. 이런 상실감은 단순히 가족들 간의 상실감인 줄로만 알았거든요. 하지만 단순한 가족들 간의 상실감이 아니었어요. 어릴 때부터 나의 산책의 배경이었던 것이 고향이었어요. 집 뒷산과 골짜기와 개천에 이르기까지 하나같이 소중한 정서의 근원이었어요. 이런 제 마음을 이해할 수 있겠어요?"

셀라위치의 말이 해변으로 내리어 깔리자 내 가슴으로 파동이 밀려들었다. 친부모의 얼굴조차도 모른 채 성장해 온 유년의 설움이 솟구쳤다. 어머니를 생모(生母)로 알고 살던 시기는 아름다웠다. 그러다가 어머니가 폐암으로 입원하면서 나의 출생 내력을 알려 주었다. 끝까지 비밀로 했더라면 더 좋았으리라 여긴다. 출생은 우주의 고유한 흐름이라는 어머니의 관점이 비밀을 털어놓게 만든 모양이었다. 출생 내력은 알았지만 차라리 몰랐을 때가 좋았으리라 여겨졌다. 나 자신은 못생겼지만 생모가 미인이었다는 자긍심을 가졌을 것이기 때문이다.

셀라위치의 공허함을 내 나름으로서는 달래준다고 노력했다. 하지만 셀라위치의 얼굴에서는 슬픔이 전혀 스러지지 않은 기색이었다.

셀라위치와 해변 산책을 한 이튿날에는 다몽크가 산책하자고 요청해 왔다. 석양의 저녁놀을 바라보며 다몽크와 백사장을 거닐 때였다. 다몽크가 한동안 뜸을 들이다가 입을 열었다.

"오늘에서야 셀라위치의 마음을 심란하게 만든 결정적인 원인을 알았어요. 올해 초에 발생했던 화산 폭발로 인한 고향의 상실이었음을 알았어요."

말을 마치자마자 목이 메어 흐느끼면서 다몽크가 나를 껴안았다. 같은 여인끼리 나도 그녀를 달래주고 싶은 마음이 일었다.

"너무 심각하게 생각하지 마세요. 시간이 흐르면 자연히 마음이 추슬러질 거예요. 그때까지만 참고 견디면 될 거예요."

나의 가벼운 조언에도 다몽크가 설움을 토해 내며 통곡을 했다. 나는 그녀의 등을 두드리면서도 나의 시선은 수평선에서 오르내렸다.

오늘 새벽에 전화로 걸려온 다몽크의 목소리가 떠오른다.

"내가 길을 열어 주겠다고 해도 끝내 이탈하려는 그가 두려워요. 더 이상 그를 말릴 만한 열정마저 고갈되는 느낌이에요. 그가 물거품처럼 우주의 공간으로 스러져 갈지도 모르리라는 위기감을 느껴요. 어쨌든 그와의 연결 고리를 끝까지 지속하고 싶은데 말이에요."

너무나 참담함이 실린 목소리였다. 셀라위치와 동침하려니 여겼지만 탈리세이 섬에서는 동침한 적이 없다고 했다. 나마저도 세상이 허옇게 여겨질 지경이었다. 연인이라면서 외빈 숙소에서 그만큼 기다렸는데도 동침하지 않았다면? 셀라위치가 다몽크를 연인으로 인정하지 않는다는 말로도 여겨졌다.

그런데 반드시 그런 것만도 아니었다. 셀라위치와 나랑 둘만 해변에서 산책할 때였다. 셀라위치에게 다몽크에 대한 연정의 정도를 물은 적이 있다. 셀라위치는 확신에 찬 목소리로 내게 말했다. 세상에서 그의 마음이 가장 순수하게 쏠린 이상적인 연인이라고. 그런 말을 하면서도 그의 눈가엔 쓸쓸한 빛이 드리워졌다. 그냥 알 수 없는 공허한 표정이려니 여기고 무시해 버렸다.

로콘 화산이 폭발했던 나흘 후의 밤이었다. 그 날도 셀라위치는 내게 해변을 함께 산책하자고 제안했다. 그에게 애인이 있음을 아는 나로서는 부담스러운 제안이 아니었다. 그저 연구 동료로서 해안을 산책할 수 있는 처지로 받아들였다.

출렁대는 바다를 바라보며 셀라위치가 내게 말했다.

"활력의 근원이 그처럼 소중한 줄을 예전에는 느끼지 못했어요. 내가 꿈결에서조차 즐겨 거닐던 고향이 완전히 사라졌어요. 거대한 용암이 흘러내려 아예 마을을 송두리째 삼켜 버렸어요. 그것도 한밤중에 일어난 일이라 대피할 시간적 여유도 없었겠죠. 지진 연구소에서조차 폭발 징후를 눈치 채지 못했다는데 어쩌겠어요"

듣고 보니 안타까운 마음이 저절로 솟구치는 말이었다. 어떤 위로를 해주려고 해도 적당한 언어가 떠오르지 않았다. 세상에 그러한 언어는 어쩌면 아예 존재하지 않는지도 모를 일이었다.

그저께 밤에 셀라위치와 나는 툴룽다리 해변의 백사장을 둘이서 거닐었다. 산책하자는 제안은 셀라위치가 먼저 내게 했다. 나로서도 그의 제안은 반가운 터였다. 혼자 쓸쓸히 숙소에 드러눕는 것보다는 산책하는 게 더 좋았다. 그래서 그의 제안에 전혀 불편을 느끼지 않았다. 오히려 반가워서 소리를 지르고 싶을 정도였다.

광막한 백사장을 천천히 거닐면서 셀라위치가 말했다.

"사람의 가슴에 담긴 정감의 실체가 참 궁금하게 여겨져요. 은빈 씨랑 오랫동안 우주선 연구를 공동으로 해 왔잖아요? 러시아처럼 1단 로켓의 제조 기술은 한국이 공개하지 않았지만요. 짧지 않은 시간 동안의 대화에서 은빈 씨는 좋은 친구였어요. 세상에서 은빈 씨만한 친구는 다시는 없을 것 같아요."

나는 미소를 지으며 금세 응답했다.

"별 말씀을 다 하시군요. 앞으로 살아갈 날이 많잖아요? 친구들도 많이 사귀실 거구요. 언젠가 세월이 흐르면 저와의 기억조차 희미해질지 모르잖아요?"

내 말을 듣고 나서 셀라위치가 고개를 흔들었다. 그것도 아주 천천히. 그러면서 해변 상공에서 반짝이는 무수한 별들을 가리켰다. 말은 하지 않으면서도 두어 차례나 하늘의 별을 손으로 가리켰다. 혀가 아닌 영혼을 매체로 내게 말을 전하려는 듯했다. 이런 생각이 들자 갑작스럽게 전신에 무서움증이 밀려들었다. 마치 무당에게 영혼을 탐색당하는 느낌이 들어 소름이 확 끼쳤다. 이런 생각이 들자 나는 그에게 숙소로 돌아가자고 제안했다.

내 말을 듣자 그는 무척 아쉬운 듯한 표정을 지었다. 뭔가 할 얘기가 많은 듯한 표정임이 역력하게 느껴졌다. 그의 얼굴에 체념의 색조가 처연히 드리워졌다. 그러더니 어쩔 수 없다는 표정으로 돌아가겠다며 고개를 끄떡였다. 울음을 삼키려는 듯 그의 어깨선이 경미하게 출렁이는 느낌마저 들었다.

발길을 연구원 숙소로 돌리면서부터는 둘은 침묵의 밤길을 걸었다. 마치 적국의 기지를 폭파하러 가는 비밀 요원들처럼. 각자의 사원 아파트 입구에서 둘은 손을 흔들고 헤어졌다.

그 날 밤. 숙소에 돌아와 샤워를 하고 물기를 닦으면서 나는 생각에 잠겼다.

'도대체 셀라위치가 내게 더 말하려던 것이 있기는 있었을까? 있었다면 어떤 얘기였을까? 조금만 인내심을 지니고 그의 얘기를 들어주었으면 좋았으리라 생각해. 하지만 이미 우리는 헤어져 돌아온 뒤잖아? 무슨 얘기를 할 작정이었는지를 몰랐기에 상당히 찜찜해. 그렇다고 이제 휴대전화를 걸어 물어보기도 우스꽝스럽잖아?'

잠이 쉽게 올 것 같지 않아 창문을 열었다. 초롱초롱한 별빛이 금세 우르르 침실로 밀려들었다. 나는 잠시 현기증에 떠밀려 침대 머리를 움켜쥐었다. 그러자 마음이 개운해지며 세상이 한없이 정겹게 느껴졌다.

문득 애인도 없는 내 처지가 서글프게 여겨졌다. 일부러 사내들을 피한 내가 아니었다. 아직까지 내 마음에 쏙 드는 상대를 못 만났기 때문이다. 어쨌든 연결되지 못한 연분으로 내게는 연인이 없었다. 비록 연인이 없다고 할지라도 서둘러 연인을 구하고 싶지는 않았다.

닷새 전 오후 2시 59분 45초였다. 마침내 우주 센터에서는 우주선 발사

체의 초읽기를 시작했다. 자동 제어 장치를 통하여 진행되는 초읽기에 세상의 이목이 집중되었다. 셀라위치가 주도하는 2단 로켓의 개발 과정을 틈틈이 살펴보았다. 간혹 허점이 발견될 때엔 내가 허점을 지적해 주었다. 셀라위치가 크게 고마워하며 즉시 허점을 보완하곤 했다. 허점 보완 관계의 일은 셀라위치와 나만 아는 비밀 사항이었다. 대외적으로는 엄연히 2단 로켓은 셀라위치가 단독으로 주도하는 것으로 알려졌다.

이런 관계로 2단 로켓의 개발 현장에는 공개적으로는 참석하지 못했다. 어디까지나 셀라위치와 나만의 개인적인 협조로만 현장을 둘러볼 따름이었다. 당초의 우려보다는 인도네시아의 과학적 집결력이 대단한 셈이었다. 나의 판단 기준으로 거의 오차가 없이 개발을 진행하고 있었다. 예상 정황을 수없이 검토해 봤지만 발사 실험은 성공하리라 여겨졌다. 인도네시아에서 의외로 한국의 연구 자료를 많이 확보해 두었음이 확인되었다. 이런 준비가 우주선 발사의 정밀성을 구축한다고 간주되었다.

마침내 초읽기가 완료되는 시점에서 우주선이 발사되었다. 정확히 오후 3시 정각이었다. 굉장한 폭음과 함께 거대한 연기가 구름처럼 치솟았다. 그러더니 탈리세이 호가 지상에서 수직으로 치솟았다. 전 세계의 이목이 매스컴으로 발사 현장에 쏠렸다. 200여 명에 달하는 인도네시아 과학자들이 발사대를 지켜보고 있었다. 나를 비롯한 십여 명의 한국 과학자들의 마음도 심하게 요동쳤다. 최초로 착수한 해외 우주 산업이었기 때문이다. 만약 실패로 끝난다면 국민들로부터 혹독한 비난에 직면할 터였다.

나와 셀라위치는 위성 분석실에서 발사체의 궤적을 추적하기 시작했다. 발사한 지 20초 만에 고도 900m까지 치솟았다. 거기에서 북동 방향으로 우주선이 몸뚱이를 기울여 날았다. 필리핀과 팔라우 사이를 지나는 공해로 내보내는 궤도였다. 3분 14초 만에 고도 100㎞의 대기권을 돌파했다. 3분 37초 만에 177㎞까지 치솟으면서 위성 덮개를 분리시켰다. 3분 50초 만에 고도 194㎞까지 치솟아 1단 엔진이 정지되었다. 연이어 고도 197㎞에서 1단 엔진이 우주선에서 분리되었다. 이때의 시각은 발사 후 3분 53초가 경과된 시점이었다.

이때부터 2단 로켓이 무동력 상태로 304㎞까지 치솟았다. 1단 로켓이 제공한 관성에 의한 추진이었다. 마침내 고도 304㎞에서 2단 로켓이 점화되었다. 발사 후 6분 34초 만이었다. 이때부터 1분간의 연소로 우주선이 306㎞까지 치솟았다. 발사 후 7분 32초에 2단 로켓의 엔진이 정지되었다. 이후 1분 30초를 날아, 마침내 위성이 분리되었다. 발사 이후부터 정확히 9분 2초가 경과된 시점이었다. 위성은 장대한 태평양 상공을 거쳐 타원 궤도를 지나가고 있었다.

이때까지의 추적 과정이 공개되자 우주 센터에서 환호성이 폭음처럼 터졌다. 전 세계가 인도네시아의 위성 발사 소식을 대대적으로 보도했다. 셀라위치와 내가 감동하여 서로 달려들어 포옹한 채 눈물을 쏟았다. 정말 우주에 대한 장쾌한 정복감과 승리감이 가슴을 뒤흔들었다.

위성의 예상 경로로는 태평양과 멕시코와 브라질과 대서양을 지나는 길이었다. 연이어 남아프리카공화국과 인도양을 거쳐 인도네시아로 되돌아오는 경로였다. 위성은 단반경 300㎞와 장반경 1,500㎞의 고도로 지구를 돌게 되었다. 지구 한 바퀴를 도는 데 걸리는 시간은 1시간 40분이었다. 발사 후 45분 뒤에는 멕시코 상공을 지나게 되어 있었다. 멕시코 위상청에 협조를 구한 지 1시간이 지났을 때였다. 정상적으로 위성이 하늘을 타원 궤도로 날아가고 있음이 입증되었다.

이때부터 세계가 한국과 인도네시아의 우주 산업에 대하여 집중적으로 보도했다. 인도네시아와 한국이 다시 한 번 환호성을 크게 터뜨렸다. 앞으로 좋은 협조 국가가 되리라는 점이 예견되었기 때문이다.

우주선 발사가 성공을 거둔 날 인도네시아 정부로부터 요청이 들어왔다. 2주일을 더 머물러 기술을 지원해 달라는 거였다. 한국 정부가 승인했기에 나의 체류는 자동적으로 결정되었다. 다몽크는 셀라위치와 동침하지도 않으면서 줄곧 외빈 숙소에 머물렀다. 그녀의 마음에 만족을 얻기까지 줄곧 머물려는 눈치가 역력해 보였다. 내 눈에 비친 다몽크의 미모는 매혹적일 정도로 빼어났다. 거울 속의 나의 너무나 못생긴 외모와는 천양지차였다. 어쩜 그렇게 잘 생겼는지 같은 여자의 입장으로서도 부럽기 그지없었다.

그럼에도 셀라위치는 다몽크와 일정한 거리감을 두는 눈치였다. 다몽크가 애교를 부리며 다가서는데도 공허한 눈빛으로 뒷걸음질 치는 셀라위치였다. 그 원인이라는 게 고향을 잃은 공허감이라고 예전에 내게 들려주었다. 고향을 잃은 공허감이라니? 문득 공허감의 깊이가 어느 정도인지 궁금하게 여겨졌다.

다몽크가 나한테 전화를 한 것은 오늘 새벽이었다. 나와 셀라위치가 마지막 해변 산책을 한 것은 어젯밤이었다. 그저께 밤에 말하려다 그만둔 얘기가 뭔지 궁금했기에 흔쾌히 응했다. 지금 생각해도 어젯밤의 야간 산책은 별스런 분위기였다고 여겨졌다. 우주선 발사에 있어서 도와주어서 고맙다는 인사를 반복해서 내게 들려주었다. 나는 김빠진 맥주를 대하는 기분이어서 마음이 삭막했다. 하지만 그의 마음을 맞춰 주려고 노력했다. 분명히 정신적으로 고뇌하는 모습이 역력히 보였기 때문이다. 남들 같으면 아무런 일도 아님에도 집착하여 괴로워하곤 했다.

셀라위치의 눈엔 내가 정신과 의사라도 되는 듯해 보이는 모양이었다. 거론하기는 뭣하지만 내 정신 영역도 그리 편한 상태가 아니었다. 학력과 실력이 빼어나도 얼굴이 못 생겨서 주의를 끌지 못했다. 맞선으로 여자들한테 딱지를 맞았던 사내들도 나를 바라보면 비웃는 표정이었다. 어떻게 그런 얼굴로 세상을 살아 나가려 마음을 굳혔느냐고? 어릴 때부터 나는 거울 속의 나를 자주 들여다보았다. 눈, 코, 입, 귀 등 있을 것은 다 갖췄다. 그럼에도 불구하고 배열된 형상미가 엉망진창이라 거울을 볼 때마다 참담했다.

연구원으로 취직하고서는 성형수술을 할까도 생각해 보았다. 그냥 예상 비용만 알아보려고 강남의 큰 병원을 찾았다. 의사의 말에 따르면 최소한 7천만 원은 소요되리라 말한다. 그 정도라야 겨우 사람들의 혐오감으로부터 벗어나게 되리라 들려주었다. 열이 차올라 당장 의사의 뺨을 갈겨 주고 싶었다. 하지만 내 모습이 그 정도라고 체념하며 조용히 병원에서 물러났다. 반면에 다몽크는 어느 누구와 견주어도 환상적일 정도의 미인이라 여겨졌다. 어쩌면 얼굴이 그처럼 아름다울 수 있는지 눈물이 빠지게 부러웠다.

어제 해변의 산책에서 내가 농담 삼아 셀라위치에게 물었다.

"하필이면 못생긴 나와 공동 연구자가 되어 억울하지 않았어요? 한국에서도 잘 생긴 여인들이 많은데 항상 미안한 생각이 들었어요."

셀라위치가 내 눈을 응시하며 곧바로 응답했다.

"누가 은빈 씨를 못생겼다고 하던가요? 누군지 모르지만 사람들의 눈이 문제라 여겨져요. 미모가 당당한 사람들한테는 세상이 아름답게 보이기 마련입니다. 은빈 씨의 입이 비뚤어졌어요? 콧날이 없어요? 그렇다고 눈썹이 없습니까? 도대체 뭐가 문제예요? 제 눈엔 은빈 씨가 참 아름답게 보여요. 저한테 애인이 없었다면 당장 구애하고 싶을 정도예요."

내게 들리는 셀라위치의 말은 셀라위치의 마음이 빚어낸 소리였다. 셀라위치의 말에 감동하여 순식간에 눈물이 치솟으려 했다. 여태껏 세상을 살면서 내게 아름답다고 말한 최초의 남자였기 때문이다. 살갗으로 이루어진 입술이 만든 말이 아니라 마음의 말이었기에 감격스러웠다. 못난 여자의 마음도 다스릴 줄 아는 사내가 있다니? 내 일생을 살면서 그 날처럼 감동에 취한 적이 없었다. 내게도 전혀 희망이 없는 것은 아니라고 느꼈다. 내가 가진 희망도 결코 사치품은 아니라는 위안마저 느꼈다.

어젯밤에 셀라위치와 해변의 산책을 마치고 연구원 숙소로 돌아올 때였다. 셀라위치와 내 앞으로 다몽크가 느닷없이 나타났다. 다몽크가 흥분하여 돌진하며 다짜고짜 셀라위치와 나의 뺨을 손바닥으로 후려쳤다. 그러면서 발악적으로 냅다 고함을 질렀다.

"뭣이 이런 것들이 다 있어? 애인을 놓아두고도 다른 여자랑 싸돌아 다녀? 애인을 기다린다고 하루 종일 기다렸는데 이럴 수가 있어? 은빈이라는 당신의 정체가 도대체 뭐야? 남의 애인을 가로채려고 한국에서 여기까지 왔어? 믿는 도끼에 발등을 찍어도 분수가 있지 이게 뭐야? 이게 무슨 짓이냐고?"

셀라위치와 내가 다몽크를 달래느라고 애를 썼다. 전혀 다몽크를 골탕 먹이려는 취지가 아니었음을 진정을 담아 설명했다. 그럼에도 분노하여 길길이 날뛰는 다몽크에겐 먹혀들지 않았다. 얼마나 화가 났던지 다몽크가 셀라위치와 나의 멱살까지 잡고 흔들었다. 셀라위치도 참는다고 참다가 인내의 한계점을 상실하고는 격분하여 고함을 질렀다.

"내 마음이 공허하다고 수없이 말했잖아? 누가 널더러 나를 찾아오라고 했어? 나도 숨을 쉬고 싶어서 상담자로서 은빈 씨를 불렀을 따름이야. 세상에 연인이라고 무조건 함께 있어야 한다는 법이 어디에 있니? 원천적인 공허함 때문에 은빈 씨한테 자문을 구했어. 무엇이 그렇게까지 잘못된 거야. 응?"

다몽크가 폭음처럼 고함을 내지르며 말했다.

"오늘만이 아니잖아? 어젯밤에도 이 여자랑 산책했잖아? 가슴이 얼마나 답답하다고 연이틀씩이나 산책한다고 난리야? 도대체 말이 되는 소리를 해야지? 내 말이 틀렸어? 답답하다고 하면서도 왜 나한테는 털어놓지 못해? 나보다도 이 여자가 더 가까워? 정말 그래?"

둘의 싸움에 내가 휘말린 느낌이 들어 미칠 지경이었다. 그렇지만 다몽크의 울화를 달래 주려고 애썼다. 마음이 너무 괴로운 듯 하늘을 향해 포효하며 셀라위치가 떠났다. 나도 거듭 다몽크를 달래다가 내쫓기듯 나의 숙소로 돌아왔다. 더럽고 치사스러워서 세상이 귀찮아졌다.

점차 해변에는 안개가 짙게 드리워지고 있다. 광막한 백사장이 죄다 안개로 뒤덮여 세상이 안개로 굽이치는 느낌이다. 다몽크의 자취가 시야에서 사라지고도 한참 동안 안 보인다. 슬그머니 내 마음이 불안해진다. 오늘 새벽에 내게 전화를 걸었던 동갑의 여인이다. 내가 평생을 부러워해도 지나치지 않을 만큼의 미인이기도 하다. 그녀가 안 보이자 예전의 잠수부였던 사내가 머릿속에 떠오른다. 바다를 향해 자맥질하다가 결국은 시신으로 변했던 청년 잠수부였다.

손을 입에 갖다 대고는 크게 다몽크의 이름을 불러댄다. 몇 차례 불러대자 기다란 휘파람 소리가 응답으로 밀려든다. 내가 백사장에 들어서자 다몽크가 안개 장막으로부터 모습을 드러낸다.

둘이 서로의 모습을 확인하자 달려들어 서로를 포옹한다. 반가운 마음에 어젯밤의 분노는 깡그리 사라진 느낌이다. 잠시 숨을 헐떡이며 서로를 끌어안았던 둘이 포옹을 푼다. 숨을 헐떡이면서도 어젯밤에는 정말 미안했다고 다몽크가 내게 사과한다. 나는 용서하는 의미로 다몽크의 등을 말 없이 두드린다. 어느새 다몽크의 눈시울에 이슬이 맺힌다. 다몽크가 나를 향해 말한다.

"위치 추적 장치를 통해서 셀라위치의 행적이 끊긴 곳을 알아내었어요."

다몽크는 얘기를 마치자마자 나의 손을 이끌고 어딘가로 달려간다. 5분가량 백사장을 다몽크와 달린 뒤다. 바닷물에 인접한 백사장의 어느 장소에서다. '시옷(ㅅ)' 자 모양으로 3m가량 길이의 마른 대나무 2개가 세워져 있다. 순간적으로 가슴이 섬뜩해진다. 이러한 구조물은 수장(水葬)하는 곳에서 취하는 인도네시아의 표식이기 때문이다. 그 대나무 밑에서 바다로 걸어간 발자취가 또렷이 보인다. 대나무 밑에는 30㎝ 높이의 돌멩이에 종이가 깔려 나풀댄다. 마른 대나무는 섬의 해변에서는 흔히 눈에 띄는 물체들의 일부다.

돌멩이를 밀치니 글자가 적힌 종이가 눈에 띈다. 다몽크와 내가 급히 종이를 펼쳐 든다.

생명의 활력을 제공하던 꿈결 같은 고향의 숨결이여.

근원을 상실한 현실에선 삶은 허망한 궤적일 뿐.

비상할 꿈과 의미마저 사라진 현실을 원점으로 반납하련다.

-셸라위치

글을 미처 다 읽기도 전에 다몽크와 내가 울음을 터트린다. 직감적으로 이미 셸라위치가 익사했음이 드러난 셈이다. 둘이 서로를 얼싸안고 통곡을 해댄다. 다몽크는 연인을 상실한 슬픔 때문에 오열한다. 나는 마음이 통하던 좋은 동료를 잃었기에 슬퍼 울부짖는다.

한동안 넋을 잃고 통곡하다가 생각난 듯 해양 경찰에 신고한다. 십여 명의 잠수부들까지 동원하여 3시간씩이나 수색했지만 셸라위치의 자취는 묘연하다.

경찰들마저 돌아가 버린 백사장에서 다몽크가 다시 통곡한다. 세상 유일한 희망이 사라진 모양이다. 그녀마저 바다로 걸어 들어갈까 염려스럽다. 정황으로 봐서 오늘만은 다몽크랑 함께 지내야 하리라 여겨진다. 그녀를 달래면서 상념에 잠긴다.

내가 나를 비하하면서도 머릿속으로 스며드는 셸라위치의 말에 마음이 흔들린다.

"누가 은빈 씨를 못생겼다고 하던가요? 누군지 모르지만 사람들의 눈이 문제라 여겨져요."

세상에서 유일하게 나를 인정해 준 사내였다. 다몽크가 그의 애인이었다는 연분만으로도 그녀를 보호해야 하리라 여긴다.

아침부터 점심도 굶은 채 바닷가에서 둘이 슬픔에 잠겼다. 그러다가 해변에 석양이 질 때까지도 해변에 엎드려 있었다. 가까스로 다몽크가 마음을 추슬러 백사장에서 일어선다. 그런 그녀가 나를 향해 말한다.

"마음이 참 따뜻한 사람이네요. 세상 사람들이 은빈 씨 같았으면 좋겠어요. 셀라위치의 마음도 은빈 씨를 닮았더라면 저를 울리지 않았을 거예요. 따스한 숨결이 너무나 그리워요. 오늘 하루만 더 저랑 숙소에서 머물 수 없겠어요?"

말을 끝내기도 전에 다몽크의 눈시울 가득 눈물이 줄줄 흐른다. 어슴푸레한 해변에서 자신도 모르게 나는 다몽크를 끌어안는다. 다몽크도 나를 끌어안으며 급기야 통곡을 한다. 맞닿은 뺨을 통해 흘러내리는 서로의 눈물을 느낀다. 세상이 이처럼 공허하고 적막할 줄은 미처 몰랐다. 내가 왜 울어야 하는지도 모른 채 나도 울음을 터뜨린다. 울음의 색채가 붉은색에서 하얀색으로 바뀔 때까지 둘이 흐느낀다.

바닷바람이 앙칼진 위세로 달려들 무렵에야 둘이 외빈 숙소로 향한다. 외빈 숙소에서 다몽크랑 밤을 새워 얘기를 나눌 작정이다. 내 마음속에만 묻어 두었던 어머니(養母)의 얘기까지 털어놓고 싶어진다. 그리하여 우주의 숨결로 생부모의 흔적을 찾고 싶다. 그들이 어디에 머물든 조용한 숨결로 안부를 묻고 싶다. 그래야만 셀라위치처럼 주변 사람을 울리지 않을 것 같다. 피를 나눈 자매처럼 둘이 숙소를 향해 발걸음을 옮긴다. 차가운 바닷바람이 둘의 치맛자락을 구름송이처럼 말아 올린다. 넋이 빠진 듯 허청대는 다몽크와 나를 밤안개가 차갑게 감싼다.

〈『순수문학』 2013. 7월호 발표〉

진달래 능선

차창 밖으로 들리는 바람소리가 저승의 영혼들이 화합하는 소리처럼 느껴진다. 몸이 점차 이완되면서 정신은 한없이 편안하고 쇄락해진다. 산청 골짜기로부터 연신 흘러내리는 솔바람이 한없는 그리움으로 물결친다.

진달래 능선

차창 밖을 스치는 바람 소리가 풍경 소리처럼 청아하기 그지없다. 4월 초순이라 전국의 산야에서는 진달래가 피어나기 시작한다. 겨우내 계속 휘몰던 추위로부터 탈피하려는 우주의 몸짓으로 여겨진다. 차를 몰면서 흘깃 내비게이션 화면을 바라본다. 목적지까지는 반시간만 달리면 도착되리라 여겨진다.

어제 저녁에 전화선을 타고 귓전으로 흘러들던 목소리가 떠올랐다.

"처사님, 여기는 경남 산청의 운청암(雲靑庵)이에요. 두 달 전에 법명이 소상(素霜)인 장선영(張鮮英) 스님이 입멸했어요. 저희 절에서는 유언에 따라 이제야 처사님께 연락합니다. 내일이 토요일이라 시간이 괜찮다면 저희 암자를 찾아 주시겠어요? 소상 스님의 말씀으로 처사님이 아드님이라 더군요. 꼭 오셔서 스님의 유품을 인수해 주세요. 오시는 것으로 알고 기다리겠습니다."

순간적으로 가슴이 무너지는 듯한 아찔한 현기증을 느꼈다. 그러면서 내 의식계로 차가운 바람이 휙 내달았다. 주지승이라 밝힌 여인은 사찰의 위치를 짧게 들려주고는 전화를 끊었다. 궁금한 점이 떠올라 물어보려 했을 때는 이미 전화가 끊겼다. 내가 거듭 통화를 시도했지만 더 이상 연결되지 않았다. 통화를 마치고는 저녁 예불을 하러 법당으로 건너간 모양이었다. 나는 마음이 번잡하여 조금 일찍 잠자리에 들었다.

새벽 4시 무렵이다. 나 혼자서만 서울 사당동의 자택에서 승용차로 출발한다. 두 아들 녀석들은 깊이 잠들어 있다. 아내가 아파트 주차장까지 내려와 잘 다녀오라며 손을 흔들어 전송한다.

혼자 차를 몰며 생각에 잠긴다. 원래 아내도 나랑 동행하겠다는 마음을 내게 전했다. 하지만 생모(生母) 문제는 내 개인이 해결할 문제라 여겨진다. 그래서 아내마저도 남겨 두고 나 혼자 산청으로 가고 있다.

산청을 향해 차를 몰 때다. 작년 가을철의 일이 머릿속에 떠오른다. 금요일 한밤중에 일어나 전화를 받으니 사촌 형수의 목소리가 들렸다. 진주시 가좌동의 어머님이 거주하는 집의 옆집에 사는 사촌 형수였다. 국내의 혈육이라곤 나뿐인데 자식마저 몰랐던 소식을 전하던 형수였다. 한 마디로 착잡한 고뇌의 진통이 밀려들었다. 나보다 3살 연상인 46살의 형수의 목소리에 슬픔이 마구 출렁거렸다. 평소 때부터 나의 어머니를 친모(親母)처럼 잘 받들던 고마운 형수였다.

차를 몰다가 습관처럼 조수석을 바라본다. 나랑 동행을 잘 하는 아내의 자리가 비어 있다. 나의 주관에 의한 결정이었지만 조수석이 비어 있으니 마음이 공허해진다. 중학교 3년생인 인호와 중학교 1학년생인 인수가 아들 녀석들이다. 집을 나설 때에 그 녀석들은 포근히 잠이 들어 있었다. 심지어 내가 방문을 여는 줄도 알아차리지 못했다. 차창 밖의 풍경이 수려한 산수화의 진경을 연신 펼친다. 골짜기에 담긴 자연의 풍정이 가슴에 알싸한 정감으로 밀려든다.

어디서나 친밀하게 느껴지는 산야의 풍경에 유년기의 추억이 밀려든다. 유년기의 추억은 언제나 내 마음을 아늑하게 녹여 준다.

궁핍한 환경에 찌들어 언제나 시린 가슴으로 나날을 보내던 시절이었다. 내가 초등학교 5학년 학생일 때였다. 나보다 10살 연상인 형이 군대에서 휴가를 나온다고 했다. 저녁 무렵이면 도착할 거라고 했다. 당시에 45살이었던 어머니는 관절염을 앓아 관절에 고름이 실려 있었다. 몸살로 인한 합병증으로 다리가 부으면서 생긴 관절염이었다. 그래서 가까운 거리에도 신음을 삼키며 발걸음을 옮기곤 했다. 어머니가 2㎞나 떨어진 개양 삼거리까지 가겠다며 집을 나서려고 했다. 집에서 삼거리까지는 반듯한 신작로(新作路)마저 없었다. 농로로 이어진 협소한 통행로 정도였다. 무슨 일로 삼거리까지 가려느냐고 내가 어머니한테 물었다.

"네 형이 잠시 후면 도착할 거야. 쇠고기를 좀 사러 갈 참이야."

돼지고기는커녕 생선마저도 거의 먹어 본 적이 없었다. 그랬는데도 형이 온다고 쇠고기를 사러 가겠다는 어머니다. 그나마 걸음도 제대로 못 걷는 처지임에도.

238

어머니의 말을 듣고는 더 이상 망설일 겨를도 없이 말했다. 내가 대신 사러 가겠다고. 머나먼 길을 떠올려 근심이 드리워졌던 어머니의 얼굴이 환해졌다. 관절이 아파 땅바닥도 근근이 딛는 처지라 2㎞는 엄청난 거리였다. 어머니로부터 돈을 받아 내가 길을 나섰다. 겨울철이라 동구에는 어스름이 실연기처럼 내리깔리기 시작했다.

나는 논과 밭 사이로 뚫린 길을 따라 삼거리로 향했다. 삼거리는 진주 시내로 들어가는 입구에 해당하는 지역이었다. 거기에서 시내와 삼천포와 부산으로 향하는 세 갈래의 차도(車道)가 열렸다. 삼거리에는 도로를 따라 다섯 개의 상점이 늘어서 있었다. 그 상점들 중의 한 군데에서 쇠고기와 돼지고기를 팔았다. 평소에는 구경하지 못하던 거금으로 쇠고기 한 근을 샀다. 그러고는 곧바로 뛰다시피 집을 향해 길을 나섰다.

고름이 스며 나와 무릎을 적셔도 병원에 가기를 미루던 어머니였다. 늘 가난에 쪼들리는 처지였기 때문이다. 재산이라곤 없어서 종중산의 산자락에 터를 잡은 부모였다. 그나마도 내가 4학년 때에 아버지는 폐결핵으로 세상을 떠났다. 농토는 물론이고 가옥조차 없었던 터였다. 종중산 자락에 무허가인 초가(草家)를 지어 겨우 생계를 유지했다. 종중의 논과 산자락을 개간한 밭 몇 마지기가 생계의 터전이었다. 그나마도 종중산을 이용한다고 하여 연말이면 경작료를 종중에 지급해야 했다. 형이 군대에 있을 동안에 내가 어머니를 거들어 일했다.

그 날 저녁에 어머니가 쇠고기 국을 끓인 직후였다. 마침 형이 도착하여 모처럼 가족 셋이 모여 식사를 했다. 형과 어머니가 나누는 대화에는 정감이 듬뿍 실려 있었다. 형과 어머니의 대화가 정신적으로 아늑한 운치를 제공했다. 거기에 못지않게 쇠고기 국은 나를 한없이 황홀하게 만들었다.

평소에 허기가 졌던 나에게 쇠고기 국물은 특별한 음식이었다. 밥을 국물에 말아 김치와 함께 우걱우걱 씹느라고 경황이 없었다.

마침내 중부 고속도로에서 진주로 빠져 나가는 요금소에 도착한다. 요금 카드에 찍힌 대로 금액을 계산하고는 국도에 접어든다. 이제 20여 분이면 산청읍 내리(內里) 마을까지 들어서게 된다.

형이 며칠간 머물더니 이내 군대로 되돌아갔다. 형이 논밭에서 일할 때는 든든하기 그지없었다. 형이 군대로 되돌아간 며칠 뒤였다. 무슨 돈이 생겼는지 어머니가 시내의 병원에 치료를 받으러 갔다. 아마도 형이 군대에서부터 어떻게 변통해 온 모양이었다. 그러기에 어머니가 망설임 없이 진주의 병원에서 치료를 받았다. 당시로서는 상상하기도 힘든 엿새간의 입원 치료였다. 당시에 내가 결석을 하며 병원에서 어머니를 돌봤다. 세상에 일단은 친척이 많고 볼 일이라 여겨졌다.
나 혼자서 어머니 병간호를 하려니까 한없이 서글프고 공허했다. 전혀 무서운 병이 아님에도 혹여 숨질까 두려울 정도였다. 밤에는 사촌 형수가 어머니를 들여다보러 오곤 했다. 외톨이 집 같은 마을이어서 병문안을 오는 사람들도 거의 없었다. 그 점이 내게도 무척 서운하고도 서럽게 느껴졌다. 저녁을 먹고 난 뒤에 어머니가 잠들었다. 무릎의 통증이 많이 가라앉았다고 들려주었다. 수술을 하고 좋은 약을 바르니까 치료 속도가 빠른 모양이었다.

병원의 벽시계를 보니 밤 11시 무렵이었다. 6인실 병실이라 다른 환자들과 가족들도 대부분 잠든 상태였다. 나도 어머니 침대 곁의 보조 의자에서 잠자려고 했다. 막 잠이 들려는 찰나였다. 누군가 병실 문을 열고 들어서는 느낌이 들었다. 불이 꺼진 상태에서 낯선 사람이 들어서려고 하여 섬뜩했다. 나는 자리에 누워 가만히 눈을 떠 출입문을 바라보았다.

출입문에 들어서려는 사람이 벽의 스위치를 올렸다. 순식간에 병실 안이 훤해졌다. 30대 초반의 온화한 표정의 여인이 병실 안을 둘러보았다. 검정 머리카락을 빗어 비녀로 꽂은 단아한 머리 모양새였다. 여인은 누워 있는 어머니를 향해 다가왔다. 나는 본능적으로 어머니를 깨웠다. 어머니가 침대에서 일어나 앉아 여인을 바라보았다. 여인과 시선이 마주쳤을 때다. 여인이 움찔 놀라는 기색이 역력했다. 어머니가 나지막한 목소리로 여인을 향해 말했다.

"선정 씨, 우리 사이의 얘기는 이미 끝났잖아요? 여기는 어쩐 일이세요?"

여인이 인상을 찌푸리며 주변의 분위기를 살피는 듯하다. 잠시 멈칫거리다가 어머니한테 말한다.

"여기서는 말하기가 조심스러우니 잠시 병실 바깥에서 얘기를 좀 나누죠. 내 여동생의 처지가 하도 딱해서 말씀드리려고 왔어요. 그 정도는 괜찮겠죠?"

어머니도 언짢은 표정을 풀더니 다리를 절며 복도로 나간다. 그러면서 나한테는 병실에 남아 있으라고 말한다. 어머니와 여인 사이에 무슨 얘기가 진행되는지 궁금하기 그지없었다. 궁금하게 여긴다고 하여 궁금증이 풀릴 계제는 아니었다.

얼마의 시간이 지나자 어머니의 표정이 시리게 변하여 병실로 들어섰다. 낯선 여인은 병원을 떠난 모양이다. 그 날 밤 내내 내겐 궁금증이 치솟아 올랐다. 병실을 찾아 온 여인은 누구이며 어머니와 무슨 얘기를 나눴는지?

차는 서서히 산청의 지리산 기슭에 가까워지고 있다. 산청 휴게소를 지나 십여 분만 달리면 목적지인 운청암(雲靑庵)에 닿는다. 사찰 인근의 산야에는 죽림(竹林)이 무성하게 우거져 있다. 멀리서 바라봐도 인가가 밀집된 지역임이 확연히 드러나는 정경이다.

숱한 세월이 흘렀어도 병실에 찾아 왔던 낯선 여인은 수수께끼였다. 어머니마저도 내게 비밀로 하고 싶은 얘기라는 게 느껴졌기 때문이다. 그랬기에 머릿속으로 상상만 했을 뿐 어머니한테 여태껏 물어보지 못했다.

마침내 지리산 자락의 암자 주차장에 나의 승용차가 도착한다. 주차장 언저리에 울창하게 펼쳐진 솔숲에서 솔바람이 하늘을 가른다. 주차장은 산문 앞에 펼쳐진 넓은 공간의 공터이다.

작년 가을철이었다. 일가족을 태워 승용차를 몰아 진주시 입구인 가좌동 산야에 도착했다. 공터에서 산기슭 위를 올려다보았다. 선명하게 조등(弔燈)이 켜져 상가임을 드러내고 있었다. 바쁜 중에서도 마을 사람들이 방문한 모양이었다. 낯선 얼굴들이 대부분이었다. 빈소에 도착하자마자 사촌 형수가 눈물을 글썽이며 나의 가족을 맞았다. 그러면서 형수가 내게 물었다.

"먼 길 오느라고 힘드셨죠? 곧바로 식사를 차릴게요."

형수와 잠시 얘기를 나눈 뒤였다. 나의 아내가 금세 상복으로 차려입었다. 형수와 나의 일가족이 점심 식사를 함께했다. 그런 뒤부터였다. 아내는 형수를 도와 문상객들에게 음식을 날랐다. 나와 자식들은 빈소에서 문상객들을 맞았다. 인호와 인수가 차분히 자리를 지키며 문상객들을 맞는 게 듬직스러웠다. 세월이 흘러 어머니를 떠나보낸 슬픔이 새삼스럽게 가슴을 쳤다. 어머니와 헤어질 마음의 준비가 덜 된 상태였다. 그럼에도 어머니는 내 곁을 떠나 버렸다.

문상객들의 대부분은 낯선 얼굴들이었다. 내가 타향에서 주로 생활했음이 피부로 생생하게 느껴지는 정경이었다. 때때로 아내와 나의 직장 동료들이 문상객으로 몰려들어 위안이 되었다. 또한 초등학교와 고등학교 동기들이 찾아 주어 많은 위로가 되었다. 평소에 자주 만나지 못했지만 학연의 고리로 반겨 주는 그들이었다.

빈소를 지키면서도 많은 상념에 휩쓸렸다. 마당에는 마을에서 빌려 설치한 천막 8개가 펼쳐져 있었다. 천막 아래로는 마을에서 빌린 멍석들이 펼쳐져 있었다. 멍석들 위로 음식상들이 쭉 배열되어 있었다. 빈소에서 부자(父子) 셋이서 문상객을 맞는 의례가 하염없이 반복되었다. 인호와 인수가 할머니의 영정 사진을 말끄러미 들여다보곤 했다. 할머니와 자주 만나지 못했던 터라 서먹서먹한 분위기에 휩쓸리는 듯했다. 이들을 할머니와 자주 대면시키지 못했기에 무척 미안한 느낌이 들었다.

내가 10살 때인 초등학교 4학년 때에 아버지가 세상을 떠났다. 폐결핵을 앓아 무척 심한 기침을 하다가 새벽에 사망했다. 폐결핵이 얼마나 무서운 병인지 느껴졌다. 세상 떠나기 전날이었다. 방의 벽을 바라보는 자세로 5분이 넘게 기침을 해댔다. 기침이 얼마나 심하든지 통증이 내게로 전해지는 기분이었다.

"쿨룩쿨룩 쿨룩쿨룩! <u>으흐흐</u>! <u>으흐흐흐</u>!"

얼마나 지독한 기침인지 신음 소리가 곧바로 터져 나오곤 했다. 정말 곁에서는 듣기 힘든 소리였다. 나는 살그머니 방을 빠져 나가 뒷산에 올랐다. 집 뒤는 산기슭이고 대숲이 널따랗게 물결치고 있었다. 나는 진주 시내에서 입주식 가정교사로 대학을 다니는 형을 떠올렸다. 남의 집에서 숙식을 하며 학생을 지도하는 형이었다. 고등학생을 맡아 과외 지도를 하는 거였다. 주말이면 시간이 더욱 바빠 집에 오지 못하는 터였다. 가정 형편이 어려워 집에서는 형을 뒷바라지할 계제가 아니었다.

당시에 초등학생인 나의 견해가 너무나 미약했음이 드러났다. 기침이 심하다고 해서 설마 아버지가 사망하리라고는 예측하지 못했다. 감기만 들어도 기침 정도는 심하게 할 수 있기 때문이었다. 하지만 그 날의 기침은 아무래도 정도가 달라 보였다. 형언하기는 어렵지만 머리카락이 죄다 갈라지는 듯한 섬뜩한 느낌에 잠겼다.

나는 뒷산의 바위에 올라서서 아랫마을을 내려다보았다. 거리가 멀어 아랫마을의 윤곽조차 잡히지 않았지만 마을이 있겠거니 여겼다. 나는 진주 시장에 농작물을 팔러 간 어머니를 떠올렸다. 웅덩이를 퍼서 잡은 미꾸라지와 시금치와 가지와 호박을 팔러 갔다. 마을에는 커다란 웅덩이가 세 군데나 있었다. 웅덩이마다 미꾸라지가 엄청나게 많이 들끓었다. 웅덩이를 퍼고 며칠만 지나면 금세 미꾸라지들이 와글거렸다. 시골의 다른 집에서는 논밭의 일이 바빠 웅덩이를 퍼지 못했다.

소유자가 없는 웅덩이에서 들끓는 미꾸라지는 어머니의 중요한 소득원이었다. 미꾸라지만 잡아 시장에 팔아도 제법 목돈을 마련해 오곤 했다.

장례를 치르던 작년 가을인 9월의 밤이었다. 시계를 살펴보니 밤 10시 무렵이었다. 시각으로는 늦었지만 잠시 저녁 식사를 해야겠다고 생각했다. 마침 문상객들의 수도 잠시 줄어든 상태였다. 형수한테 말을 꺼내자 형수가 선뜻 저녁을 차리겠다고 말했다. 아내가 형수와 함께 한참 늦은 저녁 밥상을 차렸다. 부엌 가까운 마루에 두레상을 차려 놓고 둘러앉았다. 나의 가족 넷과 형수를 포함하여 5명이 둘러앉았다. 상주 가족으로는 너무 적은 인원이라 여겨졌다.

둘러앉은 다섯은 경황없이 숟가락질을 했다. 언제든 문상객이 찾아들면 빈소로 들어서야 했기 때문이다. 다행스럽게도 저녁 식사를 마칠 때까지는 찾아오는 문상객이 없었다. 안도의 숨을 내쉬며 신속히 양치질까지 마쳤다. 그러고는 3부자가 빈소로 찾아들었다. 아들 녀석들이 향 연기가 지독하다면서 얼굴을 찌푸렸다. 피어오르는 향 연기가 빈소의 공간을 나비처럼 날아오르며 뒤덮었다.

식사를 끝내자 형수와 아내는 곧바로 부엌으로 들어갔다. 나를 비롯한 3부자는 빈소로 들어갔다. 빈소에 들어서면서 인호와 인수의 표정은 멍해졌다. 애들의 표정에 영향을 받았음인지 나도 머릿속이 텅 비는 느낌이었다.

미묘한 자극만 가해져도 머릿속에 뒤엉켰던 기억은 곧잘 출렁대었다. 어머니가 틈틈이 내게 들려주던 얘기였다. 내가 초등학교에 입학하기 직전의 1월의 일이었다. 눈이 내려 천지가 하얗게 뒤덮여 있을 때였다. 내가 홍역을 앓아 사경에 처했을 때였다. 찢어지게 어려운 가정 여건이라 병원을 찾을 처지가 아니었다. 어머니는 집에서 산을 넘어 죽봉(竹鳳) 마을의 무녀를 찾았다. 어머니와 고등학교 2학생이었던 형이 번갈아 나를 업어 고개를 넘었다. 50대 초반의 무녀는 마침 집에 머물러 있었다.

무녀가 혼수상태의 나를 들여다보더니 금세 나의 옷을 발가벗겼다. 그러면서 어머니한테 복숭아나무의 나뭇가지를 잘라 4묶음으로 만들라고 시켰다. 복숭아나무는 무녀의 집 바깥 울타리에 무리를 지어 자라고 있었다. 어머니가 마침내 4묶음을 만들어 무녀한테 가져갔다. 무녀가 4묶음의 나뭇가지를 동서남북의 네 방향에 배치했다. 찬물에 적신 수건으로 내 몸을 꼼꼼하게 닦았다. 그러고는 다시 내 옷을 입혀 방바닥에 눕혔다. 이어서 무녀가 정화수를 떠서 4방향을 향해 신장(神將)을 향해 빌었다. 부디 꺼져 가는 생명을 자비롭게 구해 달라고.

4방향에 대한 무녀의 기도가 이루어진 뒤였다. 놀랍게도 내 몸의 열기가 스러지면서 내가 깨어나더라고 했다. 하마터면 그때 내가 숨겼을지도 모른다고 어머니가 내게 들려주곤 했다. 어쨌든 내가 어머니한테는 사경에서 헤매다가 신장(神將)의 도움으로 회생한 자식이었다.

빈소의 향 연기가 점차 짙게 깔렸다. 시계를 흘깃 들여다보니 새벽 2시 무렵에 접어들었다. 자정을 넘어서자 조문객들은 더 이상 찾아들지 않았다. 그래서 자정 무렵부터 3모자(母子)는 방에서 잠이 들었다. 나는 조용히 방을 나와 산자락 아래의 공터로 걸어갔다. 공터는 개간한 밭이지만 농작물이 심기지 않은 곳이었다. 집 바로 옆이기에 어머니의 유품을 거기에서 태우기로 했다. 아랫마을과는 600m쯤 떨어진 곳이라 밤에 유품을 태워도 무난한 장소였다.

내가 어머니의 짐을 챙겨 공터로 나갔을 때다. 옆집에서 3살 연상의 사촌 형수가 나를 도우러 기다리고 있었다. 4년 전에 사촌 형이 세상을 떠난 후로 혼자 살았다. 자식도 없는 처지였다. 나의 생가 곁에는 사촌 형수의 집이 유일한 이웃집이었다. 두 집으로부터 아랫마을이 600m가량 떨어져 있었다. 나의 생가와 사촌 형수의 집은 외톨이 집이나 다름없었다. 그러다 보니 평소부터 어머니와 사촌 형수와는 각별히 잘 지냈다. 마치 친딸처럼 어머니를 잘 도우며 살던 형수였다. 게다가 사촌 형이 세상을 떠난 뒤부턴 어머니와 더욱 가까워졌다.

어머니가 사용하던 낡은 장롱에 불을 붙이자 형수가 훌쩍거렸다. 미국의 형한테 전화를 했더니 차가운 목소리의 응답이 들렸다.

"너도 알다시피 한국까지 건너갈 여건이 못 돼. 수고스럽겠지만 모든 장례 절차를 네가 처리해 주길 바란다. 형이 되어 이런 말하기가 너무 미안하구나. 언젠가 때가 되면 한 번 방문할게."

참으로 암담한 느낌이 가슴으로 밀려들었다. 10년 차이의 나이로 의사소통이 쉽지 않던 형이었다. 그런데다가 10년 전에 이민을 떠나면서부터는 거의 잊고 지내던 처지였다. 말이 형제이지 실제로는 고아나 다름없는 내 처지라 허허로웠다. 오히려 형보다는 사촌 형과 더 가까이 지냈던 편이다.

사촌 형수가 어머니의 옷을 태우면서 나를 향해 말했다.

"정이 듬뿍 들어 친어머니처럼 지냈는데 이런 일이 생겼군요."

장롱이 타면서 치솟는 불길에 평야 건너편의 철도가 훤히 드러났다. 옷과 나무가 타면서 내는 불길이 하늘로 치솟았다. 주변에 인가라곤 멀리 떨어져 있어 호젓한 느낌이 주변을 뒤덮었다.

주변이 적막에 휩싸이자 옷과 나무가 불타는 소리가 드높아졌다. 밤이 점차 이슥해지자 하늘엔 별들이 초롱초롱 빛을 내뿜었다. 널따랗게 멍석이 깔린 마당을 둘러봤지만 문상객들은 다들 돌아가고 없었다. 밤을 새워 조문하던 풍정은 이미 세상에서 사라진 터였다.

대학생이 되어 진주를 떠날 때까지의 마을의 장례 분위기가 떠올랐다. 문상객들이 상주들을 위로하느라고 상가의 불이 꺼지지 않았다. 밤새 문상객들이 어우러져 곳곳에서 화투를 치며 떠들썩한 분위기를 이루었다. 세상을 떠나는 망자의 영혼이 외롭지 않게 떠들썩한 분위기를 조성했다. 지나던 마을의 어느 상가에서건 사람들이 내뿜는 정감이 훈훈하게 흘렀다.

부모의 후손이었던 내가 시골에 살지도 않았고 친척도 없는 편이었다. 어머니의 사망 소식을 주변에 알릴 만한 곳이 거의 없었다. 고작 아내와 나의 직장 동료들이거나 학교 선후배들이 조문객들의 대다수였다. 텅비어 을씨년스런 마당을 둘러볼 때에 스산한 기운이 피어올랐다. 나는 아내가 잠든 방도 잠시 기웃거려 보았다. 피곤했던 탓인지 정신없이 잠들어 있었다. 나는 살그머니 방의 출입문을 닫고 마당으로 내려섰다. 하늘에 드리워진 냉기가 옷을 파고들어 전신으로 밀려들었다.

사촌 형수와 함께 어머니의 옷을 다 태웠다. 장롱 안에 놓여 한 번도 입지 않은 것이 대부분이었다. 그래도 자식 노릇을 한답시고 때때로 명절 때 샀던 옷들이었다. 입지도 않은 옷을 바라볼 때에 가슴이 알싸하게 젖었다. 아마도 아낀다고 평소에 입지 않았던 모양이라 여겨졌다.

사촌 형수가 나를 향해 말했다.

"논길이 꺾여 밭둑으로 올라서는 지점의 굴곡이 큰 도로를 알지예? 바로 거기에 경운기가 이르렀을 때였십니더. 농로에서 지방도로로 진입하던 화물차가 경운기를 들이받고는 달아나 버렸다 쿠데예. 논에서 일하던 사람이 넷이었는데도 차 번호를 못 봤다켔십니더."

내 가슴이 저려 왔다. 결국 뺑소니 사고라 범인도 놓친 채 장례를 치르던 중이었다. 살면서 답답한 일이 더러 있지만 이런 경우는 처음이었다. 도무지 범인을 찾을 길이 없는 상태였다. 같은 마을에 상가가 두 군데였다. 경운기를 몰던 아랫마을 53세의 철규라는 사람도 함께 사망했다. 경운기가 화물차에 떠밀려 전복하는 바람에 두 사람이 즉사했다. 참으로 답답한 노릇이 아닐 수 없었다.

옷을 다 태운 뒤였다. 고색창연한 문갑이 하나 보였다. 내 기억으로 처음 대하는 물건이라 여겨졌다. 지금까지 어머니를 대하면서도 그 문갑을 대하기는 처음이었다. 문갑에는 가로가 45㎝, 세로가 62㎝에 이르는 정방형의 서랍이 발견되었다. 서랍 내부에는 한 권의 공책이 들어 있었다. 공책을 펴니 어머니가 짬짬이 기록해 둔 글자들이 시선을 자극했다. 검정색 사인펜으로 틈틈이 쓴 글 줄기가 펼쳐져 있었다. 30여 장의 공책들을 쭉 넘기며 훑어보았다. 대부분이 이웃집에서 빌려 쓴 금액과 갚은 날

짜가 적혀 있었다.

그러다가 공책의 중간 부위에 누런 편지지가 꽂혀 있었다. 세월이 엄청나게 흘러 색깔이 심하게 변한 종이였다. 종이의 1/3에 해당하는 부위에만 글이 짧게 실려 있었다.

> 아기가 자라는 모습이 먼발치에서도 잘 보이더군요.
> 영원히 찾지 않겠다고 약속했지만
> 한 번만 아기를 직접 만나고 싶어요.
> 허락해 주시기를 간절히 빕니다.
>
> −소 상 드림

글을 읽는 순간 가슴이 섬뜩해짐을 느꼈다. 그러자 일시에 머릿속으로부터 과거의 기억이 휘말려 올랐다.

내가 초등학교 3학년 학생 때였다. 밭 가장자리의 산기슭에 매어 놓았던 소를 몰고 내려오던 중이었다. 산기슭과 오솔길이 만나는 지점에서였다. 20대 후반의 여승 둘이 길에 서서 나를 바라보았다. 눈빛이 너무나 맑아 세상의 사람 같아 보이지 않을 정도였다. 게다가 둘의 얼굴도 선녀처럼 곱고 아름다웠다. 내가 소를 몰고 오솔길에 들어서자 나와 소를 비켜주었다. 그러면서 여승 둘이 그윽한 눈빛으로 나를 바라보았다. 여승들의 시선을 무시하고 소를 몰 때였다. 얼굴이 갸름한 여승이 방긋 미소를 짓더니 나한테 말했다.

"네가 오철준이지? 그간 많이 컸네. 집에 어머니가 안 계시던데 시장에서 안 돌아오신 모양이구나."

아버지는 산등성이 밭에서 일하느라 아직 귀가하지 않았다. 어머니는 시장에서 농산물을 파느라고 귀가하지 못한 시점이었다. 내겐 낯선 두 여승이 무척 부담스럽게 느껴졌다. 그러면서도 고개를 끄떡여 여승의 말이 맞다고 시인했다. 두 여승이 한동안 내 얼굴을 들여다보며 자꾸 말을 걸었다. 집에 혼자 남아 여승들을 상대하려니 영 마음이 불편했다. 하지만 침착하게 여승들을 지켜보며 응대했다. 대략 반시간이 흘렀을 때였다.

두 여승이 집을 떠나 되돌아가려고 마루에서 일어섰다. 떠나면서도 연신 내게 할 말이 있는 듯한 느낌을 주었다. 여승들이 사립문을 벗어나서 아래 마을로 발걸음을 옮겼다. 여승들이 집을 떠나자 일시에 내 가슴이 홀가분해졌다. 이상스런 일도 있었다고 여기고는 이내 잊어 버렸다. 그때 여승들이 집을 찾아왔던 일을 아예 부모에게도 말하지 않았다. 여승들이 시야에서 사라진 순간에 아예 기억에서도 사라진 모양이었다.

아스라한 기억의 공간 어디에서도 여승들의 자취는 말끔히 지워졌다고 여겼다. 그랬는데 어머니의 공책을 바라보자 일시에 기억이 되살아났다. 정황에 따르면 얼굴이 갸름했던 여승이 나의 생모(生母)였으리라 여겨졌다. 갑자기 내 머릿속에서 파르스름한 섬광이 마구 치솟았다. 평생을 살아오면서 나한테 따로 생모가 있으리라고는 생각지 못했다. 나는 창졸간에 허둥대면서 마음속으로 중얼대었다.

'어쩌다가 이런 일이 생겼을까? 설혹 내게 생모가 있었을지라도 이젠 아무런 의미가 없는 일이야. 사망한 어머니만이 진정한 어머니일 뿐이야. 마음은 스산하지만 금세 기억 속에서 지워야지.'

마음을 모질게 먹었지만 서서히 가슴 밑바닥이 저려 왔다. 세상이 돌연 낯설게 여겨졌다. 이전에 내가 잠시 의문을 가져 보았지만 이내 잊었던 터다. 세월이 흘러 생모의 존재가 밝혀지자 가슴이 처연해졌다.

어머니의 필체가 담긴 공책을 한동안 들여다본 뒤였다. 기록물에 의해 실상이 밝혀졌을지라도 달라진 건 없다고 여겨졌다. 내겐 나를 키워 준 어머니가 진정한 어머니로 여겨졌다. 어머니의 일기와 생모의 기록이 아니었다면 생모의 존재는 잊혔을 것이다.

진주에 도착한 지 이틀이 지난 오전 10시 무렵이었다. 발인제를 올리고 나서는 장의차가 어머니의 시신을 화장장으로 옮겼다. 한 시간쯤 화장장에서 대기하고 있다가 어머니의 유골함을 받아들었다. 일가족과 사촌형수를 차에 태운 뒤였다. 나는 차를 몰아 경남 산청으로 달렸다. 산청읍 내리(內里)에는 남강(南江)의 상류인 경호강(鏡湖江)이 흘러내렸다. 강물의 유속이 커지는 강가에 높다란 절벽이 치솟아 있었다. 절벽 위에는 단아한 모습의 정자인 연풍정(燕風亭)이 세워져 있었다. 지형으로 볼 때 숱한 관광객들이 다녀가는 명승지로 여겨졌다.

정자가 세워진 절벽에 연결된 능선에는 진달래나무의 군락지가 펼쳐져 있었다. 수백여 포기가 군락을 이루어 장엄하게 드러누워 있었다. 형수가 나를 향해 말했다.

"정자 왼쪽의 진달래 군락지를 어머님께서 평소에 자주 찾으셨어요. 당신이 운명하면 뼛가루를 거기 땅에 묻어 달라고 했어요. 진달래 군락지는 응달이라 햇살이 잘 안 들잖아요? 죽어서나마 아기를 맡긴 어떤 여인의 마음을 느껴 보겠다고 했어요. 어떤 여인이 누구한테 아기를 맡겼는지는 얘기하지 않았어요. 묘한 일이죠?"

절벽 아래 강가에 차를 세우고는 일행이 절벽 길을 올랐다. 숱한 사람들이 다녔던 등산길이라 길은 안전한 편이었다. 가파른 경사의 등산길을 십여 분이 지나 마침내 올랐다. 진달래나무의 나뭇잎에 단풍이 들어 바람결에 애잔하게 남실대었다. 다홍색과 노란색이 어우러져 물결치는 진달래의 나뭇잎들을 대하니 가슴이 벅차올랐다. 진달래나무를 대할 때 문득 어머니의 숨결이 느껴졌다. 평생 자식들에게 애정을 쏟아 돌보던 어머니였다. 그러기에 어머니의 얼굴을 떠올리자마자 가슴이 먹먹하게 젖어들었다.

진달래나무들이 자리 잡은 땅 속을 조금씩 모종삽으로 팠다. 그러고는 거기에 어머니의 뼛가루를 조금씩 흩어 묻었다. 이른바 수목장(樹木葬)이라는 장례 형식이었다. 세월이 흐르면 어머니의 뼛가루는 영양물질이 되어 진달래에게 흡수될 것이다. 어머니의 뼛가루를 진달래나무 뿌리 부분에 묻고 난 뒤였다. 나의 일가족과 사촌 형수가 진달래나무를 향해 횡렬로 섰다. 그러고는 마음을 가다듬어 두 차례의 절을 했다. 어머니의 뼛가루가 묻힌 곳을 향해서였다.

이윽고 승용차로 되돌아가 차를 진주로 몰았다. 사촌 형수를 집에까지 태워 주려는 취지였다. 그렇게 작년 가을에 어머니의 장례를 치렀다.

어머니의 장례를 치르고 나서 6개월이 흘렀을 때였다. 4월 초순이라 곳곳에서 꽃들이 다투어 피려는 시점이었다. 퇴근하여 저녁 식사를 마쳤을 무렵에 낯선 전화가 걸려왔다. 바로 어제 저녁에 걸려온 산청 운청암(雲青庵) 주지승의 전화였다.

"소상 스님의 말씀으로 처사님이 아드님이라더군요. 꼭 오셔서 스님의 유품을 인수해 주세요. 오시는 것으로 알고 기다리겠습니다."

내용을 듣고 보니 오늘인 토요일에 잠시 다녀가라는 얘기다. 만나서 자세히 얘기를 전해 주겠다면서 주지가 전화를 끊었다. 전할 물품이 있다면서 꼭 다녀가라고 강조했다.

교통이 번잡할 것을 고려하여 새벽 4시에 서울을 출발했다. 운청암에 닿으니 오전 8시가 조금 지난 시점이다. 암자의 마당에 들어서니 60대 중반의 주지승이 법당에서 나온다. 여승인 주지의 얼굴은 맑은 샘물처럼 청아하기 그지없다. 주지승이 먼저 활짝 미소를 지으며 합장을 하더니 내게 말한다.

"일찍 도착하셨군요. 소상(素霜) 스님이 저승에서 기뻐하시겠어요."

이윽고 주지승의 안내로 승방(僧房)인 주지실로 들어섰을 때다. 주지가 물을 끓여 녹차를 다탁에 올린다. 둘이 마주 앉았을 때다. 맑은 미소를 머금으며 주지가 입을 연다.

소상(素霜)은 나의 생모(生母)의 법명이다. 생모는 20대 초반에 불가에 들어섰다. 그 이후로 불가에서 얻은 법명이라고 들려준다. 전국을 떠돌다가 40대 초반부터 운청암에 머물렀다고 한다. 하도 불심(佛心)이 견실하여 소상이란 법명을 얻게 되었다.

주지와 소상은 나이도 비슷하고 취향도 비슷하여 친하게 지냈다. 주지는 소상으로부터 때때로 소상의 과거사를 듣게 되었다. 선영(素箱)이 여상을 졸업하고 취직이 안 되어 집에 머물 때였다. 그녀의 부모는 서천 해변에서 해물탕 음식점을 운영하고 있었다. 음식점에서 부모의 일손을 거들 때였다. 나의 아버지가 음식점에 들러 해물탕과 술을 주문했다. 아버지가 앉은 식탁에 음식을 선영이 날랐다.

전형적인 농부로 보이는 중년 사내의 눈빛이 맑게 흘러들었다. 오후 3시 무렵이라 손님도 많지 않을 때였다. 아버지가 선영에게 바다까지만 같이 가겠느냐고 의견을 물었다. 아버지는 선영의 부모와도 구면인 처지였다. 연중 한 차례씩 아버지는 서천을 찾곤 했다. 서천에 묵으면서 내리 사흘을 해물탕으로 식사를 해결했다. 이런 관계로 선영의 부모한테는 아버지가 소중한 고객이었다. 별로 성가시지 않은 고객의 요청이라 선영의 부모도 흔쾌히 허락했다. 선영도 취직이 안 되어 마음이 한창 심란한 시기였다.

선영이 아버지와 함께 서천 해변을 함께 거닐며 대화를 나누었다. 감수성이 예민한 시절의 처녀인 선영이었다. 마음이 심란한 처지의 선영이었던지라 아버지에 대한 인상은 각별했다. 서서히 시간이 흐르면서 선영의 마음은 아버지한테로 기울어졌다. 유부남인 줄 알면서도 마음이 자꾸만 기울어지려는 정감을 조절하기 어려웠다. 그러다가 아버지의 마음이 공허하여 서천을 방문했을 때다.

세상이 허망하게 느껴져 아버지가 극심한 공허감에 시달릴 때였다. 선영을 해변에서 집으로 돌려보내고는 혼자 남아 술잔을 기울였다. 저녁부터 새벽까지 술잔을 기울이다가 해변의 음식점에서 비틀거렸다.

아버지가 해변의 여관에서 잠들고 난 새벽이었다. 새벽에 소변을 보러 침대에서 일어나다가 곁에 누운 선영을 발견했다. 아버지가 잠들자 선영이 아버지의 숙소에 은밀히 뛰어들어 동침했다. 그 날의 인연으로 태어난 자식이 나라고 했다. 선영이 배가 불러오면서부터 그녀의 부모로부터 내쫓겼다. 선영의 미래를 아버지도 책임질 처지가 못 되었다. 마음만 안타까워 허둥댈 무렵에 선영은 암자를 찾아 들어갔다. 선영에겐 두 살 위인 선정이란 언니가 있었다. 선영은 언니에게 자초지종을 밝혔다. 출생한 아기인 나를 양모인 어머니를 찾아와 맡긴 뒤였다.

주지가 기나긴 이야기를 말한 뒤다. 주지가 처연한 표정으로 내게 말한다.

"2년 전부터 간암을 앓았어요. 암 세포가 전신에 전이된 시점에야 발견한 거죠. 이미 회생의 가능성은 사라진 상태였죠. 치료를 지속적으로 받았지만 3개월 전에 사망했어요. 자신이 죽거든 뼛가루를 철쭉나무의 뿌리에 묻어 달라고 했어요. 죽어서라도 햇살을 많이 받는 식물의 영혼이 되겠다고 밝혔어요. 그래서 처사님의 양모의 입장에서 세상을 보고 싶다고 밝혔어요."

나는 가슴이 서늘하게 식는 느낌이 든다.

'어머니는 진달래나무 숲에서 수목장을 하고 생모는 철쭉나무 숲에서 하다니?'

주지는 말을 마치자 생모의 유골함을 내게 전해준다. 나는 생모의 유골함을 받아들고는 운청암 경내를 벗어났다.

산청의 경호강을 굽어보는 암자(庵子)에는 석양이 비단결처럼 곱게 밀려든다. 비구승인 주지에 이끌려 암자 서쪽의 산등성이에 들어선다. 주지승이 나를 향해 말한다.

"세상 떠나기에 앞서 처사님의 어머님께서 많이 아팠어요. 입원시키려고 했지만 끝내 본인이 입원을 거부했죠. 사찰 경비로 입원비 정도는 충분히 댈 정도였는데도 말입니다. 다만 가슴에 남는 말이 한 마디 있었어요."

주지가 잠시 말을 멈추고는 내 눈을 그윽이 들여다본다. 왠지 주지의 눈빛에 너무나 많은 슬픔이 남실대는 기분이다. 연유를 몰라 나도 잠시 숨을 죽이고 주지를 마주 바라본다. 눈빛이 허공에서 서로의 얼굴을 더듬는다. 그러다가 주지가 나를 향해 처연한 목소리로 말한다. 내가 그녀의 말에 귀를 기울일 준비가 되었다고 판단한 모양이다.

"세상살이가 너무 버겁다고 했어요. 버겁다는 말만을 서너 번 내뱉은 새벽에 입멸하고 말았어요."

주지승의 말을 듣는 순간에 울컥하고 목이 멘다. 세상살이는 어느 누구한테도 만만한 것이 아니기 때문이다. 세상의 누구라도 가슴에는 시린 상처를 안고 살기 마련이라 여겨진다. 다만 겉으로 내색하지 않을 뿐이라 생각된다. 이런 와중에서 생모(生母)를 버겁게 한 요인이 무엇이었을까를 생각해 본다. 불도에 뛰어든 지 40년이 넘는 세월을 생모가 보냈다고 한다. 불도에 정진했음에도 마지막에 버겁다는 말을 한 의중이 안타깝게 비친다.

생모가 세상을 떠난 지금에는 생모를 어머니로 받아들이고 싶다. 슬픔의 무게를 가슴에 안고 살다가 이승을 떠난 어머니. 뼛가루를 사찰 산골짜기의 철쭉나무 뿌리에 묻어 달라고 했다고 한다. 생모와 다져진 정감으로 주지승이 뼛가루를 직접 뿌리고 싶었다고 들려준다. 하지만 유언에 따라 나를 위해 2개월을 기다렸다가 연락했다고 한다.

주지승의 안내를 받아 수려하게 치솟은 능선으로 올라선다. 거기에는 철쭉나무가 무리를 지어 치솟아 바람결에 남실댄다. 흔들리는 철쭉나무를 바라볼 때다. 생모(生母)와 양모(養母)인 두 어머니가 주고받았을 눈물이 가슴을 알싸하게 뒤흔든다. 양모가 자신의 뼛가루를 진달래나무에 뿌리라고 한 연유가 가슴에 읽힌다.

시골 출생이라 나무의 속성에 대해서는 너무나 잘 아는 어머니들이다. 진달래는 일조량이 적은 응달에 주로 자생한다. 반면에 철쭉은 일조량이 많은 양달에서 자생한다. 어느 산자락을 훑다시피 해도 양달에서는 진달래가 발견되지 않는다. 반면에 응달에서는 철쭉이 눈에 띄지 않는다. 배다른 자식인 나를 키운 양모의 고뇌가 얼마나 스산했을지 먹먹하다. 나를 키우면서도 수시로 뿌렸을 슬픔의 눈물이 가슴으로 밀려드는 듯하다.

혼자서 차를 몰고 내려와 운청암(雲靑庵)의 주지승을 찾기 직전이었다. 나는 어머니(養母)의 뼛가루를 뿌렸던 연풍정의 진달래 군락지를 먼저 찾았다. 연풍정과 운청암의 거리는 800m가량 떨어져 있을 따름이기 때문이다. 4월 초순이라 진달래가 온 산야를 붉은 화염처럼 뒤덮고 있다. 진달래가 만발한 숲에 두 차례 절을 한다. 어머니의 뼛가루를 영양분으로 삼아 잘 자란 진달래꽃이기 때문이다. 나를 피눈물을 머금고 키웠을 어머니의 속내를 떠올리자 눈물이 치솟는다. 진정으로 어머니한테 무한한 사랑을 느낀다.

오죽하면 자신의 뼛가루를 진달래나무 뿌리에 묻으라고 했을까? 그만큼 생모에 대한 마음이 안타까웠던 모양이다. 죽어서조차 생모의 입장에서 세상을 바라보고 싶다던 양모였다. 어머니의 마음이 불탔음일까? 때를 맞춰 피어난 진달래의 군영이 온 절벽에 만발하여 남실댄다.

축복받지 않은 존재인 나를 두고 흘렸을 두 어머니의 눈물. 세상에 없는 아버지를 탓하고 싶은 마음은 추호도 없다. 어쨌든 아버지는 형과 나한테 일관된 애정을 베풀었다고 기억된다. 어려운 형편에서도 언제나 형과 나를 다독거려준 아버지였다.

아버지를 사이에 두고 두 어머니가 겪었을 고뇌. 이 고뇌의 기류가 내 가슴을 먹먹하게 한다. 철쭉이 피려면 한 달은 기다려야 할 시점이다. 나는 철쭉의 군락지에서 생모를 떠올리며 계곡으로 흘러내리는 개천을 굽어본다.

나는 주지승 앞에서 사찰 계곡의 철쭉나무 뿌리에 뼛가루를 묻는다. 그러면서 마음속으로 중얼댄다.

'얼굴도 익히지 못했지만 저를 낳아 주신 고마운 어머님! 산중의 절간에서 얼마나 외로운 나날을 보내셨습니까? 아무리 경문(經文)이 심오해도 어머니의 속내까지 위로하지는 못했으리라 여겨집니다. 오늘 소자(小子)가

다녀가니 서러웠던 마음을 허공에 다 털기를 바랍니다. 어쨌든 어머니로 말미암아 세상을 보게 되어 너무 고맙습니다. 자주는 못 내려와도 때때로 찾아올게요. 안녕히 계세요.'

낙조가 서녘 하늘에서 자줏빛 공작의 깃털처럼 나부낀다. 이윽고 주지승이 먹먹한 눈빛으로 나의 손을 감싸 준다. 주지승이 밝힌다. 유년시절에 어머니랑 진주를 찾아 나를 본 기억이 어렴풋이 떠오른다고. 그 말을 듣자 생모를 대한 느낌이 왈칵 인다. 곧바로 땅바닥 위에서 주지승에게 절을 한다. 이윽고 내가 일어서려니까 주지승이 나를 아들처럼 꼭 껴안고는 훌쩍거린다. 그러고는 서로 손을 맞잡고 대화하다가 주지승과 작별한다. 사찰 아래 마을의 입구로 내려서니 어스름이 짙게 몰려든다. 차에 오르기에 앞서 나지막하게 저승의 두 어머니한테 말한다.

"두 분 어머님, 공기 좋은 산청 땅에 나란히 묻혔군요. 진달래와 철쭉처럼 응달과 양달에서 산청의 산바람과 함께 사이좋게 지내세요. 두 분 부디 저승에서는 서로 다정하게 지내시기를 간절히 빌게요."

나는 연풍정과 운청암을 향해 잠시 합장하여 고개를 숙인다. 진심으로 두 어머니의 영혼을 향해 사랑의 마음을 전한다. 그런 뒤에 서서히 차에 오른다. 서서히 차바퀴가 산길을 거쳐 중부 고속도로를 향해 내닫는다. 차창 밖으로 들리는 바람소리가 저승의 영혼들이 화합하는 소리처럼 느껴진다. 몸이 점차 이완되면서 정신은 한없이 편안하고 쇄락해진다. 산청 골짜기로부터 연신 흘러내리는 솔바람이 한없는 그리움으로 물결친다.

〈『한올문학』 2013. 7월호 발표〉

기류 조절

    순간적으로 설움이 끓어오르며 내 눈에서 눈물이 줄지어 떨어져 내린다. 나는 고개를 흔들며 차를 향해 발걸음을 옮긴다. 설혹 산사태가 일어날지라도 평온하게 웃을 수 있을 것 같다. 산악이 생동하는 숨결로 흔들리는 듯하다.

기류 조절

 차창 밖으로 아카시아의 향기가 진하게 몰려들고 있다. 5월 중순이라 산야의 곳곳마다 아카시아 꽃이 구름송이처럼 바람결에 나풀댄다. 담백한 향긋함이 마음을 한없이 평온하게 다스려 주는 느낌이다. 내비게이션을 보니 목적지 가까이에 도착한 느낌이 든다. 경기도 여주군에 속하는 산골짜기를 상당히 더듬어 올라왔다. 주변은 다 산악인데도 목적지 인근에는 광활한 분지가 펼쳐진다. 대략 직경이 3㎞에 이르는 거대한 분지가 널브러져 있다.

 분지에 들어서자마자 길가에 안내판이 보인다. 하얗게 칠한 커다란 판자에 검정색 글자가 페인트로 씌어져 있다.

 '여주군 운중사(雲中寺) 유적지'

 나는 차를 유적지의 주차장에 가지런히 세운다. 분지는 온통 잔디로 덮여 있는데 말끔히 깎인 상태다. 안내판 옆에는 유적지를 설명하는 입식 시설물이 설치되어 있다. 신라 말기에 창건되어 고려조에 크게 번성했다고 적혀 있다. 그러다가 임진왜란 때에 대부분의 건물이 소실되었다고 기록되어 있다. 유적지의 잔디밭에는 나뒹군 석탑과 불상을 떠받쳤던 좌대(座臺)가 눈에 띈다. 석탑과 좌대 이외에도 거북 모양의 비석 받침대도 눈에 띈다. 비석의 몸뚱이는 사라져 눈에 띄지 않는다. 거북 형상의 비석 받침대의 모양은 정교하기 이를 데 없다.

석탑 3개와 좌대 1개와 2개의 비석 받침대. 화강암을 조각하여 만든 이들 시설물들은 수려하기 그지없다. 그렇기에 이들이 보물로 지정된 모양이다. 탑과 좌대에 새겨진 용의 조각에는 생동하는 듯한 숨결이 느껴진다. 돌에 숨결이 느껴질 만큼 조각 솜씨가 탁월한 예술성을 보인다. 나는 천천히 유적지의 잔디밭을 거닌다. 아마 외떨어진 곳이어서인지 내방객들의 수는 20명 미만으로 보인다. 불상이 놓였던 좌대를 살펴볼 때다. 불상은 유실되었다는 안내문이 적혀 있다. 불상의 높이는 적어도 2m가량은 되었으리라는 설명이 판자에 적혀 있다.

불상은 언제 유실되었으며 어디에 있는지 모른다는 설명이다. 불상의 재질이 금속인지 석질인지조차 추정하기 어렵다고 한다. 판자에 적힌 설명문을 읽으면서 마음이 공허해진다. 마음이 공허해지자 답답한 마음이 부글거리며 들끓으려고 한다. 분지를 에워싼 사방의 산야에서는 아카시아의 향기가 물결처럼 밀려든다. 향기가 향긋함에도 불구하고 답답한 가슴이 터질 듯이 회오리친다.

결혼을 앞둔 서른두 살의 처녀인 내가 유적지를 찾다니? 그것도 잔뜩 심란한 상태로 혼자서 차를 몰고 오지 않았는가? 2년이 흘러도 내 마음을 들쑤시는 것은 허창민(許昌敏)의 존재다. 그는 2년 전에 결별한 나의 애인이었다. 무려 3년간을 연인으로 지냈는데도 나한테서 떠나간 창민이다. 세월이 약이겠거니 하고 잊으려 해도 좀체 잊히지 않는 얼굴이다. 미련이 정리되어야 성택(吳盛澤)과 단아한 마음으로 결혼할 텐데 상당히 걱정스럽다.

새롭게 출발하려는 시점이기에 어쨌든 마음의 앙금을 털어 버리고 싶다. 내 얼굴의 어느 모퉁이에서도 창민으로 인한 그늘을 지우고 싶다. 마음을 비우고 털려고 할수록 아쉬운 마음이 자꾸만 솟구치려 한다.

유적지 잔디밭에 드러난 주춧돌 터를 둘러본다. 주춧돌 터만 헤아려도 건물이 적어도 20여 동은 되었던 모양이다. 이 정도의 규모라면 족히 대가람(大伽藍)이라 불릴 정도라 여겨진다. 유적지 가장자리로 뚫린 길을 걷다 보니 종무소(宗務所)라는 건물이 보인다. 컨테이너 박스로 얽어 짠 임시 건물이다. 언젠가 절을 복원하겠다는 의지로 세워졌다고 해석된다.

종무소 언저리부터는 분지가 끝나고 산자락이 펼쳐지기 시작한다. 분지와 산자락의 경계를 이루며 하천이 시원스레 흘러가고 있다. 분지를 에워싼 산악이 높은 탓인지 하천의 수량이 풍부한 편이다. 하천을 덮씌워 산자락과 분지의 경계 지점에 정자가 세워져 있다. 엄밀히 말하면 정자라기보다는 대형 원두막에 가까운 건물이다. 지붕은 정자의 모양새를 흉내 내어 팔각 모양을 갖췄다. 덮개는 함석이며 지붕 아래의 골격은 값싼 합판으로 얽어 짰다. 정자의 바닥은 판자들을 나란히 깔아 니스 칠을 한 상태다.

정자 내부에는 다탁과 다기(茶器)들이 깔려 있다. 정자의 편액도 향풍정(香風亭)이라 달려 있다. 정자 옆의 산자락에는 수목들이 잔뜩 우거져 있다. 정자 아래로 개천이 흐르고 개천에는 징검다리가 놓여 있다. 정자 곁을 지나 산등성이로 오르는 길이 열려 있다. 산중턱에는 역대 중들의 사리가 담긴 부도들이 쫙 깔려 있다. 부도의 수가 30여 기에 이르러 그 자체가 장관을 이룬다.

산중턱의 부도들을 둘러보고 내려오는 길목에 향풍정이 서 있다. 마침 약간의 갈증이 이는 판이라 신발을 벗고 정자에 오른다. 정자에 오르자 계곡의 물소리가 시원하게 귓전으로 밀려든다. 정자에 가만히 앉아만 있어도 머리가 맑아질 지경이다. 다탁 언저리에 내가 앉아서 하천의 물소리를 듣고 있을 때다. 부도를 둘러보고 내려오던 50대 초반의 아주머니들 넷도 정자에 올라선다. 정자의 공간은 30여 명도 수용할 정도로 널찍하다. 아주머니들과 나는 가볍게 목례를 하며 합장하여 인사를 나눈다.

그뿐. 어디에서 왔느니 무슨 일로 왔는지에 대한 대화는 없다. 낯선 사람들끼리 무슨 얘기를 나눌 여유가 있겠는가? 그저 정자 아래로 흐르는 물소리에 취해 있을 무렵이다. 50대 초반의 여승이 신발을 벗고 정자에 오른다. 그러더니 5명의 내방객들을 향해 합장하며 입을 연다.

"안녕하세요? 유적지를 찾아 주셔서 감사합니다. 오신 김에 차나 한 잔씩 마시죠? 봄철에 다향이 참 좋아요."

자신을 절에 파견된 주지라 밝히며 여승이 다탁 앞에 앉는다. 종무소 건물 내부에도 여승 두 명이 있다고 들려준다. 여승의 나이는 50대 초반으로 보인다. 세월에 융해된 지혜가 눈빛으로 스며 나오는 느낌이 든다. 여승과 거리가 제일 가까운 위치의 사람이 나라고 판단된다. 예의상 두어 마디의 말은 건네야 되겠다고 여긴다.

"스님, 낮에는 사람들이 드나드니 관계없겠지만 밤에는 다소 적적하지 않으세요?"

여승이 미소를 머금으며 나를 바라본다. 그러고는 다기의 전원을 켠다. 정자 아래쪽으로 전선이 연결되어 있는 모양이다. '우웅' 소리를 내며 다기에 열기가 공급되기 시작한다. 여승이 나를 향해 한껏 맑은 미소를 짓더니 응답한다.

"당연히 밤 시간은 고요하면서도 쓸쓸하죠. 하지만 수행자에게는 반복되는 생활의 일부죠. 당연히 즐겁게 견뎌 내야만 합니다."

여승이 커다란 그릇을 앞에 두고는 작은 찻잔을 천천히 헹군다. 헹군 뒤에는 정갈한 행주포로 깨끗이 닦는다. 다탁 주변의 찻잔의 수가 30여 개는 족히 되어 보인다. 찻잔을 헹구고 닦기를 반복하면서 여승이 자연스레 얘기를 늘어놓는다.

여승이 눈빛을 빛내면서 입을 연다.

"제가 열두 살 때는 깊은 산중의 암자에 있었어요. 어느 날에는 암자에 저 혼자 머물렀던 때가 있어요."

여승의 법명은 '공하(空河)'라고 스스로 밝힌다. 공하의 얘기가 물이 흘러내리듯 이어진다.

공하가 12살이었을 때다. 강원도 인제의 깊은 산골짜기에 자리 잡은 암자에 머물 때였다. 주지와 공양주 보살이 불사(佛事)로 인해 암자를 비웠다. 둘은 30여 리 떨어진 본사에서 밤을 보내기로 한 터였다. 공하 혼자서 해발고도 540m의 암자를 지켜야 했다. 무더운 8월이었고 연신 폭우가 내리던 날이었다. 법당과 요사채와 해우소의 세 건물로만 이루어진 암자였다. 암자 뒷면에는 깎아지른 듯한 벼랑이 펼쳐져 있었다. 암자의 뜰 남쪽에는 깊숙한 산골짜기가 벌려 서 있었다. 암자의 건물들을 뒤덮듯 암자 주변에는 거목들이 하늘을 가릴 정도였다.

오후 5시 무렵부터 사방이 캄캄해져 왔다. 그러면서 굵은 빗줄기가 암자의 지붕과 뜰에 쏟아져 내렸다. 물통으로 물을 쏟아 붓듯 떨어지는 빗방울 소리가 위력적이었다. 게다가 천둥과 벼락까지 간헐적으로 가세하여 점차 음산한 분위기에 휘몰렸다. 암자 뒤편의 벼랑 위로부터는 간간히 작은 돌조각도 떨어져 내렸다. 자칫하다가는 절벽이 무너져 암자가 통째로 묻힐지 모르리라는 절망감마저 들었다.

"콰르르! 콰다다당!"

섬뜩한 불빛이 인 뒤엔 으레 천둥소리가 암자를 뒤덮었다. 암자 마당에는 강풍에 꺾여 떨어지는 나뭇가지들이 쌓이기 시작했다.

밤이 깊어질수록 천둥소리는 커졌고 기왓장에 빗방울 떨어지는 소리도 커졌다. 느닷없이 공하의 머릿속에 무서움증이 불길처럼 치솟았다. 금세 무너지려는 듯한 절간에 깔려 죽을 것만 같았다. 비가 쏟아지자 숲에서는 이상한 소리들이 여기저기서 폭음처럼 쏟아졌다. 썩은 나뭇가지들이 부러져 마당에 수북이 쌓였다. 금세 법당으로 충혈된 눈을 가진 귀신들이 몰려들 것만 같았다. 그리하여 비명도 못 지른 채 목숨을 잃을 것만 같았다.

깊은 산중이라 불을 켜기가 겁이 났다. 불이 켜지기만 하면 금세 귀신들이 달려들 것만 같았다. 두려움에 눈물을 글썽이며 망설이다가 용기를 내어 법당에 불을 켰다. 그러고는 불상을 향해 무섭지 않게 해 달라며 빌었다. 법당에 불을 켜니 귀신들이 요사채에 와서 아우성을 치는 듯했다. 두려워서 입술을 깨물며 요사채로 건너가 승방에도 불을 켰다. 촛대에 초를 꽂아 해우소에도 불을 밝혔다. 건물마다 불을 밝혔는데도 자꾸만 가슴이 떨렸다. 그래서 건물들마다 초를 한 자루씩 늘려 불을 켰다. 그랬음에도 촛불마저 바람결에 펄럭거렸다.

"휘이잉! 휘이이잉!"

"철꺼덕! 철컥철컥!"

정체불명의 요란한 굉음들이 암자 주위를 뒤덮으며 공하를 괴롭혔다. 공하는 금세 숨이 멎을 듯 가슴이 격렬히 뛰었다.

그러던 중에 법당을 태울 듯 번갯불이 번쩍거렸다. 잠시 기다렸다가 연이어 세 차례나 천둥소리가 하늘을 갈랐다. 거의 고막이 터질 듯한 굉음이었다. 무서워서 시선을 어디에 두어야 할지 갈피를 못 잡을 때였다. 바람결에 법당 문짝이 삐걱거리다가 활짝 열렸다. 일시에 밀어닥친 바람결에 불단의 양재기가 날아 공하의 머리를 쳤다. 급기야 공하는 울음을 토하며 법당에 주저앉았다. 어느새 자신도 모르게 오줌을 지려 사타구니가 질펀했다. 세상이 너무 두렵고 삭막하여 불상 앞에서 소리를 내어 울었다.

울면 울수록 자신의 울음소리에 숱한 귀신들이 몰려드는 느낌이 들었다. 마음이 얼어붙고 입술마저 새파랗게 변해 자지러질 지경이었다. 울면 울수록 세상이 더 무섭게 다가드는 듯했다.

바로 이때 예기치 않게 진한 의혹이 가슴속에 끓어올랐다.

"지금 무엇이 나를 두려워서 떨게 만들까? 나를 진실로 두렵게 하는 존재가 있을까? 아니면 내 마음이 두려워서 떠는 것일까?"

공하는 이런 의문을 떠올리자 불상 앞에 무릎을 꿇고 앉았다. 잠시 후엔 선승(禪僧)들이 좌선을 하는 자세를 취했다. 이때부터 공하는 몰입 상태에 잠겼다. 거짓말처럼 번개 소리와 폭우 소리가 귓전에서 사라졌다.

공하가 정자 내의 5명을 둘러보며 차 주전자를 넘긴다. 컵이 빈 사람만 차 주전자를 받아 차를 따른다. 작설차를 천천히 마시면서 내방객들은 공하의 말에 귀를 기울인다. 공하가 말을 잇는다.

"그날 저는 많은 것을 깨달았어요. 몇 년이 흘러도 깨우치지 못할 뻔한 것들을 대번에 깨달았어요."

그녀를 산중에 혼자 남겼던 중요한 원인이 깨달음으로의 안내였음을 알아차렸다. 사물을 무서워하는 마음이 사라지면 세상의 두려움이 사라짐을 깨달았다. 두려운 대상이 문제가 아니라 두려워하는 마음의 작용이 문제임을 느꼈다. 그리하여 공하는 법당에서 반야심경을 새롭게 음미했다. 시제법공상(是諸法空相)이라. 이 세상의 모든 작용은 원래 비어 있는 체제임을 깨달았다. 객관적인 두려움이 있는 것이 아니라 두려워하는 마음이 있을 뿐임을. 두려워하는 마음의 뿌리를 더듬으면 세상에는 두려움 자체마저도 없어진다는 얘기였다.

여승의 얘기를 듣는 순간에 내 가슴에 격렬한 소용돌이가 인다. 만물의 작용이란 게 원래는 비어 있는 체제라고?

지금까지 창민과 나는 마음이 잘 통했다. 연인으로 지내는 동안 마음이 수시로 달아오를 때가 많았다. 서로 사랑한다는 명분만으로도 창민과 나는 즐겁게 서로를 안았다. 그러다 보니 나의 사타구니로 그의 체액이 수시로 분출되곤 했다. 그런 일은 영혼과 육체를 연결하는 최상의 사랑의 행위로 받아들였다. 그의 체액이 내 몸으로 흘러들 때마다 세상이 녹는 듯했다. 어떤 종류의 환희보다도 황홀하고 아름답게 여겨졌다.

그러다가 재작년 9월의 일이었다. 어느 때부터 식용 기름 냄새만 맡으면 구토증이 치밀었다. 하도 증상이 심해 산부인과를 찾았더니 임신이 의심된다고 했다. 곧바로 초음파 검사를 하니 수태가 되었음이 드러났다. 이전부터 창민은 대학원 공부를 마쳐야 결혼하겠다고 밝혔다. 그의 꿈은 교수가 되는 거였다. 그의 마음과 의지는 너무나 단호하여 변경이나 양보가 없는 성격이었다.

내가 임신 사실을 창민에게 얘기했을 때다. 창민이 대번에 내 손을 붙잡고는 줄줄 눈물을 쏟았다. 아직 결혼해서는 안 되는 시기인데 애기를 가져서 어떻게 하느냐고? 그 자신이 조절하지 못했다면서 심하게 자책하는 행동이 섬뜩하게 느껴졌다. 그때 창민이 말했다. 일단 사흘만 생각할 기회를 달라고. 나는 그를 믿기에 그렇게 하겠다고 약속했다.

순식간에 사흘이 흘렀다. 나는 창민의 지혜로운 말을 기대했다. 그래서 마음 편안히 창민의 말에 귀를 기울였다. 그런데 내 귀로 밀려드는 창민의 말은 너무나 생경스런 느낌이었다.

"미선아, 모든 게 내 탓이야. 내가 조절을 잘 했어야 했는데 커다란 실수를 했어. 아직은 우리가 결혼할 시기가 아니잖아? 내가 생계를 책임져야 하는데 아직은 대학원 공부를 하는 중이야. 그래서 말인데 이번만 애기를 지우자, 응? 다음에는 절대로 이런 부탁을 하지 않을게. 당장 내일이라도 병원에 가서 애기를 지우자고, 알겠지?"

창민의 애기를 듣는 중에 그만 울음이 툭 터졌다.

"으흐흑! 으흐흐흑!"

내 관점에서 절대로 창민은 그렇게 애기하지는 않으리라 믿었다. 그랬는데 너무 실망하여 가슴이 벌벌 떨렸다. 창민은 너무나 사고(思考)가 독단적이어서 그의 부모와도 상의하지 않으려 했다. 절대로 그의 부모가 눈치 채지 못하게 하라고 했다. 그의 부모한테까지도 자존심을 내세우려는 창민이었다.

창민과는 달리 나는 그의 부모와 진심으로 상의하고 싶었다. 그의 부모는 더욱 슬기로운 방법을 제시할지도 모르리라 여겼기 때문이다. 그런데도 창민은 결혼하면 당장 그가 가장(家長)이 되어야 한다고 했다. 가장은 생계를 책임져야 하는데 대학원 때문에 어려운 일이라고 밝혔다. 결혼하면 가장이 무조건 생계를 책임져야 한다는 논리. 틀린 말은 아니지만 내겐 너무나 융통성이 없는 말로 들렸다.

나는 여자의 관점에서 창민에게 말했다. 생긴 태아를 지우는 것은 소중한 생명을 버리는 행위라 말했다. 임신이 안 되어서 고민하는 젊은이들도 많은 세상이 아닌가? 임신된 아기를 지우면 하늘에 죄를 받을지 모른다고도 들려주었다. 게다가 여성의 성기는 민감한 곳이라 설명했다. 수술로 잘못 건드린다면 나중에는 출산조차도 못할지 모를 일이라고 말했다. 내가 이성을 앞세워 조리 있게 설명할 만큼은 했다. 그랬는데도 창민은 생계와 가장을 들먹이며 그의 고집만 집요하게 내세웠다.

이전까지는 싸워 본 적이 없을 정도로 둘은 다정한 연인이었다. 그랬는데 내가 임신하면서부터 둘의 마음속에서는 독소가 끓어올랐다. 상대를 가혹할 정도로 모욕하려고 벌벌 떠는 자신들을 발견했다. 이런 행위는 사랑과는 거리가 완연히 멀다는 느낌이 짙어졌다. 이때부터 둘의 마음속에는 지나칠 정도로 자존심이 강하게 들끓었다. 조금이라도 자존심의 침해를 받았다고 느끼면 격분하여 난리를 쳤다. 내가 창민에게 난리를 피우기도 했고 창민이 나를 모욕하기도 했다. 나날이 둘의 사이에는 서로를 증오하는 감정의 골이 깊어졌다.

창민이 내세운 사흘이 지난 시점이었다. 나는 창민의 얘기에 귀를 기울였다. 혹시라도 창민의 견해가 달라져 있기를 바랐다. 하지만 창민은 완강하기만 했다. 격분하여 그가 소리를 질렀다.

"왜 말귀를 못 알아들어? 내가 가장이 되면 생계를 책임져야 된다고 했잖아? 왜 자꾸 네 고집만 내세우려고 해? 예전에는 네가 안 그랬잖아? 왜 네 마음이 변했는지 모르겠어. 자꾸 네 고집만 내세우려면 차라리 우리 헤어지자고. 아무래도 그게 낫겠어."

헤어지자는 극한의 말을 들은 순간이었다. 나는 눈이 뒤집혔다. 나는 독이 올라 창민의 뺨을 좌우 한 차례씩 갈겼다. 그러고는 나도 냅다 고함을 질렀다.

"내가 고집만 피운다고? 그런 말을 하는 너는 왜 양보를 못하니? 아무리 화가 나도 할 소리가 따로 있잖아? 어디다 대고 헤어지자는 소리를 해? 내가 누구 때문에 애기를 가졌는데?"

화가 너무 차올라 머리가 핑 돌 지경이었다. 잠시 숨결을 추스른 뒤였다. 나도 그를 노려보며 극한의 발언을 했다.

"좋아. 나도 너한테서 정나미가 완전히 떨어졌어. 나도 더 이상은 너의 피가 든 애기를 용납하지 못하겠어. 네 허락에 관계없이 애기를 지우겠어. 나도 융통성이라곤 없는 네 성격에 완전히 질렸어. 우리는 연분이 아니었나 봐. 지금 이후로는 우리 절대로 만나는 일이 없도록 하자. 알겠어?"

언쟁한 뒷날에 나는 병원에서 애기를 지웠다. 임신한 지 1개월이 조금 지난 남아였다. 생명체로 살아갈 태아의 운명이 창민과 나로 말미암아 스러져 버렸다. 수술을 하고 집으로 돌아간 날이었다. 나는 방바닥에서 이불을 둘러쓰고 마구 통곡했다. 아무리 통곡해도 마음이 풀리지 않았다. 세상을 떠난 태아의 영혼이 언제나 나를 원망할 것만 같았다.

세상에는 미련을 정리할 때까지가 힘든 모양이었다. 태아 문제만 아니었다면 우리는 결혼했을지도 모른다. 둘이 만난 뒤부터였다. 둘의 영혼이 통하여 창민과 나의 학력이 경쟁적으로 향상되었다. 서로 만난 이후로 둘은 진학한 대학에서 줄곧 장학생을 유지했다. 상태가 그대로 유지되었다면 취직 문제까지도 어렵지 않을 상황이었다. 하지만 둘의 인연은 거기까지였던 모양이다.

창민과 헤어진 뒤엔 결코 연인은 다시 생기지 않으리라 여겼다. 하지만 신비한 혹성의 소용돌이처럼 새롭게 가슴으로 밀려든 사내가 있었다. 창민과 나이가 같은 오성택이었다. 처음부터 상대를 깍듯 배려하여 관심을 보이는 사내였다. 수수한 용모에 담긴 청순한 눈빛이 가슴에 소용돌이를 일으켰다. 성택도 내가 그한테서 느끼는 유사한 느낌을 곧잘 받는다고 했다. 나의 관점으로 참다운 연분은 성택과 나의 관계라 여겨졌다.

여승이 나를 향해 활짝 웃으며 말한다.

"제가 주지이긴 하지만 일방적으로 경전 얘기만 하지는 않아요. 어찌 보면 보살님들이 저의 스승일지도 모르는 일이거든요. 그런데 젊은 보살님께서는 아직 미혼이시죠? 처음 볼 때보다는 표정이 많이 밝아졌어요. 처음에는 마치 달이 먹구름에 갇힌 듯한 표정이었거든요. 이젠 햇살에 나부끼는 맑은 깃털처럼 보입니다."

이처럼 관심을 가져 주는 여승에게 뭐라고 응답해야겠다고 생각한다. 나도 여승의 얼굴을 들여다보며 맑은 목소리로 말한다.

"스님의 말씀을 들으니 마음이 무척 편안해집니다. 결혼을 앞두고 마음이 조금 무거워 바람을 쐬려고 여기까지 왔어요. 산중에서 혼자 겪은 스님의 체험담이 인상 깊게 느껴졌어요."

4명의 아주머니들이 여승과 대화를 나눌 때 내가 자리에서 일어선다. 여승을 향해 합장하며 말씀 잘 듣고 간다며 인사한다. 여승이 잠시 일어나 합장하고는 자리에 앉는다. 나는 조용히 등을 돌려 주차장으로 향한다.

새로운 장소를 찾아 길을 나서는 기쁨을 누리려고 한다. 승용차에 올라 내비게이션에 용문사(龍門寺)를 입력한다. 수령이 1,100년이나 되는 42m 높이의 은행나무의 모습을 보기 위해서다. 용문사를 찾되 이번에는 은행나무만 살펴볼 작정이다. 자연물에서도 수용할 만한 지혜가 가득 담겼으리라 여기기 때문이다.

용문사 은행나무는 예전에 창민과 함께 구경한 적이 있다. 나 혼자 은행나무를 보게 되면 감회가 달라지리라 여긴다.

여주를 떠나 차는 양평군을 향해 달린다. 나는 차 문을 올려 시원한 바람을 맞아들이며 도로를 달린다. 차를 달리면서 과거에 시도해 보지 못했던 일을 떠올려 본다.

'창민과 헤어지기 전에 그의 부모한테 고뇌를 털어놓았다면 어땠을까?'

불교의 화두(話頭)처럼 사고(思考)의 윤곽이 잡히자 마음이 편안해진다.

가장 먼저 격렬한 반응을 보였을 사람이 예견된다. 그는 다른 사람이 아닌 창민이다. 함께 지냈던 세월에서 예견되는 그의 반응이 느껴진다.

"내가 부모한테 얘기하지 말라고 했잖아? 우리 문제는 우리끼리 해결해야지 왜 부모를 끌어들여? 너는 그렇게도 내 의견을 무시하고 싶니? 네가 굳이 그런 반응까지 보이는 데야 난들 어쩌겠니? 우린 건드리지 말아야할 상대의 자존심을 너무 많이 건드렸어. 아무래도 우리는 연분이 아니었던 모양이야. 서운하게 생각지 말고 잘 가."

다음으로 예견되는 인물은 그의 아버지다. 창민의 집을 들락거리며 그의 아버지와 몇 번 대화를 나누었다. 그의 아버지는 미술 선생이자 조각가이다. 주물 조각보다는 물체에 형상을 새기는 영역을 선호하는 예술가다. 오랜 교직 생활로 다듬어진 품성이 만만치 않게 느껴지는 인물이다. 만약 그에게 내가 애기를 가졌다고 호소했다면 어떻게 했을까? 내 머릿속으로 다양한 상념의 구름이 피어올랐지만 맥은 통일되어 밀려든다.

"아기를 가졌다고? 나한테 말하기까지 무척 힘들었겠구나. 우선 애기를 가진 걸 축하한다. 대자연이 준 소중한 생명이니 낳아야 되지 않겠니? 이런 상황이라면 둘이 결혼하는 게 좋겠어. 창민이 자리를 잡을 때까지는 내가 돌봐 줄게. 힘을 내어 결혼해서 가정을 잘 꾸려 봐. 창민한테는 내가 잘 얘기해 볼게."

내가 아는 그의 아버지는 이런 반응을 보였으리라 믿는다. 이런 상태였다면 아무 탈이 없었으리라 여겨진다. 애기를 지우지도 않았을 것이고 창민과도 결혼했으리라 여겨진다.

창밖에는 여전히 5월의 부드러운 기류가 남실댄다. 열린 유리창으로 아카시아의 향기가 꿈결처럼 감미롭게 흘러든다. 신체 감각이 건강한 게 무척 행복감을 안겨 준다. 운전대를 잡지 않았다면 감미로운 향기에 벌써 잠들었으리라 여겨진다.

달콤한 아카시아의 향기와 부드러운 5월의 햇살이 어우러져 감미롭게 출렁댄다. 향기를 맡으니 세상이 이처럼 감미롭게 느껴지는가 싶어 마음이 평온하다.

내가 창민을 좋아하게 된 보이지 않은 근원은 그의 어머니다. 시청에 근무하는 공무원으로서 항시 표정이 밝고 온화하다. 언제 만나도 항시 포근한 마음으로 나를 대한다. 어떤 경우에도 상대를 불편하게 하지 않는 여인이라 느껴진다. 내가 아기를 가졌다고 그의 어머니한테 말했을 때의 반응을 추측한다.

"아이고 반가워라. 참 잘 되었네. 그러면 이렇게 하는 게 어때? 양가 부모가 빨리 만나 결혼식을 올려야겠어. 걱정하지 말고 당장 결혼식부터 올려야 되겠네."

그의 어머니의 견해를 따라도 불만스럽지 않은 결론이라 여겨진다. 애기도 보호했을 테고 결혼식도 올렸으리라 예견된다.

'아, 그런데 나의 분신이라 여겼던 창민의 생각이 왜 고집스러웠을까? 그의 말에도 일리가 있었지만 숨겨진 해결책도 있었어. 그런데도 굳이 고집을 피운 의미가 뭐였을까? 혹시라도 나에 대한 애정이 식은 탓일지도 모를 일이야. 차라리 헤어지고 싶다는 얘기를 그가 먼저 꺼내지 않았던가? 중요한 것은 마음의 흐름이라고 여겨져. 마음의 흐름이야. 그가 먼저 헤어지자는 말을 꺼내다니? 있을 수 없는 일이야. 그럼, 절대로 있을 수 없는 일이지.'

어쨌든 창민과 헤어진 일이 너무나 가슴 아프다. 어지간하면 호흡을 맞춰 주려고 했는데 너무 일방적이라는 생각이 든다.

문득 내 머릿속으로 정자에서 잠시 들려준 여승의 얘기가 밀려든다. 세상의 영혼은 죽은 뒤에 윤회한다고 했다. 가정을 이루며 살았던 영혼은 죽어서도 새로운 가정을 찾는다고 했다. 그리하여 영혼이 새로운 가정을 이룰 아기의 몸을 찾아든다고 했다. 이 부분에서 나는 허허로운 미소를 짓는다. 영혼이 윤회를 한다는 전제는 불교의 관점이라 여긴다.

결혼을 앞둔 처녀인 내겐 종교의 관념이 중요하지 않다. 까짓 영혼이 윤회하면 어떻고 윤회하지 못하면 어떻겠는가? 비종교인인 나는 절대로 종교의 관점을 섣불리 언급하고 싶지 않다. 종교에서는 숱한 명현(名賢)들이 머리를 짜서 틀을 잡았으리라 여기기 때문이다.

종교의 관점을 들여다보며 복잡한 머리를 식히고 싶을 뿐이다. 현상에 문제가 있다고 간주되면 이래저래 마음이 불편하리라 여겨진다.

여승의 말에 따르면 나도 죽으면 새로운 가정에 윤회하리라 예견된다. 하지만 여승의 말의 진위 여부는 추론하기 힘들다고 생각된다. 설혹 윤회되었더라도 전생은 잘 기억하지 못하는 체제라고 한다. 그렇다면 과연 윤회되었는지 검증할 논리가 끊긴 셈이다. 다만 윤회를 인정한다면 마음이 다소 편안해지리라는 이점(利點)은 있으리라 여겨진다.

차창 밖으로는 낯선 산봉우리와 골짜기가 수없이 나타났다가 스러진다. 눈앞에 펼쳐진 봉우리와 골짜기 수만 해도 헤아릴 길이 없다. 봉우리를 떠올리자 창민이 고집을 부린 근원을 분석하고 싶어진다. 나의 관점이나 그의 부모의 관점에서는 분명히 돌파할 길이 있었다. 그랬음에도 굳이 고집을 피운 근원이 무엇이었던지 섬뜩할 정도로 궁금하다.

여승이 두려움에 떨었던 본질을 곰곰이 떠올려본다. 죽음으로 내몰리는 위기적인 상황이 무서움의 근원이었으리라 생각된다. 죽음을 떠올린다는 마음이 문제였음을 여승이 깨달았다고 하지 않은가?
창민이 내게 중절 수술을 요청한 심리적 근원이 무엇이었을까? 임신을 받아들여 순리대로 결혼할 생각을 못한 배경이 무엇이었을까?

창민과 갈라서게 된 결정적인 요인은 임신에 대한 관점의 차이다. 임신이 안 되어 애를 쓰는 남녀들이 적지 않다고 알려졌다. 신체적으로는 결격사유가 없는데도 임신이 안 되어 야단들이다. 이럴진대 인간에게 임신이

278

일어났다는 건 대자연의 축복이지 않겠는가? 다른 사람들이 심드렁한데 나만 축복이라 여기면 내가 이상한 여자이리라. 정말 나만 임신을 축복이라 여길까? 숱한 사람들이 임신을 위해 팔공산의 갓바위를 찾지 않는가? 임신하려는 간절한 마음이 갓을 쓴 돌부처를 찾게 했으리라 여겨진다.

오후가 되자 바람결이 파동이 되어 사방으로 흩날린다. 열린 차 창 밖으로 공기의 기류가 회오리친다. 해가 지기 전에는 용문사에 도착해야 하는데 가능하겠는지 거리를 가늠한다. 충분하리란 생각이 든다. 시간의 제약에서 여유가 생기니 마음이 한없이 편안해진다.

철저하게 창민의 입장에서 임신을 생각해 봐야겠다고 여긴다.

'지금부터 나는 옥미선(玉媚鮮)이란 여자가 아니다. 미선을 사랑한 허창민이다. 창민의 관점에서 미선의 임신을 분석해 보기로 하자. 왜 임신을 수술로 막아야 하고 둘이 헤어졌는지를? 왜 도저히 결혼할 수 없었는지를 헤아려 보자.'

생각하다가 분노가 들끓으면 즉시 생각을 중단하기로 한다. 사고의 전환은 참신했지만 생각만큼 역할 전이가 쉽지 않다.

문득 중절 수술하기 1주일 전의 정경이 떠올랐다. 창민과 내가 마지막으로 담판을 하는 날이기도 했다. 창민이 내게 말했다. 일단 자신의 얘기를 먼저 청취해 달라고 요청했다. 그런 뒤에는 내가 하는 모든 얘기를 듣겠다고 했다. 그래서 그의 얘기에 귀를 기울였다. 보름이라 달빛이 눈부신 한강 백사장에서였다.

우선 경제력이 없이 결혼한다는 자체가 용납되지 않는다고 했다. 특히 분가하여 부모의 도움을 받는 자체가 불합리하다고 했다. 설혹 부모가 도와주겠다고 하더라도 그의 자존심이 허락하지 않는다고 밝혔다. 그의 꿈은 대학 교단에 서는 거였다. 대학원에서 박사학위를 받기까지 적어도 8년은 걸리리라 예측했다. 그러고는 미국에서 학위 후 연수 과정을 거쳐야 한다고 했다. 그 기간이 대략 2년은 필요하리라 들려주었다. 그러고도 대학의 전임강사가 될 확률이 희박하다고 했다.

바늘귀에 오징어 다리를 꿰듯 희박한 확률이라 말했다. 무려 10년의 세월을 소모하고서도 교수가 못될 수도 있다고 말했다. 그런 불투명한 미래에 나를 끌어들이고 싶지 않다고 했다. 10년 뒤에조차 목표가 이루어지지 않으면 결혼하지 않을 작정이라 했다. 목표를 이룬 뒤에 결혼하겠다고 강조했다. 10년 뒤조차 결혼할 확신이 없는데 어떻게 교류를 지속하겠느냐고 말했다. 교류를 지속하지 못하는 원인이 오로지 그에게 있다면서 몸을 떨었다.

그가 세상에서 유일하게 사랑하는 여인이 나라고 말했다. 나를 진심으로 사랑하기에 무책임하게 10년을 기다리게 하지 못하겠다고 했다. 부모의 심리는 태아에게 중요한 영향을 주리라 주장했다. 그가 불안할 때 아기가 생기면 아기가 압박감을 받으리라 말했다. 압박감을 받은 아기는 나중에 정신 이상자가 될지도 모르리라 들려주었다.

인간의 성격 형성 시기인 유년기가 불안해서는 곤란하다는 얘기였다. 태아가 소중할지라도 나중에 정신 이상자가 된다면 문제가 되리라 말했다. 세상에서 외면당하는 존재가 된다면 태어나지 않는 것이 마땅하다고 들려주었다.

정신 기능 장애자도 소중한 생명체임에는 분명하다고 했다. 타인으로부터 도움을 받아 삶을 유지한다면 비참한 인생살이라고 주장했다. 정상인이 아닐 확률이 높은데도 출산해야 할 필요가 있느냐고 물었다. 세상에 태어날 아기의 관점을 진지하게 고려해 달라고 창민이 말했다.

미래에 태어날 아기의 관점이라? 이 말을 듣자마자 나는 너무나 충격을 받은 느낌이었다. 태아가 엄청나게 소중하다고 부들부들 떨며 주장했던 나였다. 그런데도 나는 정작 아기의 관점은 고려해 본 적이 없었다. 아기가 정신적인 괴로움을 안고 세상을 살리라 여기니 등골이 오싹해졌다. 출산된 아기가 확정적으로 비정상인이 된다는 것은 아니었다. 하지만 비정상인이 될 확률이 현저하게 높다면 생각이 달라지리라 여겨졌다.

당시에는 무조건 나의 관점에서만 세상을 분석하려 했다. 창민의 생각마저 나의 관점에서 벗어난다고 여기자 울화가 치솟았다. 태아에겐 창민과 나의 영혼이 함께 실려 있다고 생각했다. 그랬는데 태아를 지우겠다는 생각을 내비치는 창민한테 너무나 정나미가 떨어졌다. 연인끼리의 결정체를 지우겠다는 생각 자체가 무섭게 느껴졌다. 둘이 쌓아온 사랑의 행적들을 지우겠다는 의미로도 해석되었기 때문이다. 그래서 생각할수록 창민에게 짙은 혐오감이 피어올랐다. 도저히 세상에서 함께 살 수는 없는 사람으로 여겨졌다.

그런데 '정신이상자'란 용어가 떠오르면서 두뇌가 감전된 느낌에 휩싸인다. 창졸간에 너무나 충격을 받아 차를 운전하지 못할 지경이다. 그래서 호젓한 산 속 능선 길에 차를 세운다. 산 아래로는 산자락들이 남북으로 아스라이 펼쳐진 곳이다. 너무 호젓한 듯 지나다니는 차량들마저 눈에 띄지 않는다.

사람의 형상이 문제가 아니라 여겨진다. 정신 상태가 병들어 사회에 물의를 일으키는 사람들이 오죽 많은가? 사람들일지라도 분명 사람 나름이라 생각된다. 신체는 멀쩡해도 정신이 병든 사람은 폭발물처럼 위험한 존재라 간주된다. 내가 낳은 자식이 정신이상자가 된다면 어떻겠는가? 진실로 무서운 문젯거리가 되리라 여겨진다. 창민이 진실로 고뇌한 문제가 이것이었음이 이제야 확실히 느껴진다.

태아 다음의 문제는 무엇이었던가? 창민이 거듭 들려주었던 내용을 떠올린다. 불투명한 10년간의 시간이었다. 자신의 목표를 이루는 데 필요한 최소한의 기간이라고 했다. 그랬는데 10년이 지난 뒤에도 목표 달성이 불확실할 거라고 했다. 현재의 나는 결혼을 앞둔 상태다. 결혼하여 새로운 터전을 잡기 전에 머리를 식히고 싶었다.

창민에 대한 상념이 깊어지자 파안석불(破眼石佛)이 생각난다. 용문사를 지척에 둔 야산의 협곡에 나뒹굴던 파불(破佛)이었다. 높이는 1m가량인데 허리 윗부분만 남은 깨어진 석불이었다. 그나마 흙더미가 무너지는 좁은 계곡에 위태롭게 걸쳐져 있었다. 시간이 지나면 낭떠러지 아래로 떨어져 소실될 돌 뭉치였다. 부처의 얼굴에는 눈구멍이 조각되었을 뿐 눈알은 애초부터 없었던 모양이다. 어떻게 눈알이 애초부터 없었는지 의아스럽게 여겨졌다.

혹시 처음에는 눈을 갖춘 완벽한 석상이었는데 눈이 파손되지는 않았는지? 그래서 눈구멍 부분을 예전에 자세히 관찰해 보았다. 처음에 있던 눈을 파낸 게 아니었다. 원래부터 눈구멍만 지닌 얼굴이었음이 드러났다. 눈알 빠진 눈구멍만 지닌 돌부처라?

당시에 창민과 같이 발견했던 석불의 인상은 강렬했다. 석불에 융해된 조각 기술은 어느 고찰의 것보다 빼어나게 보였다. 당시에 석불을 바라보며 창민과 내가 의견을 나누었다. 창민이 먼저 의견을 제시했다.

"눈에 비친 것만 보지 않겠다는 강력한 의지가 실린 듯해. 그래서 눈 없이 드넓은 세상을 보겠다는 의지가 내풍긴다고 여겨져."

묘하게도 창민의 관점은 나와 일치했다. 단지 창민이 나보다 먼저 얘기했을 따름이다. 나도 창민을 향해 말했다.

"어쩜 우리의 관점이 이처럼 일치하는지 놀라워. 내게도 너와 같은 생각이 떠올랐거든. 이 부처에겐 우리가 어떤 모습으로 비칠까? 석불이 벼랑 아래로 떨어질 것 같은데 우리한테는 대책이 없어. 안타까울 뿐이야."

그 날 석불을 보고 자리를 떠날 때였다. 내 의식계로 많은 상념들이 들끓었다. 하필이면 파안석불을 보게 된 무형의 계기는 없었는지? 혹여 석불이 우리한테 뭔가를 암시하는 것은 아닌지 두려웠다. 그때 당시의 석불은 흙더미에 묻혀 있어서 손쓸 수가 없었다. 만약 손을 댔다가는 당시에 재앙을 당할 것만 같았다.

아무튼 그때의 찜찜했던 여운 탓이었을까? 석불을 대했던 이후에 창민과 나는 서로 작별하게 되었다. 생각이 여기까지 이르렀을 때다. 용문사로 갈 것이 아니라 파안석불을 둘러봐야겠다고 생각된다. 곧바로 차에 오른다. 마침 용문사가 멀지 않은 지점이다. 석불이 있던 곳은 다행스럽게도 머릿속에 생생하게 기억해 두었다.

마침내 용문사가 먼발치에 바라보이는 야산 협곡 아래에 주차시킨다. 조금만 걸어 올라가면 석불이 있는 협곡에 도달하게 된다. 어떻게 할 작정은 없으면서도 트렁크에서 삽을 가지고 산에 오른다. 십여 분을 산에 오른 뒤다. 마침내 협곡에 올라선다.

'혹시 석불이 사라지지는 않았을까? 문화재청의 직원이나 도굴꾼에 의해 자리를 떠난 건 아닌지?'

두근대는 가슴으로 마침내 협곡 아래에 내려선다. 협곡 아래로 까마득한 낭떠러지가 펼쳐져 있다. 흙더미에 묻혔던 석불이 의외로 반듯하게 서 있다. 허리 윗부분만 보존되어 세워진 석불이다. 허리 아래의 몸체는 어디로 갔는지 알 수가 없다. 석불 앞에는 작은 돌멩이 3개가 탑처럼 놓여 있다. 흘깃 살펴보니 돌멩이 사이에 종잇조각이 눈에 띈다. 종이를 들어 펼치니 창민의 글씨가 내 시선을 이끈다.

태아를 떠나보낸 내 마음
내게 영원한 슬픔이 되리라.
진실로 사랑하기에 놓았던 연분이여
승화된 향기로 서로를 격려하기를.

편지에는 일체의 서명이 없다. 하지만 창민의 필체임이 명확하다. 그의 서체는 누구보다도 내가 잘 알기 때문이다. 그가 나보다 먼저 석불에 다녀갔으리라고는 예측하지 못했다. 창민의 글귀로 그가 나를 진심으로 배려했음을 거듭 확인한다. 창민의 마음이 종이에서 치솟아 내 가슴으로 스며드는 듯하다. 나 자신도 모르게 눈에서 눈물이 줄줄이 떨어져 내린다. 나는 마음을 잠시 추스른다. 그러고는 석불을 향해 합장을 하며 고개를 숙인다. 세 차례 머리를 숙인 뒤다. 나는 석불을 창민이라 여기고 석불에게 말한다.

"창민 씨. 예전에 내가 너무 단순하게 생각했어. 근본적으로 당신은 내가 10년간을 헛되어 기다릴까 나를 걱정했음을 알았어. 우리의 2세가 정신적으로 병든 삶을 살지 않도록 취했던 결단이었구. 이제 당신에 대한 어떠한 원망도 없어. 다만 당신의 목표가 순조롭게 성취되기를 빌게. 당신의 배려에 따라 나도 새로운 가정을 이루어 잘 살게. 안녕!"

당초에는 삽으로 흙을 파서 석불을 묻어줄 작정이었다. 그랬는데 이미 창민이 석불을 바로 잡아 놓은 거였다. 안구 없는 석불의 눈에서 운중사 주지의 얼굴까지 보이는 듯하다. 두려움의 실체는 죽음을 떠올리는 마음이었음을 고백한 여승을 말함이다. 마찬가지로 태아에 대해 슬퍼했던 내 마음이 평온해진다. 태아에 대해 진심으로 눈물을 쏟았던 창민의 흔적을 발견했기 때문이다. 석불을 떠나기에 앞서서 나는 눈을 감고 창민을 향해 합장한다. 진심으로 그의 목표가 잘 이루어지길 빌며.

산자락을 타고 내려오려고 할 때다. 산록에 우거진 수목들에 물결 같은 바람이 인다. 처음에는 파드득거리는 소음이었다가 이내 수런거리는 대화

같은 음향이 흩날린다. 나를 내려다보는 대자연이 나를 격려하는 느낌이 든다. 나는 석불에게로 다가서서 눈 빠진 석불의 안구 부위를 더듬는다.

석불이 눈을 잃듯 창민도 목표를 놓치지 않기를 거듭 빈다. 그러고는 입술을 깨물며 나는 산자락을 타고 내려선다. 점차 솔바람 소리가 청아한 음향으로 내 가슴으로 휘몰려든다. 태아로 인해 멍들었던 내 마음이 실연기처럼 흩어지며 평온해진다. 태아의 숨결이 환영인 듯 내게로 아늑한 체온으로 밀려드는 듯하다. 순간적으로 설움이 끓어오르며 내 눈에서 눈물이 줄지어 떨어져 내린다. 나는 고개를 흔들며 차를 향해 발걸음을 옮긴다. 설혹 산사태가 일어날지라도 평온하게 웃을 수 있을 것 같다. 산악이 생동하는 숨결로 흔들리는 듯하다.

〈『문학저널』 2013. 7월호 발표〉

불일폭포

안개가 잔뜩 끼어 숨이 답답할 지경이었지만 마음은 너무나 편하다. 불명확한 미래에 좋은 친구를 만나 가슴이 벅찰 지경이다. 느닷없이 얼음장 밑에서 물고기가 파드득대는 소리가 들린다. 물고기에게 대화를 도청당한 듯하여 현지와 내가 쑥스러워 미소를 깨문다.

불일폭포

차창 밖으로 12월의 스산한 강풍이 연신 휘몰아친다. 차내의 시계를 잠시 바라본다. 밤 6시 14분을 가리키고 있다. 하동 쌍계사 매표소 언저리의 '청산(靑山) 모텔'로 들어선다. 승용차를 모텔 주차장에 주차시킨 뒤다. 혼자 들어서는 나를 향해 주인 여자가 묻는다. 자고 갈 거냐고. 고개를 끄떡여 대답하고는 지폐를 꺼내 계산하며 칫솔과 면도칼을 건네받는다. 503호 출입카드를 출입문에 꽂으니 출입문이 열리면서 실내에 전깃불이 켜진다.

피로를 풀 겸 샤워를 하고 침대에 오른다. 텔레비전의 전원을 켜자 모텔 고유의 음란 영상물들이 시선을 자극한다. 텔레비전을 끄고 침대에 드러누워 생각에 잠겨 있을 때다. 실내 전화가 울린다. 귀에 갖다 대니 주인 여자의 목소리가 흘러든다.

"503호죠? 산 아래 건물이라 간혹 지네가 실내에 있을지 몰라요. 잠시 후에 제가 바퀴벌레 제거용 킬러를 가지고 올라갈게요."

주인 여자의 말을 듣고 난 뒤다. 속옷 차림으로 있다가 가방에서 체육복을 찾아 단정하게 차려 입는다. 금세 방으로 올라오겠거니 여겼는데 한동안 소식이 없다. 5층까지의 전체 실내에 500㎖짜리 분사통을 공급하느라 시간이 걸리는 모양이다.

나는 창문을 열어 숙소 바깥을 내려다보며 상념에 잠긴다. 250억 원이 걸린 프로젝트를 두고 경쟁하는 상대가 있다. 유성의 생명공학 연구소의 민종택(閔鐘澤) 선임 연구원이다. 심장으로 분화하는 줄기세포의 개발에 대한 국가의 지원 프로젝트이다. 국내 유일의 경쟁자가 나보다 두 살이 많은 종택이다. 스탠포드대학교에서 학위를 받은 세계적인 위상의 과학자다. 나의 명성 역시 그에 뒤지지 않다고 세인들에게 공인된 처지다. 지난 2년 세월이 넘게 연구한 과제를 놓고 불안에 떤다. 거기에 따라 지원 대상자가 결정되기 때문이다.

250억 원을 지원받을 사람은 종택이 아니면 나라고 세인들이 떠든다. 내가 근무하는 연구소의 위상을 생각해서라도 꼭 지원받고 싶다. 이런 내 마음은 물결에 휩쓸리는 나뭇잎처럼 불안하기 그지없다. 돌파구를 찾고자 시린 과거의 추억이 담긴 불일폭포를 찾기로 했다.

주인 여자를 기다리는 사이에 고교 시절의 기억이 의식으로 밀려든다. 1학년 말기의 성적은 전교생 480명 중에서 440위에 이르렀다. 성적이 상대적으로 저조하여 고등학교 2학년 때부터 벼락공부를 시작했다. 수면 시간이 4시간을 넘기지 않게 의도적으로 조절했다. 깨어 있는 시간에는 전력을 기울여 공부에 매달렸다. 청소년기라 적정량의 음식물 공급과 충분한 수면이 필요한 시기였다. 성적 불량자들은 미래가 불안하여 지독한 중압감에 휩싸였다.

집에서 학교까지는 신작로도 뚫려 있지 않은 황량한 지역이었다. 농로(農路)나 다를 바 없는 비포장도로를 걸어 다녀야 했다. 집에서 학교까지는 7km의 거리였다. 걷는 속도와 걸린 시간을 바탕으로 계산된 거리였다. 새벽의 여명을 헤치고 매일 집을 나서야 했다. 벼락공부의 위력은 강력했다. 8달이 경과되자 전교 석차 200위 이내로 진입하게 되었다.

여세를 몰아 부지런히 공부에 매진하던 가을철이었다. 시사(時祀)를 마치고 돌아온 아버지가 입에서 음식물을 내게 전했다. 당시에 아버지는 폐결핵을 앓던 중이었고 음식물은 씹던 돼지고기였다. 아무리 씹어도 으깨지지 않던 돼지고기였다. 가난한 형편이라 평소에 집에서 돼지고기는 구경조차 못했다. 그런 판국에 아버지는 애정의 일환으로 나한테 음식물을 건넸다. 아버지의 면전에서 돼지고기를 처리할 길은 유일했다. 그걸 받아 입에 넣어 씹어서 삼키는 길이었다. 유년시절 내내 무서웠던 아버지의 성향을 너무나 잘 아는 터였다.

내 인생이 흔들리기 시작한 것은 그때부터였던 모양이다. 그때부터 결핵균이 은밀하게 허파를 갉아먹기 시작한 듯하다. 부족한 수면 시간에 책을 잡을수록 점차 피로감이 전신을 엄습했다. 그냥 원인을 알 수 없는 피로감에 육신은 나날이 찌들었다.

해를 넘겨 3학년에 올라섰을 때였다. 이미 전교 석차는 50위 언저리까지 진입한 상태였다. 6월이 되면서 호된 감기를 앓듯 기침이 터져 나왔다.

감기약을 복용했음에도 3주간을 내내 기침에 시달렸다. 아버지는 내게 돼지고기를 넘겨주던 해에 결국은 폐결핵으로 숨졌다. 허망하기 그지없었지만 하늘의 운명이겠거니 여겼다.

학교 선생님들의 조언에 따라 병원을 찾아 진단을 받았다. 나 역시 폐결핵이라고 밝혀졌다. 전력을 기울여 공부해야 할 7월 초순의 일이었다. 휴학하지 않으면 주변 학생들에게 전염되리라고 의사가 말했다. 경남을 대표하는 전통의 공립학교라 학교에서 지정한 교의(校醫)가 있었다. 같은 고등학교 출신으로 진주에서 종합병원과 간호대학을 운영하는 원로 의사였다. 교의의 권유에 따라 부득이 휴학하지 않을 수 없었다. 휴학하는 순간부터 이미 인생은 다른 경로로 흘러듦을 깨달았다.

교의가 내게 말했다. 허파에 구멍이 뚫리기 직전인 중등도(中等度)에 해당하는 병세라고 밝혔다. 속칭으로 2기 말에 해당하는 병세라고 들려주었다. 머릿속에서 공부하는 행위를 말끔히 지워야만 소생하리라 말했다. 조금이라도 책에 연연하면 영원히 생명을 되찾지 못하리라 거듭 강조했다. 의사의 말을 듣는 순간에 우주가 나를 외면한 느낌이 들었다. 어디에서도 나를 포근히 받아줄 곳이 없으리라는 절망감이 나를 짓눌렀다. 차라리 치료를 포기하고 공부하다가 죽어 버리고 싶을 지경이었다.

책을 덮는 순간에 벼락공부로 쌓았던 지식들이 허망하게 스러지리라 여겨졌다. 잠을 줄여 쌓았던 지식이 소멸되리라 여겨지니 너무나 억울했다. 내게 다시는 실력으로 당당히 회생할 길이 없으리라 여겨졌다. 나의 집은 진주의 변두리인 시골 야산 기슭에 위치해 있었다. 어쨌건 행정 구역상으로는 진주인 지역이었다. 시골집에 어머니와 형님 가족이 함께 있었지만 암담하기만 했다. 어느 누구도 내게 정신적인 위안이 되지 못하리라 여겨졌다. 건강과 공부는 가족의 누구도 대신할 수 없기 때문이었다.

학교에서 정식으로 휴학한 뒤였다. 나는 밤을 지새워 내 후반의 인생을 예견해 봤다. 어느 국면에서도 회생하여 진로를 개척할 전망은 희미했다. 책을 덮어도 몸이 회생될지 모르는 상황이었다. 천 길 나락으로 떨어진다는 비장한 각오로 책을 죄다 덮었다. 그러고는 오로지 치료에만 신경 쓰기로 했다.

그렇게 치료했는데도 이듬해 2월까지 완치되지 않았다. 교의(校醫)로 지정된 의사가 펄펄 뛰며 복학해서는 안 된다고 막았다. 다른 학생들이 피해를 받으면 안 된다는 거였다. 피 눈물을 머금고 다시 책을 덮고 치료에 몰입했다. 세상으로부터 완전히 버림받는 듯한 참담한 심정이었다. 절망감에 흐느적거리면서도 규칙적으로 약을 복용하고 수면 시간을 충분히 늘렸다.

나는 벽에 걸린 시계를 흘깃 바라본다. 벌써 밤 9시를 넘기는 시점이다. 아까 내부 전화를 받은 뒤로 이미 두 시간이 흘렀다. 나는 마음속으로 중얼댄다.

'주인 여자가 살충제 약통을 갖다 주는 걸 잊었나 봐. 그럴 수도 있겠지. 그런데 지네는 독충이라서 이 방에는 없어야 할 텐데 걱정이네.'

다시 1년의 치료를 한 뒤에야 고등학교에 복학하게 되었다. 여전히 병은 완치되지 못했다. 중등도의 병세가 어느 정도인지를 실감했다. 그렇지만 주변 학생들에게 전염될 정도는 아니라는 진단이 내려졌다. 그래서 복학이 허용되었다.

공부와 치료. 치료해야 한다는 마음에 공부에만 매진하기가 버거웠다. 조금만 몰두하려다 보면 수면 시간이 줄어들려고 했다. 그렇게 되면 치료에 어려움이 생길 상황이었다. 공부에 몰입해도 걱정이고 잠시 휴식해도 걱정이었다. 그러다가 목표를 낮추어 부산의 국립 종합대학교에 응시했다. 당초에는 서울에서 제일가는 국립 종합대학교에 응시할 작정이었다. 그랬는데도 예상 밖으로 응시한 대학교에 낙방했다. 있을 수 없는 일이라는 생각에 치를 떨며 울먹였다. 그러다가 감정 조절이 어려워 부산에서 진주로 가는 버스를 탔다.

진주까지 2시간이 넘게 걸리는 시간 동안 생각에 잠겼다. 누구보다도 나 자신이 실패를 견뎌내기가 버거웠다. 진주에 도착하면 당초에 집으로 가리라 작정했다. 그랬는데 진주 버스 정류장에서 하동으로 가는 직행 버스를 탔다. 하동까지도 2시간가량이 걸리는 거리였다. 버스를 타고 가는 내내 생각에 잠겼다. 아무래도 미래에 대한 확신이 서지 않는다는 느낌에 휩싸였다. 치료가 덜 된 병세에 대학까지 낙방하여 절망감이 가슴을 흔들었다.

'바보 같은 놈. 실력 없는 주제에 미래의 세상을 꿈꾼다고? 허황된 꿈을 접고 세상에서 사라지는 게 낫지 않겠어?'

오후 4시 무렵에 하동 버스 정류장에 도착했다. 거기서 다시 쌍계사로 가는 완행버스로 갈아탔다. 반시간이 지나자 버스는 쌍계사 입구 종점에 도착했다. 종점에서 내려 시계를 보니 4시 반이었다.

그 길로 곧바로 쌍계사로 오르는 산길을 탔다. 안내판 입구에서 400m 가량 오르니 일주문이 치솟아 있었다. 쌍계사를 거쳐 지리산 북동쪽으로 2.5㎞ 거리를 걸었을 때다. 능선 아래 수직으로 드리워진 벼랑이 시야에 펼쳐졌다. 벼랑의 높이는 60여 m에 이르렀다. 겨울이어서 벼랑을 타고 흐르던 물줄기가 얼어붙어 빙벽(氷壁)을 이루었다. 당초의 계획은 거기 벼랑 아래로 뛰어내려 생명을 마감할 작정이었다.

하지만 2.5㎞의 능선 길을 걷는 중에 생각이 달라졌다. 죽는다는 각오로 딱 1년만 전력을 기울여 노력해 보겠다고. 그래도 실패하면 그때엔 진짜 절벽에서 몸을 날리겠다고. 생명을 내던질 만큼 최선을 다하지 못했다는 생각이 양심을 찔렀다.

'정말 죽을 만큼 노력했다고 생각하니? 다른 학생들처럼 공부에만 전력을 기울인 게 아니잖아? 병을 고치겠다면서 밤을 새는 일을 스스로 막았잖아? 이런 처지에서 꼭 죽어야 되겠니? 너를 세상에 내보낸 대자연의 뜻을 깊이 헤아려 봤니? 다시 한 번 신중히 생각할 필요는 없을까? 지금 죽으면 너는 영원한 패배자로 세상에 인식될 거야. 그래도 괜찮겠어?'

폭포 아래를 굽어보니 걷잡을 수 없이 눈물이 흘렀다. 몸을 던지기만 하면 금세 가루로 될 느낌이 들었다. 죽을 때 죽더라도 내 양심에 당당하지 못하여 슬펐다. 이윽고 휴대한 과도(果刀)를 꺼내 들었다. 당초의 계획으로는 목을 찌른 채 절벽에서 뛰어 내리는 거였다. 하지만 이미 자살은 포기한 상태였다. 실험적으로 살며시 목에 칼날을 들이밀어 보았다. 약간 스쳤는데도 따가운 느낌이 들어 만지니 핏물이 배어 나왔다. 칼날은 강력히 핏방울을 원하는 느낌이었다. 가벼운 상처를 어루만지다가 등산로 곁의 바위를 발견했다.

그 바위의 아래쪽 땅바닥에 휴대한 칼을 조심스레 묻었다. 한 뼘 길이의 과도였다. 잠바 안주머니에 넣어 조심스레 휴대했던 물건이다. 재도전하여 실패하면 다시 찾아오겠다고 작정하면서. 칼이 묻힌 바위를 향해 두 차례 절을 했다. 그러고는 곧바로 산길을 타내려왔다. 완행버스를 타고 하동까지 갔다. 하동에 도착하니 밤이 늦어 진주 행 직행버스가 끊긴 상태였다. 그래서 버스 합동 정류장 곁의 여관에 들기로 작정했다. 여관에 들어서기 전이었다. 간이음식점에서 라면을 사 먹고는 저녁으로 대체했다.

그간 세월에 묻혀 과거를 한동안 잊고 지냈다. 한 해의 노력으로 부산의 꿈꾸던 대학교에 합격했다. 그 이후로 공부하면서 결혼하여 가정을 이루었다. 꾸준한 꿈을 펼치려 가족과 상경하여 대학원에도 진학했다. 그러다가 세월이 흘러 서울 신림동의 캠퍼스에서 박사학위도 취득했다. 학위를 취득하자마자 자연계 연구소의 책임 연구원으로 취직했다.

나는 침대에 드러누워 나의 나이를 떠올린다. 38살의 활기 넘치는 나이라 여긴다. 자식 둘은 사내 녀석들이다. 큰애는 중학교 1학년생이며 막내는 초등학교 5학년생이다. 아내는 서울의 고등학교의 교사로 근무한다. 앞으로 정년까지는 근무하리라 예견된다. 근래에 나도 직장 근무처를 대전에서 인천의 생명 연구소로 옮겼다. 거주지를 서울에 정착시켰어도 생활에 불편함이 전혀 없다.

근래에 연휴를 맞아 문득 불일폭포를 찾고 싶었다. 과거의 추억을 회상하며 현실의 의미를 반추하고 싶었기 때문이다.

생각에 잠겨 한동안 과거의 공간을 넘나들었을 때다. 숙소의 문을 두드리는 소리가 들린다. 내가 체육복 차림새로 문을 연다. 문 밖에는 여주인이 방긋 미소를 머금고 있다. 여주인이 나를 향해 말한다.

"나는 어디선가 애인이 찾아들겠거니 여겨서 지금까지 기다렸어요. 기혼남이라도 요즘은 다들 따로 애인이 있다던데 댁한테는 없나 봐요."

나는 여주인이 나한테 건넨 500㎖짜리 살충제 분사통을 어루만지며 응답한다.

"겨울철인데도 지네가 돌아다닐까요? 다른 방에도 분사통을 다 건네느라고 시간이 걸린 줄 알았어요."

여주인의 눈길이 벽시계에 잠시 머문다. 밤 10시가 조금 지난 시점이다. 잠시 대화를 좀 나눠도 괜찮겠느냐면서 내 의향을 묻는다. 굳이 피할 이유가 없기에 괜찮다고 말했다. 여인이 잠시 나갔다가 들어오면서 맥주 두 병을 들고 온다. 손에는 마른안주인 오징어까지 들려 있다.

밤 시간에 남편 곁을 떠나 왜 내게로 왔는지 궁금하다. 내 눈치를 읽은 듯 여인이 말한다.

"주인아저씨는 모레 저녁에야 돌아올 거예요. 지금은 친구들과 절해고도인 홍도에서 술잔을 나누고 있을 거예요. 각 실마다 애인이 다 들어갔는데 503호만 혼자라서 궁금했어요."

여인의 말에 따르면 혼자 숙소를 찾는 사람들이 의심스럽다고 들려준다. 일부의 사람들은 세상을 비관하다가 숙소에서 시신으로 나뒹굴곤 했다고 한다. 독약을 마시고 세상을 작별하는 장소로서 여관을 이용했다고 들려준다. 이미 그런 일을 두 차례나 겪었다고 들려준다.

나는 여인의 방문을 충분히 이해한 상태다. 한 마디로 내 행적이 미심쩍어 올라와 봤다는 얘기다. 남편 부재중에 송장을 치우는 일이 벌어질까 두려웠기 때문이리라. 나는 잠시 자신의 모습을 침대에 딸린 거울에 비춰 본다. 결코 초췌하다거나 얼굴에 근심이 서린 행색은 아니라 여겨진다. 문제는 나의 관점이 아닌 여주인의 관점이 어떻느냐 하는 점이다. 오죽하면 맥주병을 들고 나를 찾았겠는가 싶어 불쾌감이 살짝 치민다. 하지만 얼른 얼굴 표정을 추스르고는 미소를 머금는다.

여인이 곧장 나를 향해 말한다.

"주영호(朱英豪) 씨 맞죠? 영호 씨도 항시 웃으세요. 웃는 표정이 아주 좋아 보이거든요."

숙박부에 적힌 내 이름을 여인이 기억한 모양이다. 여인의 나이도 어쩌면 나와 비슷해 보인다고 여겨진다. 내 얼굴 표정을 훑었는지 여인이 맥주를 따르며 들려준다. 자신의 나이는 36살이며 남편은 40살이라고 한다. 그녀의 이름은 서현지(徐賢芝)라고 밝힌다. 여관을 운영한 지는 15년째에 접어든다고 밝힌다.

예상 외로 여인의 언변은 탁월하다고 느껴진다. 얼굴이 수수한 편이며 몸매도 평범해 보이지만 매력이 느껴진다. 언행의 곳곳에 활기가 담뿍 느껴지기 때문이다. 당초에 여인을 경계하던 마음을 나도 허물기로 한다. 여인의 의도를 명확히 파악했기 때문이다. 얼간이 사내들을 홀려 금품을 갈취하려는 여자가 아니라 여겨진다. 여관의 안전한 운영을 위해 소신껏 행동하는 여인으로 비쳤기 때문이다. 당초에 엉뚱한 혐의를 받아 불쾌하던 마음이 스르르 내풀린다. 그러면서 문득 여인의 인생 여로(旅路)가 어떠

했는지 궁금해진다.

　여인이 맥주를 마시면서 이야기를 풀어낸다. 여인의 출생지는 여수라고
들려준다. 거기에서 여자 상고를 졸업할 때까지 머물렀다고 한다. 은행에
취직 시험을 치려고 고향을 떠나던 새벽이었다. 여인의 집은 주로 어선(漁
船)을 몰아 생계를 운영했다고 들려준다. 새벽같이 바다에 나가 그물을 쳐
서 물고기를 건져 올렸다고 한다. 초기에는 잘 잡히던 물고기 수가 급격
히 줄어들었다고 한다. 그래서 점차 먼 바다에까지 배를 몰고 나갔다고 한
다. 상고 2학년이 되었을 때에 아버지의 배가 풍랑에 뒤집혔다고 한다. 그
날 바다에서 아버지를 잃었다고 한다.
　아버지를 여읜 뒤부터였다. 어머니랑 둘이서 개펄을 호미로 파면서 생
계를 꾸려 나갔다고 한다. 조개와 세발낙지가 생계의 주된 수단이었다고
들려준다. 그런 환경에서도 여인은 어항에 붕어와 금붕어를 섞어 키웠다
고 한다. 그녀가 취직해야만 생계가 해결되리라 여겨졌다. 그래서 여인은
나날이 자신의 결의를 돈독히 가다듬었다.

　여상을 졸업하고 은행 시험에 응시하기 전날이라고 했다. 어머니가 갯
벌로 나가고 집이 비었을 때였다. 여인에게 급격한 강박 관념이 들끓었
다. 첫 시험에 실패하면 다른 곳에서도 가망성이 없을 거라고 여겼다. 그
래서 어쨌건 첫 시험에 반드시 합격하리라 별렀다. 지원서를 낸 은행은 전
국적으로 알려진 유명한 은행이었다. 합격만 하면 전국 어디서나 근무할
수 있는 여건이었다.
　여인은 반드시 시험에 합격하고 싶었다. 만약 실패한다면 깨끗이 이승

을 하직할 작정이었다. 살아서 무능한 여자라고 비난받고 싶지 않았다. 당시에 여상은 입학하기가 만만찮은 인재들의 집결지였다. 여상만 나오면 취직이 거의 보장되던 시기였다. 그런 시점에서 무능력한 여자라고 매도당하고 싶지 않았다. 어머니 혼자서 개펄을 파서 생계를 영위하기가 너무 고달프다고 여겨졌다. 당시에 여인은 생각에 잠겼다.

'어쨌든 취직 시험에 붙어야 한다. 붙지 못하면 끝장이야. 시험에 떨어지면 곧바로 이승을 떠나겠어.'

마음을 다잡아먹자 금세 눈시울로 눈물이 흘러내렸다. 답답한 마음을 어느 누구한테도 말할 처지가 아니었다. 그런데 당장 그녀가 죽으면 어항의 물고기가 염려가 되었다. 그녀가 매일 시냇물을 받아와 어항에 채워 주고 먹이를 주었다. 그랬는데 그녀가 죽으면 누가 어항을 돌볼 것인가? 그녀가 죽는 날로 어항의 물고기도 생명을 잃으리라 여겨졌다. 취직 시험은 광주에서 시행되는 터였다. 그래서 짐을 챙겨 길을 나서야 했다.

여인은 자신의 방으로 들어섰다. 책상 위의 플라스틱 어항을 들여다보았다. 붕어가 2마리였고 금붕어가 4마리였다. 절대로 서로 다투지 않으면서 함께 잘 살고 있었다. 그랬는데 그녀의 실패로 물고기까지 죽게 되리라 여겨지자 마음이 애잔했다. 광주에서의 시험 경쟁률은 12.7 대 1이라고 방송으로 알려진 상태였다. 성공할 확률보다는 실패할 확률이 훨씬 큰 시험이라 여겨졌다.

한동안 어항을 들여다본 뒤였다. 여인은 백지를 꺼내 서서히 유서를 작성했다.

어머님께

오래 곁에서 모시려고 했는데 세상을 헤쳐 나갈 자신이 없어요.

살아서 비난을 받느니 차라리 저승으로 가고 싶어요.

키워 주신 은혜는 죽어서도 잊지 않을게요.

외로우시더라도 잘 지내세요.

현지 올림

유서를 책상 서랍에 단정히 넣은 뒤였다. 플라스틱 어항을 들고 마당에 내려섰다. 마당의 중앙에서 동서남북의 네 방향을 향해 엎드려 절했다. 반드시 합격하도록 조상님들이 꼭 그녀를 돌봐 달라고. 그런 뒤에 느닷없이 광기(狂氣)에 휩싸이듯 어항을 마당에 뒤집었다. 물고기들이 쏟아지면서 퍼덕거렸다. 곧바로 현지가 물고기들에게로 달려들었다. 발꿈치로 연달아 내리찍어 6마리의 물고기를 즉사시켰다. 조금의 고통도 가해질 틈이 없었던 찰나간의 살생이었다. 물고기의 흔적을 치우고 마당을 비로 쓴 뒤였다. 현지가 울타리 곁에 주저앉아 마구 흐느꼈다.

여인의 처절한 과거사를 들었을 때다. 여인이 나의 분신같이 느껴져 자신도 모르게 여인에게 손을 내민다. 여인도 감정이 격했던지 망설임 없이 내 손을 맞잡는다. 그러다가 이내 손을 놓고는 둘이 술잔을 기울인다. 여인의 말이 이어진다.

유서를 책상 서랍에 넣어 두고 이튿날 집을 나설 때였다. 새벽에 사립문에서 어머니가 지키고 섰다가 현지를 배웅하며 입을 열었다. 이때 어머니가 현지의 마음을 안 것처럼 말했다.

"끝까지 마음을 가다듬어야 쓴당께. 그렇기만 하면 뜻을 이룰 거야. 너무 마음을 조이지 않도록 하랑께. 내 말 알것지라?"

현지는 쏟아지려는 눈물을 억누르며 고개만 두어 번 끄떡였다. 그러면서 이내 발걸음을 놀려 달아나다시피 새벽의 공간을 뛰었다.

여인의 술잔에 맥주를 따르면서 술이 떨어졌다는 눈치를 보인 모양이다. 여인이 문을 열어 복도를 보여 준다. 복도에는 맥주병이 8병이나 세워져 있다. 여인이 진작부터 10병을 가져 왔던 모양이다. 그리고서 방에는 맥주 2병만 들고 들어왔음이 드러난다. 내가 조심스레 맥주 8병을 죄다 실내로 옮긴다. 그리고 나선 여인에게 내가 말한다.

"잠시 안주를 좀 사 올게요. 기다릴 수 있겠어요?"

여인이 즉시 소리를 높여 말한다.

"나하고 얘기하는 게 거북하게 느껴져요? 안주는 내가 금세 가져 올 테니 기다리세요."

금세 여인이 나갔다가 들어오면서 우렁이 무침과 도토리묵을 방바닥에 펼친다. 둘이 술잔에 술을 채우면서 이야기를 계속 펼친다.

"현지 씨, 그런데 취직 시험에는 물론 붙었겠죠? 왠지 제 느낌에 그렇겠다는 믿음이 실려 오네요."

여인이 흐뭇한 미소를 지으며 응답한다.

"이야. 당신도 사람 마음을 꿰뚫어 볼 줄 아네. 내 눈에도 당신은 나 못지않은 섬뜩한 느낌으로 비쳤거든. 나이도 비슷한데 지금부터 말 놓고 얘기하자고. 불만 없지?"

여인이 시험을 치른 날은 일요일이었다. 시내 초등학교 교실에서 시험을 쳤다. 30명 선발에 382명이 지원한 시험이었다. 현지는 운을 하늘에 맡기고 최선을 다해 시험에 응했다. 3시간에 걸친 시험을 마쳤을 때다. 탈진한 상태로 광주의 여관을 찾아 몸을 눕혔다. 이내 수마에 휩쓸려 의식을 잃었다. 시험 결과는 사흘 뒤에 금융 협회 본관에 게시한다고 했다.

여인은 실패할 경우에 대비하여 죽을 장소를 둘러보기로 했다. 무등산의 가파른 서석대에도 올라가 보았다. 학선리의 길이가 2㎞에 이르는 광주호에도 가 봤다. 나날이 근심하느라 식사도 제대로 못했다. 며칠만 더 지나면 완전한 폐인이 될 지경이었다.

여인이 술잔을 내민다. 여인의 술잔에 맥주를 가득 따른다. 여인도 내 술잔에 맥주를 금세 가득 채운다. 둘이 술잔을 부딪치며 건배를 외친다. 내가 대화의 변죽을 슬쩍 울린다.

"죽을 장소를 찾던 중에 죽겠다는 생각이 사라진 건 아냐? 그래 어느 정소가 마음에 쏙 들었니?"

현지는 빙긋이 웃어넘기며 얘기를 계속 한다. 마침내 사흘이 흘러 합격자를 발표하는 날이었다. 합격자 명단은 금융 협회 본관에 게시한다고 했다. 협회 건물은 광주역 부근인 중흥동에 세워져 있었다. 오전 6시에 협회 건물에 도착했지만 10시에 발표한다고 했다. 사람들은 일단 광주역 근방의 다방이나 음식점으로 흩어졌다. 거기에서 10시까지 기다리겠다는 분위기였다.

맥주를 마시자 몸에 서서히 열기가 치솟는다. 여인이 덥다면서 블라우

스를 방바닥에 벗어던진다. 그러자 커다란 유방을 겨우 감춘 브래지어가 눈앞에 흔들린다. 브래지어를 제외하곤 상반신은 알몸으로 드러난 상태다. 내가 눈길을 어떻게 수습할지 망설일 때다. 현지의 목소리가 내 귓전을 파고든다.

"네 마음이 도인 수준이란 걸 이미 알고 있어. 괜히 쑥스러운 표정을 짓지 말아 주었으면 좋겠어. 옛날에는 여자들이 저고리를 입었어도 젖가슴이 드러나곤 했잖아? 중요한 건 내 젖가슴이 아니라 네 마음이야. 브래지어까지 풀고 싶지만 네가 달아날까 봐 참는 중이야."

장난기가 그득 실린 미소를 지으며 여인이 얘기를 계속한다. 자칫 방심했다가는 여인한테 호되게 몰릴 가능성마저 엿보인다. 자연스런 분위기를 취하면서도 여인에 대한 경계를 제대로 할 작정이다. 일시의 방심으로 소중한 현직(現職)을 잃을 수는 없기 때문이다. 이런 마음이 들 때부터다. 나는 내 언행에 바짝 신경을 써서 마음을 추스른다. 현지의 얘기가 이어진다.

광주에서 합격자 명단을 발표하는 당일이었다. 마침내 10시가 가까워지자 사람들이 무더기로 건물로 몰려들었다. 응시자들은 물론이고 그 가족들까지 몰려든 모양이다.

마침내 오전 10시가 되었다. 건장한 두 사내가 둘둘 감긴 천 뭉치를 들고 나왔다. 이윽고 천 뭉치를 벽에 펼치기 시작했다. 거기에는 합격자 명단이 진한 글씨로 씌어 있었다. 현지의 시선이 별똥이 떨어지듯 신속히 명단을 더듬었다. 두 차례나 현지가 수험번호와 이름을 확인한 뒤였다. 자신도 모르게 기뻐 괴성을 내질렀다.

"이야앗. 붙었어. 붙어부렀다고."

현지가 내게 그때의 감동을 생동감 있게 들려준다. 생생하게 들려주느라고 브래지어에 가려진 젖무덤이 내 얼굴에 슬쩍슬쩍 닿는다. 젖무덤이 얼굴에 닿을 때마다 사타구니의 성기가 흥분하여 벌떡거린다. 아직 맥주가 한 병이 남았는데도 현지가 취해서 흐느적댄다. 나는 현지를 안아 나의 침대에 눕힌다. 그런 뒤에 나는 방바닥에 누워 잠을 청한다. 둘은 이내 잠에 휩쓸린 모양이다.

새벽 4시가 되자 현지가 나를 깨운다. 새벽 공기가 좋다면서 당장 불일폭포로 가자고 제안한다. 둘이 신속히 세수를 하고 정신을 차린 뒤다. 가뿐한 차림새로 불일폭포를 향해 발걸음을 옮긴다. 매표소에서 쌍계사까지는 400m의 거리다. 쌍계사에서 불일폭포까지는 2.5km만큼 떨어져 있다. 새벽 시간이라 매표소에는 매표원이 보이지 않는다. 둘이 빠른 걸음으로 쌍계사를 거쳐 능선 길로 내닫는다. 새벽 공기가 시원스럽게 가슴으로 날아든다. 너무나 상쾌하여 가슴이 후련할 지경이다.

발걸음을 옮기면서 내가 현지를 향해 입을 연다.
"은행 취직하면서부터는 매사가 잘 풀렸겠네. 어머니도 편안히 모셨을 거고. 그런데 결혼은 언제쯤 했어? 애기들도 제법 컸을 텐데?"
현지가 상기된 얼굴로 응답한다.
"취직한 지 3년쯤 지나자 지금의 남편이 내게 만나자고 했어. 일종의 청혼이었던 거야. 만나 보니 나도 첫눈에 마음에 들었어. 전자 회사에 다니는 사원이라고 신분을 밝혔어. 결혼하고 보니 대단한 재력가의 아들이었어. 회사 다니는 것은 소일거리 정도였어. 그러다가 시아버지가 나를 불렀어. 둘 다 직장을 접고 모텔을 운영해 보라는 거였어. 내부 시설은 수시로 바꿔 준다고 했어. 그때부터 모텔을 운영했는데 꽤 돈을 많이 벌었어. 5층짜리 건물 3동은 너끈히 지을 만한 금액이야. 나도 은행 다니는 것보다는 훨씬 마음이 편해."

나는 현지에게 슬쩍 묻는다. 그녀의 어머니는 여전히 살아 있느냐고? 현지가 고개를 흔들며 3년 전에 세상을 떠났다고 들려준다. 간이 안 좋아 치료를 받다가 숨졌다고 한다. 그녀는 딸과 아들 둘을 낳았는데 지금은 잠 자고 있으리라 말한다. 그녀는 나름대로 행복하다고 들려준다.

마침내 쌍계사에서 2.5㎞ 떨어진 불일폭포에 도착한다. 폭포의 안내문에 따르면 폭포 높이는 60m에 이른다고 적혀 있다. 폭포는 겨울철이라 하얗게 얼어붙어 있다. 물줄기가 흘러내리다가 얼어붙은 모양이다. 60여 m에 이르는 거대한 빙벽이 수직으로 치솟아 있다. 바라보는 것만으로 장관일 지경이다. 폭포 아래로 내려가지 못하게 목책으로 가려 놓았다. 둘은 조심스레 목책을 넘어 폭포 아래의 골짜기에 들어선다. 새벽 시간이라 등산객이 없기에 마음 편히 들어섰다.

나는 불일폭포 아래쪽 골짜기 바닥의 바위 주변의 하천을 둘러본다. 표면에는 얼음이 하얗게 얼어붙었으며 속으로만 물소리가 미약하게 들린다. 얼음장 밑으로 거뭇거뭇한 것이 이동하는 게 눈에 띈다. 아마도 붕어나 피라미 계통의 물고기 떼라고 여겨진다. 거기에서 찬바람을 맞으며 현지와 내가 폭포를 올려다본다. 폭포를 이루는 절벽은 완전히 얼어붙어 빙벽을 이루고 있다. 그럼에도 가는 물줄기들이 절벽으로 내려오다가는 얼어붙어 연신 얼음으로 변한다.

나는 예전에 좌절하여 폭포에서 뛰어내렸을 경우를 떠올리며 생각에 잠긴다. 칼로 목을 찌른 채 뛰어내렸다면 분명히 죽었으리라 예견된다. 만약 그때 죽었더라면 오늘의 나는 없었을 것이다. 내 양심의 거울에 영원한 실패자로 인식된 채 사라졌으리라 여겨진다. 그 날의 판단이 내 인생의 새로운 이정표를 구축했다고 여겨진다.

내 눈빛이 폭포 아래 골짜기 바닥의 얼음장을 더듬을 때다. 현지가 내 등을 두드리며 말한다.

"너무 과거사에 매달리지 않았으면 좋겠어. 네가 예전에 불일폭포에 죽으러 왔던 행위는 대자연이 굽어봤을 거야. 그랬기에 네게 재생의 기회를 주었겠지. 단순히 네 생명이 귀해서 기회를 주진 않았으리라 여겨져. 너의 경건한 마음을 대자연이 높이 평가했으리라 믿어. 요즘도 걸핏하면 옥상에서 뛰어내리는 학생들이 보도되고 있잖아? 동일한 대자연이어도 그네들은 내버려 두는 대자연의 뜻이 뭐겠어? 우주를 대하는 경건한 자세가 결여되었기 때문이라 생각해."

광주에 시험 치러 가려고 물고기들을 꺼내 밟아 죽였다는 현지다. 내겐 현지야말로 대자연의 마음을 감동시켰다고 여겨진다. 그런 강인한 정신을 지녔기에 대자연이 그녀를 합격하게 도왔다고 여겨진다. 대자연의 숨결은 우주에 견실한 기운이 충만하게 작용하리란 믿음이 몰려든다. 그러기에 대자연이 나를 현지와 만나게 해 주었다고 여겨진다. 그리하여 생동하며 희망을 갖는 새로운 기류의 근원을 조성하려는 듯하다.

내가 여전히 골짜기 바닥의 얇은 얼음장들을 바라보고 있을 때다. 현지가 거듭 나를 향해 말한다.

"완전히 얼빠진 사람 같네. 내가 살짝 밀기만 해도 그대로 넘어지겠는 걸. 뭘 그렇게 골똘히 생각해? 너무 물이 맑아도 물고기가 살지 못한다고 하잖아? 적당한 선에서 삶의 자세를 균형 잡는 것이 좋지 않겠어? 솔직히 생각해 봐. 네가 폭포를 찾고 내가 물고기를 죽였던 것이 정상적인 행위였겠어? 아니잖아? 여태껏 잠재되었던 의식이 우리 행위들을 정당화시켜 왔다고 여기지 않아?"

나는 정신이 번쩍 드는 듯 놀란 목소리로 현지에게 대꾸한다.

"누가 자신의 과거를 미화시킨다고 생각해? 내가 그랬다는 말이냐? 아니면 너 자신이 그렇단 말이야? 설마 우리 둘 다 그렇다는 말은 아니겠지?"

이번에는 현지가 대꾸도 없이 얼어붙은 빙벽을 올려다본다. 자세를 보니 불도의 보살(菩薩)처럼 여겨질 정도다.

현지를 보살로 잠시 생각한 순간이다. 내 머릿속에 섬광처럼 느닷없이 광기(狂氣)가 치솟는다. 나 자신마저도 예측하지 못했던 돌연한 마음의 작용이다. 같이 머물렀어도 현지가 나보다 먼저 득도(得道)했으리란 생각이 시기심으로 바뀌었을까? 현지가 보살이라면 진짜인지 시험해 보고픈 욕망이 뭉클 인다. 치한처럼 와락 달려들어 현지를 발가벗기고픈 충동이 일시에 들끓는다. 이런 현상은 여태껏 세상 살며 처음 겪는 일이라 생각된다.

평시에도 나 자신을 도인(道人)이라 생각해 본 적이 없다. 그저 흔해 빠진 속인(俗人)들 중의 하나라고만 여겨 왔다. 그랬던 내가 돌연히 현지를 발가벗기고 싶어 몸을 떤다. 있을 수 없는 일이라 여기며 자신에 대해 화가 치민다. 그래서 주먹을 불끈 쥔 채 입술을 깨문다.

바로 이때다. 현지가 몸을 돌려 나를 향해 다가서더니 나를 껴안는다. 나는 여전히 두 주먹을 쥔 채 목석처럼 서 있다. 현지가 내게 말한다.

"내 생각을 말해 볼게. 우리는 평범한 삶을 너무 힘들게 살아온 패배자들 같아. 남들 보기에는 그럴싸한 위치에 있는 것 같지만 아니라고 봐. 우리가 너무 양심을 기만하고 살았다고 여겨져. 한 마디로 철저한 위선자로 살았다는 생각이 들어. 남녀가 만나 서로 좋으면 좋은 거지. 거기에 체면과 도덕을 엮어 저울질해 대는 삶이었잖아? 내 말 틀렸으면 말해 봐. 당당하게 해명해 줄게."

나는 주먹을 쥐고 입술을 깨문 것도 모자라 눈마저 감는다. 현지가 포옹을 풀고 물러서더니 계속 입을 연다.

"얼씨구, 눈까지 감았어? 그런다고 부처나 신이 될 것 같니? 네 마음에는 이미 내가 동물의 암컷으로 읽혔어. 내 말 틀렸어? 좋아, 어디 한 번 신의 경지는 어떤지 확인해 보겠어. 견디기 힘들면 나를 두들겨 패도 좋아. 절대로 문제 삼지 않을게."

현지의 말에 막혔던 뇌혈관이 뚫리는 기분이 든다. 대자연이 후반기의 내 삶의 철학을 일깨우는 현장이라 여겨진다. 대자연이 현지를 통하여 내게 교육을 실시한다고 생각된다. 그런 생각이 들자 나는 대번에 현지 앞에 무릎을 꿇는다. 그러면서 진심이 담긴 목소리로 말한다.

"어느 것이 참다운 선이며 위선인지는 솔직히 몰라. 그걸 알 정도였다면 이미 성직자가 되었겠지? 아무래도 내겐 네가 위대한 스승으로 보여.

무슨 말이든 네가 말하는 대로 수행의 길잡이로 삼을게. 나를 지도해 줘."

갑자기 골짜기 폭포 아래의 얼음 바닥에 묵직한 침묵이 드리워진다. 그렇게 위협적으로 들리던 솔바람 소리마저 멎은 듯하다. 세상의 문이 일시에 막힌 듯 온 세상이 침묵에 휩싸인다.

바로 이때다. 느닷없이 현지가 괴성을 콱 내지르더니 무서운 속도로 내게 다가든다. 나는 자신도 모르게 눈을 감는다. 왜 눈을 감아야 하는지도 모르게 눈을 감는다. 막연히 눈을 감아야만 뭔가 해답이 찾으리라 여겨졌기 때문이다.

눈을 감은 직후다.

"철썩! 철썩!"

현지가 두 손으로 내 뺨을 냅다 갈긴다. 그러고는 이내 앙칼진 목소리로 떠들어댄다.

"그만큼 말했으면 알아들어야지. 구역질나게 내 앞에서까지 위선 행위를 떠벌이고 있어? 네가 얼마나 잘난 놈인지 나는 몰라. 또한 알고 싶지도 않아. 하지만 과거의 역경을 딛고 일어선 너의 영혼이 아름답게 비쳤어. 내가 너를 따라온 이유가 너의 영혼이 아름답기 때문이야. 그랬는데도 계속 세속의 틀에 얽매인 위선의 그물에서 허둥거려? 나한테 위선자는 딱 싫어. 목을 콱 부러뜨려 버리고 싶단 말이야. 네가 잘났으면 얼마나 잘났기에 위선에 묶여 있느냐고? 대답하지 못하겠어? 뜨거운 꼴을 봐야 알겠어?"

찰나 간에 가슴에 격동이 인다. 나 자신도 모르게 중얼댄다.

'그래, 대자연의 지도라면 기꺼이 받아들이겠어.'

내가 침묵을 지키자 현지가 이마에 땀을 흘리며 몸을 떤다. 그러다가 너무나 힘겨운 모습으로 내 곁의 바위에 걸터앉는다. 그러고는 한동안 숨결을 추스른 뒤에 내게 속삭이듯 말한다.

"이제 알았으니 눈 좀 떠. 내가 너무 과격해서 싫지? 사실은 너를 좀 부드럽게 다룰 수도 있었는데 미안해."

나는 잠시 일어섰다가 현지가 앉은 시내 바닥의 바위에 앉는다. 그러자 현지가 내 손을 쓰다듬으며 내게 입을 연다.

"좀 전에는 내 머릿속으로 누가 다녀간 느낌이 들었어. 마치 무당이 접신(接神)하는 듯한 현상이 내게 일어났어. 그때의 기분으로는 여기서 너를 발가벗기고 싶었거든. 그랬는데 신기한 것은 금세 머릿속이 맑아졌다는 점이야. 뭔가 대자연에는 영험한 존재가 확실히 있기는 있는 모양이야."

이번에는 내가 현지를 향해 말한다.

"옛날부터 폭포에는 죽으려는 사람들이 몸을 많이 날렸잖아? 그래서 죽은 넋들이 골짜기 주변에 깔려 있을지도 몰라. 망령들 중에는 엉큼한 생각을 지닌 영혼들도 많은 모양이야. 너한테 뺨을 맞기 전에 나도 충동적으로 너를 발가벗기고 싶었어. 평소와 달랐던 내 마음이 두려워 주먹을 쥐고 버티었을 뿐이야. 영혼이 너무 맑기에 너한테도 일시적으로 접신 현상이 생겼던 모양이야. 공교롭게도 우리 둘 다 여기서 접신 현상을 겪은 셈이야."

현지가 열심히 내 말에 귀를 기울인다. 그녀의 자세가 너무 경건하기에 순간적으로 장난기가 일어난다. 그래서 자신도 모르게 장난기를 발출하며 현지한테 말한다.

"나를 발가벗기고 싶다고 했지? 내 알몸을 보여줘? 지금 당장?"

현지가 내게 어깨동무를 하며 웃으며 응답한다.

"됐어. 너도 장난칠 줄은 아는구나. 사실은 네가 성 불구자는 아닌지도 의심스러웠어. 어젯밤 같은 경우도 나를 고스란히 내버려 두었으니까 말이야."

점차 둘의 곁으로 골짜기의 안개가 밀려들기 시작한다. 어서 폭포 구역을 떠나야겠다는 생각이 든다. 그런데 안개가 밀려드는 속도가 너무 빠르다고 느껴진다. 순식간에 발등이 안 보일 지경으로 안개가 짙게 낀다.

이때 현지가 몸을 돌려 나를 향해 말한다. 잠시 안개가 끼었다가 빠져 나갈 때까지 기다리자고 한다. 괜히 서둘다가는 절벽에 미끄러져 죽을 수도 있다고 들려준다. 현지의 판단이 옳다고 느껴진다. 쌍계사 계곡 근처에서 오래 산 여인의 얘기이기 때문이다. 둘이 다시 골짜기의 바위에 나란히 걸터앉는다. 둘이 마음이 통한 듯 자연스레 손을 맞잡는다.

현지가 내게 제안하듯 말한다. 기왕 이렇게 알게 되었으니 친한 친구로 지냈으면 좋겠다고 말한다. 둘의 교감의 각별했기에 함께 머물수록 마음이 편하다고 들려준다. 내 생각도 현지와 별로 다를 바가 없다. 그렇기에 흔쾌히 그러겠다고 응답한다. 그러자 현지도 고맙다며 내 손을 쓰다듬는다. 여인의 손결을 통해 그녀의 따스한 마음이 전해지는 느낌이다.

현지의 체온을 느낄 때다. 느닷없이 커다란 깨달음의 섬광이 내 머리를 관통한다. 현지가 지적한 '위선자의 삶'이란 말의 의미가 또렷한 느낌으로 전해진다. 마음이 통한다고 아무데서나 어울리려는 불륜 대열에 불참한 사람들이 아님을. 치열한 경쟁률 때문에 추구하는 목표를 쉽게 포기하려는 사람들을 지칭함을. 경쟁률이 높은 목표를 성취하려는 자들이 진정한 실력자들임을 깨우치려는 듯하다. 또한 경쟁할 상대자들이 있기에 삶이 외롭거나 공허하지 않으리라 여겨진다. 경쟁자들로 인해 흘릴 자신의 눈물까지도 승화된 사랑으로 받아들이리라 여겨진다.

삶의 자락마다 수시로 드리워져 마음을 떨게 만드는 경쟁의 대열. 이런 대열에 낄 때마다 버거워 버둥대던 압박감이 스러지는 기분이다. 반면에 이러한 분위기들이 신선한 삶의 활력소로 소용돌이쳐 밀려드는 듯하다. 관점의 차이로 세상이 환희의 궁전으로 느껴져 황홀하기 그지없다. 이런 느낌이 들자 폭포는 이미 빙벽이 아닌 듯하다. 금세 현지와 내게로 굉음을 토하며 쏟아질 듯한 분위기다. 나는 가슴을 떨며 대자연을 향해 경건히 합장한다.

안개가 잔뜩 끼어 숨이 답답할 지경이었지만 마음은 너무나 편하다. 불명확한 미래에 좋은 친구를 만나 가슴이 벅찰 지경이다. 느닷없이 얼음장 밑에서 물고기가 파드득대는 소리가 들린다. 물고기에게 대화를 도청당한 듯하여 현지와 내가 쑥스러워 미소를 깨문다.

〈『문학세계』 2013. 8월호 발표〉